騙し絵の檻

ジル・マゴーン

「……被告は良心の呵責もなく，情け容赦なく，いともたやすく人の命を奪った……」ビル・ホルトは冷酷な殺人犯として投獄された。不倫相手の女性を殺害し，さらにその二週間後，事件の手がかりをつかんだと思しき私立探偵をも，計画的に殺害したとして。状況証拠は完璧としか言いようがなかったが，彼は無実だった。十六年後，仮釈放を認められたホルトは，復讐を誓い，真犯人を捜し始める。自分を陥れたのは誰だったのか？　次々に浮かび上がる疑惑と目眩く推理。そして，最終章で明かされる驚愕の真相！

現代本格ミステリの旗手，衝撃の出世作。

登場人物

ビル・ホルト……………………主人公
ジャン・ウェントワース………新聞記者
アリソン・ブライアント………ビルの幼なじみ
ボブ・ブライアント……………〈グレイストーン〉会長
ラルフ・グレイ…………………同元会長。アリソンの父
ジェフ・スペンサー……………同役員
チャールズ・カートライト……同役員
キャシー・ストーン……………同役員。ビルのいとこ
ウェンディ………………………同役員。ビルの別れた妻
セルマ・ウォリック……………ジェフの妻
ロジャー・ウォリック…………セルマの息子
マイケル・オールソップ………私立探偵

騙し絵の檻

ジル・マゴーン
中村有希訳

創元推理文庫

THE STALKING HORSE

by

Jill McGown

騙し絵の檻

1

昔馴染みの変わらぬ景色が車窓にせまり、ビル・ホルトは網棚から鞄をおろした。故郷。しかし帰郷の実感はなかった。出迎える者はない。帰ることを知る者もない。だが彼の帰郷を知る者がいれば、なお迎えがあろうはずもない。

まわりの乗客が荷物をまとめ始めるのを、彼はじっと見ていた。また放送がはいり、忘れ物に注意するように呼びかけた。運転手が飛行機のパイロットのように案内の放送を入れることを、誰も不思議に思っていないようだった。列車を降りたら好きなところに行けることに、誰もなんの疑問も持っていないようだった。自由というものを当然の権利と、誰もが思っているようだった。

ホルトは違った。彼は自由を十六年前に奪われた。これはあの時と同じ列車だった——あの日に乗っていたのとまったく同じ列車だった。

ターミナルが見えると、彼は立ち上がって伸びをした。ロンドンの金曜の朝はいつも心が浮きたつ。ボブに異動の話をしてみようか。ずいぶん前から考えていたことだ。だがその本心は、仕事を変えることにはなく、結婚生活に終止符を打つことにあった。ロンドンに異動するのは解決策のひとつだった。ボブと内々に話してみよう。異動の可能性の有無だけでも。

揺れる通路を人にまじって歩いていく。反対から歩いてくるジェフ・スペンサーを見つけて、ホルトは顔をそむけた。お義理の挨拶が面倒だった。

トーマス・ジェファソン・スペンサーは見るからにアメリカ人だった——三十代なかばの美男で陽気な——何かの広告モデルのようだ。彼は〈グレイストーン〉に、あるアイディアを売りこもうとしており、ボブ・ブライアントとラルフはその売りこみをかなり真面目に考え始めていた。ホルトの眼の前にいる彼は、これから週末を婚約者とすごそうという男にしては、どこかげっそりして見えた。

列車がきしんだ音をたてて停まり、ホルトはドアに向かった。

ホルトは新しいプラットフォームに立っていた——彼にとっては新しい、しかし明らかにまわりの皆には馴染みのプラットフォーム。彼が最後に来たときにはまだ工事中だった。

ドアが音をたてて閉まり、列車が駅を離れていく。陽の光に輝きながら蛇行して延びる線路に眼をやり、ついでミッドランド方面に勢いよく走り去る列車を見送って、腰をおろした。朝にロンドンで買ったばかりの服が、降り出した小糠雨《こぬかあめ》に点々と濡れるのもかまわずに。

「何をお探しで?」店員の青年はそう訊ねたのだった。

「なんでもいい。カジュアルで流行《はや》りのを。青は駄目だ。デニムも」

青年は何も言わずに注文をのみこんだ。そして子鹿色のスラックスに茶色のシャツ、だぶだぶのジャケットを着せ、大きすぎると言うホルトに、最近はこれが流行りですよと告げた。ホルトは扉に近寄って往来の人々を眺めた。「らしいな」

「街に出るのはお久しぶりで?」店員の問いにホルトはそうだと答えた。それまで着ていた服は袋に詰めさせて、オックスファムの救貧院に持っていった。

あの若い店員は髪を刈りこみ、うしろに撫でつけていた。だが、ホルトはすれ違う自分と同年代の男たちを見て――もうすぐ四十五歳とは! あとひと月で二十九歳だったのに――彼らは昔とそう変わらない髪型であるのを確かめた。が、気持ち短めかもしれない。そう考えて床屋にはいったのだった。

眼の前の線路越しに古いプラットフォームを見やった。電話ボックスは同じ位置にあったが、それもまた変わっていた。昔は小さなガラスを継ぎ合わせていたのが、今は大きなガラスの板でできている。ああ、時をさかのぼることができたなら。そしてあの時の行為のかわりに、タクシーに電話をかけることができたなら。

包みを棚にのせて一シリング出そうとポケットを探るうち、ボール紙の箱を引っ繰り返しそうになった。あやうく捕まえたが、心臓が口から飛び出しそうだった。箱の中身はウェンディが特別に注文してあつらえたガラス細工で、ウォリック夫人に渡す結婚の贈り物だ。そう、結婚するのがウォリック夫人で、贈るのがウェンディだ。男にはどこがいいやらさっぱりわからない品物。ホルトは包みをしっかり安定させ、硬貨を探し当てた。

ウェンディに電話をかけて、レスターから戻ったかどうか確かめてもよかったが、そうする気はなかった。それにしてもなぜ必要な時にタクシーは絶対に駅にいないのか。タクシー会社の番号はひとつも覚えておらず、電話帳はガラスの包みの下だ。ため息をつき、電話帳をそろそろと抜こうとして、ふと気を変えた。ボブ・ブライアントに電話をして、一杯やらないかと訊いてみよう。

ブライアントのデスク直通の番号を回した――直通電話は会長の特権だ。ラルフ・グレイはこの四月にとうとう会長の座を勇退したが、役員からはずれてはいない。ブライアントはようやく公的にも会社を運営する立場となったが、実質的にはもう何年も前からそうしてきていた。ホルトは電話のピーピーという音が途絶える直前に硬貨をすべりこませた。（電話ボックスから電話をする時、相手が出るとピーピーと連続音がする。その間に硬貨を入れるとこちらの声がつながる）

「もしもし？」

ホルトは眉を寄せた。アリソンの声だ。ブライアントの自宅のほうにかけてしまったのか？

「アリソン？」

「そうよ」彼女は軽く笑いながら言った。「なあに、ビル」

「そんなところで何をしてるんだ？」

「ちょっとキャシーに用があったの。そのあと、ここに来たらちょうど電話が鳴って。ボブはいないわ――なにか伝えとく？」

「ああ、いや、いいんだ。一杯誘おうと思っただけだから」

「今夜は無理ね。みんな遅くまで残業ですって。そもそもボブが家に帰ってくるほうが驚きだけど」

「まだ続いてるのか、役員会議？」ホルトは腕時計に眼をやった。五時十五分。

「ううん、でもまだ会議室。呼んでくる？」

「いや、いや、本当になんでもないんだ。足をあてにしただけで。ウェンディがうちの車を使ってるんだよ」

「今どこ？」アリソンは訊ねた。「駅？」

「うん、でも――」

「じゃ、わたしが迎えに行ってあげる」

「いいよ、わざわざ手間だろ――タクシーを呼ぶから」

「別に手間じゃないわ。それに……あなたに会いたいの。話があるの。あとで説明するわ。十分で行くから。いい？」

「うん」ホルトはやや面食らったまま、受話器を戻した。

煙草。買ってこないとな。

煙草。地下道を通ってキヨスクに行けば煙草を買える。好きなものを好きなだけ。トンネル内に響くこだまに留置場の記憶がよみがえり悪寒が走った。あれが最悪の瞬間だった。錠をおろされる、あの心臓が止まりそうな音を初めて聞いた時の衝撃。

やがて地上に出た彼はキヨスクにはいった。

「紅茶」そう言ったあと、売り子が値段を言うのを聞いて、相手が間違えているのだと思った。

「紅茶だけ」ホルトは言った。

「はい」売り子は言った。

嘘だろう。

カップを持って腰をおろし、ホームのほうを見やった。ベルが鳴った。三度。アナウンスがキヨスクの中まで筒抜けに聞こえる。突然、嘘のように雨がやみ、また陽が照って暖かくなった。雨など一度も降っていないという風情で。

判決が言い渡されてから――終身刑、という判事の言葉を、あの時のホルトはのみこめずにいた――刑務所をひとつふたつ経て、故郷近くに戻された。ガーツリーはここからそう遠くない。さっきまで乗っていた列車は、そろそろレスターに着くころだろう。ガーツリー。そこで彼はA級に分類された。社会にとっての危険。終身刑囚。

終身刑とはこういうことなのだ、と彼は告げられた。きみの釈放は仮《かり》だ。状況いかんでは、きみの生涯、いついかなる時でも釈放を取り消すことができるのだ。きみが少しでも他人の命を脅かす徴候を見せたなら。

最後の二年間は〈開かれた刑務所《オープン・プリズン》〉で、外で働くことが許された。農作業をしたり、廃ビルの取り壊しや修理に駆り出されたりした。囚人らしい血色の悪さは格子の外の光のおかげで消えた。しかし、格子の内でしみついた冷たい灰色が消えることはなかった。

ホルトは健康をこころがけた。身体はよくしぼられ、筋肉質に、強靭になった。髪は黒々と豊かなままだった。老けはしたが、見た目はほとんど変わらなかった。けれども、かつてビル・ホルトをよく知っていた人間の眼には、変化が見えたはずだった。強張った心、反抗的になった顎の線、冷酷な眼光。彼はまず自分の身を守るすべを覚え、それから、相手を防御にまわらせるすべを学んだ。他人を傷つけるすべを。人を傷つけるのは簡単だった。心だろうが身体だろうが——大差はない。ふたつは必ずつながっている。片方を痛めつければ、もう片方も壊せる。

はじめは無実を訴え続けることで時を無駄にした。二度も判決に対する不服申し立てで上訴し、二度とも退けられた。彼は法律書や過去の判決例を読みあさり、プロの弁護士が匙を投げたあとは、自分で弁護しようとした。しかし、誰も信じてくれなかった。耳を貸してくれなかった。屋根の上でがんばり、咽喉《のど》が裂けるまで記者たちに向かって叫んでも、聞いてくれる者はなかった。それらの努力で得たものは独房収容処分だった。

そしてある夜、独房でたったひとり横になりながら、これは負け戦なのだとようやく気がついた。彼は声を放って泣いた。

ホルトはからになったカップを押しやり、キョスクを出た。

げた。

「どうも」ホルトは受け取った煙草をポケットに入れて、カウンターから贈り物の箱を持ち上げた。

アリソンは何を話したいのだろう。時計を見上げて、彼女がもう来てもいいころだと気づき、キヨスクを出ようとしたその時、スペンサーがふらりとはいってきた。スペンサーはアマチュアの写真マニアで、カメラケースを肌身離さず持ち歩き、いつも旅行者のように見えた。彼の趣味のひとつは、ロンドンのタクシーの運転手に一杯喰わせることだった。

「ビル――やっぱり今乗ってたのはきみか」

「やあ、久しぶりだね」ホルトは言った。「ごめん、時間がないんだ。待ち合わせをしてて」

「明日、会えるだろ？」スペンサーは言った。「セルマのパーティーで」

そうだった。すっかり忘れていた。「ああ、もちろん」彼は笑ってみせた。

セルマ・ウォリックはスペンサーより十歳も上で、〈グレイストーン〉の大株主である未亡人だった。彼女の長男は数ヵ月前にひき逃げにあって死んでいたが、その事件がふたりを結びつけたのだろうとホルトは憶測していた。悲しみにくれる彼女を身近で慰めたのがジェフ・スペンサーだったのだ。ごく内輪の結婚式にするということで親戚一同の意見はまとまっている。

スペンサーは、ホルトのガラス細工の箱がぶつからないようにドアを支えてくれていた。

「じゃあまた」

自分のスペンサーを見る眼は厳しすぎるのかもしれない、とホルトは思った。彼は立派に商売をしており、〈グレイストーン〉に発案を聞き入れさせ、社にも貢献している。とはいえ、たとえスペンサーが意識して宝の山を探していたわけではないとしても、セルマが彼に〈玉の輿《こし》〉を提供したことに変わりはない。

めずらしい日和《ひより》だった。陽は暖かく燦々《さんさん》と照り、青空が広がる七月の日。一瞬、ホルトは大事なガラス細工を放り出し、最初に来た列車に飛び乗って、どこかに行きたくなった。が、そうはせずに、駆け寄ってくるアリソンに向かって笑いかけた。前よりずっときれいになったな。そう思っているホルトの頰に、彼女はキスをした。

「車はずっとあっちなの」アリソンは言った。

この駅は、時代の波に押されて増え続ける利用者をさばききれずに、拡張工事のさなかだった。ホルトは、スペンサーが駅に待たせたハイヤーを探してきょろきょろしているのを見て、アリソンをつれていることにわけもなく喜びを覚えた。美人の出迎えが不名誉になることはない。

ふたりで車まで歩き、どこがいちばん安全かとしばらく話し合ったあと、ホルトは結婚祝いの品をトランクに入れた。

決意したのはガーツリーに移送されたあとのことだった。囚人になるなら、とことん優秀な囚人になってやる。何年も何年も鉄格子の内外で強面《こわもて》の野郎どもから逃げ回るだけの人生を送るつもりはない。強く、抜け目なく、タフになる。やがて連中は彼が飛べと言えば飛ぶようになった。ホルトはほかの囚人と違って腕力はないが脳味噌があった。ただ一度、その知性がしばらく頭を離れた隙に、彼は陥穽《かんせい》にはまった。その代償としていっそう孤独になり、二の腕には傷跡が残ったが無駄ではなかった。

仮釈放請求は二度しりぞけられたが、三度目の幸運で、ようやく娑婆《しゃば》に出ることができた。出所を祝ってくれる者はなかった。妻も、友も、若さも失っていた。しかし、彼は戻ってきた。そのうえ、三十歳になると同時に、ホルトは〈グレイストーン〉の株主になっていた。祖父ストーンには、あの事件の前のクリスマスに死んでくれるだけの才覚があった。でなければ、今ごろはその権利さえ奪われていただろう。

ホルトは十六年間、この瞬間を思い、計画を練り、待ち焦がれて、耐えに耐えた。二十四時間中二十三時間も監禁され、二度と陽の光を拝めないと思った冬の夜《よ》の時代、看守に待遇改善をねじこみにいく愚をおかさずにすんだのはそのおかげだった。セックスの幻想や、夢や、希望にとらわれずにすんだのも。彼を正気に保ち、その毎日にほんの少しのぬくもりといろどりを与えた唯一のもの。それは計画だった。

ひとつひとつ丹念に調べ、アリソンとあの探偵を殺した人間をつきとめる。つきとめたが最後、誰であろうとそいつを殺す。

実に単純かつ美しい計画。

刑務所長はホルトの帰郷の意思に疑わしげな様子だったが、手助けはすると言ってくれた。

「ホテルに?」所長は言った。「うん、そうだな。それがいいだろう。きみが身の振り方を考えるまで」そして、故郷では温かい歓迎を期待できないだろうと注意した。また、こちらとしても地元の警察に警告として一報を入れる必要があると。

そしてなにより保護監察官に報告を入れることが義務づけられた。「最初は週に一度にしよう、きみが社会にうまく適応できたとわかるまでは」

頷いて話を聞きながら、彼の鋭い灰色の眼は刑務所長の机にのった手紙をさかさまから読んでいた。

〈これらの事項をかんがみ、ホルトの更生は成功したと考えてよい。彼の帰郷が実現することを請い願う〉

ホルトは所長の忠告に礼を言った。

駅の駐車場にひしめく車はそう変わっていなかった――クロームが多かったのが黒になり、一昔前なら二戸建て住宅を買える値段になった以外――ほとんど変わっていない。ホルトは駅から丘のほうに歩きだした。その道は今、一方通行になっていた。

「それで」駅前通りを走る車の中でホルトは言った。「ミステリってのは何だい?」

「ミステリって?」

アリソンは自動車学校の教官の眼を気にする生徒のように、バックミラーを何度も何度も確かめていた。ホルトは振り返ってみたが、うしろに続く車の列に、とりたてて変わったものは見えなかった。

「なんかぼくに話があるって」

「それは……」アリソンは言葉を切った。「家に寄ってくれる？　見てほしいものがあるの」

ホルトは眉を寄せた。彼はアリソンをほとんど生まれた時から知っている。知らなかった時というのを覚えていない。アリソンがホルトに話をためらうことなど一度もなかった。「どうかしたの？」

「ううん、何も」アリソンは答えた。「寄ってくれる？」

「いいよ」

アリソンは緊張しているようだった。まるでホルトに怯えているかのように。

「何かあったんだね」

アリソンはラルフ・グレイの娘だった。グレイ家とストーン家が合同で、〈グレイストーンオフィス用品〉を創立した当初は、両家が文字通り同居していた。ホルトとアリソンと彼のいとこのキャシーは姉弟のように育った。彼の前でアリソンが躊躇《ちゅうちょ》することなど、いまだかつてなかった。

「なあ、話せよ」

「わたし、困ってるの。家に着いたら話すわ」

彼女はいつも家と言った。決してうちとは言わなかった。しかし、アリソンたちはその家に住み始めてまだ間がなかった。

「どうしてボブを飲みに誘ったの？」

「変かい？」

「ちょっとね。あの人に余暇なんて。仕事のつきあい以外で誰かとお酒を飲むなんて知らない人だもの」

ホルトは微笑した。まあ、仕事のつきあいの酒と言えなくもないな。ロンドンへの転勤の話を打診したかったのだから。そして彼は、これが初めてではないが、なぜアリソンが十七も年上のボブ・ブライアントと結婚したのかと訝った。ブライアントは頭の先から爪先まで会社人間だった。アリソンの問題というのはそれかもしれないな、とホルトは思った。まあ、すぐにわかることだ。


ゆっくりと歩いて、ひとつひとつの変化を確かめながら、かつては本通りと言ったはずの道に着いた。標識を見るかぎり、今もそう呼ばれているらしい。しかし、あまりにも様子が変わっていて、どこに向かっているのかもわからなかった。〈ジョージ〉はまだあるはずだ。なければ奴らがそう言っただろう。思わずホルトはくちびるを嚙んだ。〈奴ら〉はもう彼の生活を管理していないのだ。奴らはもう彼を食わせも着せも住まわせもしない。あれをしろ、いっしろ、どうしろと命じることもない。人権や個性を奪うこともない。

しかし奴らは彼に保護監察官に報告をするように命じ、常に居場所を明らかにすることを要求し、彼が他人の命を脅かす気配を見せればすぐに釈放を取り消すことができるのだ。

その朝ロンドンで、ホルトはいの一番に弁護士の事務所を訪れた。そこで書類の詰まった鞄を受け取った。彼自身が要求した書類。裁判所記録、証拠品すべて、書類や切り抜きすべて、奴らやほかの人間がホルトについて、アリソンについて、オールソップについて書いたすべての切り抜きや書類。ホルトがオールソップについて知っているのは警察による描写のみだった。身長一八八センチ、中肉、髪の色は茶、年齢三十四。どんな外見かすらも知らない。なのにホルトはその男を殺したことになっていた。

そのほかホルト個人のもの——小切手帳や現金など——あらかじめ弁護士に用意するように指示しておいた品があった。運転免許証も——今の時代それは、プラスチックのホルダーに緑色の紙きれがはさまっただけのものになっていた。期限は二〇一一年まで。更新を忘れないようにしないと。胸のうちで呟いた自分の冗談ににやりとした。十六年も相手がいないと、冗談を口に出すことすら忘れる。

「故郷に帰るのかね、ビル？」弁護士はそう訊ねた。

「ああ」ホルトは自分の持ち物をあちこちのポケットにしまっていた。

「いつでも気を変えていいんだよ」

「無理だな。おれはそこに行くと言って出てきた。よその土地に向かったが最後、まばたきする間《ま》にガーツリーに逆戻りだ」

「まさか。なぜそんなことを」弁護士はむっとしたように言った。「そこは私がちゃんと手配する」

「おれは帰る」

「よく考えてみたかね？」

その考えを、吸って、食って、生きてきた。

「ああ」ホルトは言った。

「諸手をあげて歓迎してはくれまいよ――狭い町だ」そして大げさにため息をついてみせた。

「みんなに連絡はしたのかね？」

ホルトの表情が氷のようになった。「いや」ゆっくりと言い、机の上に身を乗り出し、相手の顔に自分の顔を寄せた。「連絡していれば」低い声で言った。「後悔するぜ」

弁護士の顔に恐怖が浮かんだ。ふたことみこと、そしてわずかな身体の動きを使えば、恐怖などすぐに引き出せる。

「してませんよ」その言葉が事実であることに明らかに安堵しているようだった。

「よし」しばらくその姿勢を保ったあと、身体の力をゆるめて上体を起こした。

弁護士はせかせかと机の上の書類をかきまわした。「私はきみのためを思っているだけだよ、ビル」

「ありがとう」彼はドアに向かった。

ふたりの距離が開くと、弁護士の神経も落ち着いた。「ひとつでも問題を起こすと、ガーツリーに戻らなければならないんだぞ」

「問題は起こさない」ホルトは言った。「約束する」

車が必要だ。彼は〈本通り〉から一本脇の道にはいった。そこにはレンタカーの駐車場があったはずだ。昔、スペンサーが〈ガソリン喰い《ガス・ガズラー》〉と呼んでいたアメリカ車を処分したあと、そこで車を借りていた。この国はガソリンが馬鹿高いんだよ、とぼやいていたが、今はどうなのだろう。

レンタカー会社はあった。ぴかぴかのガラス張りの新しい事務所になっていた。

「免許証を拝見できますか？」女の子は言った。

彼は免許証を渡した。

「ありがとうございます。少々お待ちください、ホルトさん」

ホルトさん。その言葉はトラックにぶつかられたような衝撃だった。彼をホルトさんと呼んだ人間はただのひとりもなかった、十五年間。最後にホルトさんと呼ばれたのは法廷だった。

「彼女になぜそのようなことをしたのか訊きましたか？」

ホルトはアドバイスどおり、立ち上がって相手の眼を見て答えようと努力した。が、顔をあげることができなかった。「いいえ。何も言いませんでした」

検事は両眉をあげて、陪審員たちを見た。ホルトは証言を始めてから一度もそちらに眼を向けられなかった。ブライアントが証言している時にはちゃんと見ていたのに。タクシーの運転手の時も。担当警部の時も。陪審員たちはいかにも耳を傾けているように見えたが、どうしてわかるだろう。夕食をどうしようとか、めんどくさいとか考えているのかもしれない。仮に聞いていたとしても、何を聞いているというのか？　彼を追い詰める証拠の山だ。

「彼女は何か話しましたか？」

「ぼくに謝りました」

「もう一度、訊きます。あなたは何をしましたか？」

「服を着て、出ていきました」

「服を着て、出ていった」検事は繰り返し、またも陪審員のほうをちらりと見た。ジョークをわかち合うかのように。「服を着て、出ていった。あなたは腹を立てていませんでしたか、ホルトさん？」

「ショックでした」

「ショックだった。そしてもちろん、腹も立てていましたね？　彼女はあなたの結婚と職を脅かす行為をした。友情を確実にひとつ壊した。彼女はあなたを裏切ったわけだ、ホルトさん。あなたは腹を立てていたと思いますがね。非常に腹を立てていたはずだ」

「かもしれません」しかし彼は腹を立ててなどいなかった。本当に。あまりのショックで怒ることもできず、彼女の行動にただ呆然としていたのだ。

「彼女は何をしていましたか、あなたが服を着て、出ていく時に？」

ふたたび陪審員をちらりと見る。今度はホルトも見た。ひとりはにやにやしていた。下世話なドラマを見ているかのように。「何もしてません」ホルトは途方に暮れて言った。「ただ……」そこでふっと肩を落とした。「何も。何もしませんでした」

「彼女は起き上がって、バスローブを着て、階下《した》に下りたのではないですか」検事は言った。

「そしてあなたはあとを追った」

「いいえ。起き上がりませんでした。ぼくは服を着て、すぐに出ていったんです」

「彼女を殴って気絶させ、バスローブの紐で首を絞めた。それがあなたのしたことではありませんか、ホルトさん」

「いいえ」彼は苦痛に満ちた声を絞り出した。「いいえ、いいえ」

「わかりました、ホルトさん。ではあなたの視点から一連の出来事をなぞることにしましょう。あなたは服を着て、出ていった。その直後にブライアント夫人の遺体が発見され、警察は彼女が死の直前に性交渉を持った男を追い始めた。それがあなたでした、ホルトさん。なぜ、すぐに名乗り出なかったのです？」

「それは……」なぜと言うのか？　なぜなら、警察が最初にボブを何時間も拘束して、やっと解放したからだ。そして彼を――ホルトを犯人と決めてかかってきたからだ。なぜなら彼は犯人ではなく、私立探偵のことなど何もわからなかったからだ。なぜなら混乱して、どうしていいかわからず、恐かったからだ。「恐かったからです」

「何が恐かったんですか、ホルトさん？　あなたはただ服を着て、出ていっただけでしょう？」

　そうです。そうなんです。でも、なにもかもがあっという間で。

「ブライアント夫人の車のトランクから発見されたあなたの荷物について、警察が質問した時、あなたは嘘八百を並べましたね？」

「はい」

「そしてオールソップ氏の死に関して質問されて、やっとぼろを出した」

「違います——そんなんじゃない——ぼくは……ぼくは本当のことを言いました。本当です。今度は」

「今度は？　いや、嘘八百でしょう。あなたはブライアント夫人を殴打したあと、絞殺した。そしてオールソップ氏が、ブライアント夫人の死を調査していると言って接触してきた時、彼こそ夫人が気にしていた私立探偵だと思い、ブライアント夫人の家に出入りするところを見られたと思いこんだ。あなたはオールソップ氏を殺そうという明確な意志を持って、彼のトレーラーハウスに行った。そしてあなたは彼を殺した」

「いいえ」ホルトの声は今や弱々しかった。

「あなたはオールソップ氏が亡くなった日の午後に、彼のトレーラーハウスに行ったことを否定しますか？」

ホルトは首を振った。

「声に出して答えてください、ホルトさん」判事は言った。

ホルトは顔をあげて判事を見た。道化た衣装を着て、高見の見物をしているあんたは気楽だろう。「いいえ」

「つまりこういうことですか、ホルトさん」検事は言った。「あなたはたまたまブライアント夫人の死の直前に彼女の家に居合わせ、たまたまオールソップ氏の死の直後に彼のトレーラーハウスに居合わせたのだと、我々に信じてほしいと？」

「はい」

車は悪くなかった。運転も忘れていなかった。しかし、道路はわけがわからなかった。どこもかしこも一方通行で、昔は完璧だった路面は砂利だらけだった。そして信号が、くそ、信号ができてやがる。

彼はホテルにチェックインしていなかった。無論、大事なことだが、そんな事柄に夢の実現の邪魔はさせない。ホテルはあとだ。なぜなら今日は金曜日だからだ。六月最後の金曜日で、ボブ・ブライアントの性格を考えれば、あのしきたりは十六年間、変わってはいないだろう。〈グレイストーンオフィス用品〉役員会議は今も毎月最終金曜日に行なわれているに違いない。そしてビル・ホルトは、その会議に出席するつもりだった。

なぜなら彼は外に出たからだ。そして戻ってきたからだ。

「……被告のように、自らの安全を脅かすと感じた人間を誰でも躊躇《ちゅうちょ》せずに殺すような人間は、社会から長期間、隔離しておく必要がある。被告は良心の呵責《かしゃく》もなく、情け容赦なく、いともたやすく人の命を奪った。ゆえに、被告に終身刑を命じる。最低でも十五年間の懲役は……」

運転しながら、耳の中で判事の言葉が鳴り響いた。十五年。十五年と裁判前の勾留数ヵ月の間、ホルトは監禁された。しかし今、彼は外に出た。

外に出て、彼は戻ってきた。そして、危険なものになっていた。

2

〈グレイストーン〉の本社前に車を乗りつけた。今のような大会社に膨れあがる前に建てた六十年代の灰色化粧石が仰々しい建物。どうせ重役たちは一年の半分をロンドンですごさなければならないのだから、ロンドンに建てればずっと実際的なはずである。バーミンガムやレスターでもずっと便利なはずだ。しかし、ここに建てるとラルフ・グレイは主張した。ここ、彼のルーツであるこの土地に建てると。そして、ラルフは町はずれの牧草地に巨大なビルを建てた。今ならこんな場所に建築許可はおりないだろう。

会社は〈グレイオフィス機器〉と〈ストーン無線有限会社〉が戦前、三十年代に合併したものだった。ラルフ・グレイは若く、実に進歩的だった。アーノルド・ストーンはずっと年嵩で、ずっと進歩的で、すばらしく風変わりだった。ふたりは手を結び、〈グレイストーンオフィス用品〉を作り、クリップから内線電話機に至るまで製造した。一九六九年後半にアメリカの自信に満ちた紅顔の青年、トーマス・ジェファソン・スペンサーが現われ、これからは超小型電《マイクロエレク》子《トロニクス》技術の時代だと売りこんできた。説得には一年を要したが、その売りこみは大当たりし、ホルトが鉄格子の中に十六年間はいっていた間に〈グレイストーン〉は押しも押されもせぬ大企業になっていた。ホルトの預金残高もそれと共に膨れあがった。彼は金持ちだった。

戦争が起きる直前、アーノルド・ストーンは馬鹿でかいゴシック風の古い建物を買い取り、そこに本社オフィスと両家族がはいった。ホルトの母親が結婚すると、若夫婦は別の部屋に移るだけでよかった。やがてラルフの妻とホルトの母親がひと月のうちに立て続けに出産し、ホルトは生まれた時からアリソンと一緒に育った。五十年代後半、会社が大きくなり、居住空間を圧迫し始めたので、両家族は別に普通の住まいを手に入れた。六十年代にはいると本社ビルが建てられ、もとの古い屋敷は二車線道路計画で取り壊された。

ラルフはホルトをアリソンの許婚《いいなずけ》にする心積もりで、ホルトもまたそのことに満足していた。けれどもふたりの関係は、お互いが二十歳《はたち》になるころには単なる友情に落ち着いてしまっていた。はっきりと婚約していたわけでもなく、やがてウェンディと出会ったホルトは、アリソンとの結婚を本当に望んでいるのかと自問し始めた――特に結婚願望があったわけではないけれども。しかしアリソンは彼がふたりの将来について何か言う前に、突然〈グレイストーン〉社長のボブ・ブライアントと結婚すると宣言した。ホルトは驚き、少なからず傷ついた。ラルフとしては、三十七歳で離婚歴のあるブライアントをアリソンの婿に選ぶ気はなかっただろうが、なんとも鷹揚《おうよう》に許した。会社という観点から見れば、ブライアントは実にふさわしい相手だった。ホルトは二十一の歳にウェンディと結婚したが、自分でもその動機ははっきりしなかった。

今、ホルトは歳を重ね、より賢くなっていた。やがて彼は、醜い脚柱の上にそばだつ〈グレイストーン〉ビルの地下駐車場に車を入れた。

「申し訳ございませんが」ブライアントの秘書は言った。「今日は役員会議がございまして——五時すぎまでお会いできません」

「挨拶するだけだ」

「お名前をいただければ……」

ホルトはウィンクすると、ブライアントの部屋に続く仕切りドアを開けて、不在を確かめた。ドアを閉め、秘書の女の子が慌てて追ってくるのを尻目に、ずかずかと役員会議室に向かった。ドアを開けた。一同が顔をあげた。教室の写真を見るようだ。全員が揃っていた。ひとりも欠けずに。

ボブ・ブライアントはあいかわらず痩せて神経質に見えた。胃潰瘍の増殖する音が聞こえそうだ。もう六十をすぎているのか、とホルトは気づいた。ブライアントは眼鏡をはずし、訝しげに眉を寄せた。最初は、邪魔がはいったことに驚いた様子だったが、ホルトであることに気づくとぞっとした顔になった。

ジェフ・スペンサーは壮年になってますますハンサムになっていた。いつまで続くかとさんざん囁かれたものだが、まだセルマとの結婚は続いていた。この夫婦は洒落《しゃれ》た小さなディナーパーティーをよく開いていた——ホルトの名が招待客リストに載ることはないだろう。

そしてウェンディ。最後に会った時より——そう前のことではない——ややふっくらしていた。彼女は必然の結果というべき離婚のあと、うまく身を処していた。もともと〈グレイストーン〉に会計士見習いとしてはいり、ホルトと結婚後は同族の者にふさわしいスピードで出世の階段を駆けのぼったウェンディは、裁判のごたごたが片付き、離婚が成立したあとで、チャールズ・カートライトから重役に推薦されたとホルトに告げた。状況から言って、ウェンディは何をとち狂っているのだろうと彼は思った。この状況でなくてもありえないことだ。かつてラルフはやむなくひとりだけ、女を役員にした。しかしふたり目は絶対にないだろう。けれども、ラルフはそうした。何をまげても。

すくなくともウェンディの面倒は見てくれるわけだ、と不本意ながら感謝したが、重役の椅子を求めるというのはウェンディらしからぬ行動に思えた。やがて彼女は再婚した。そのウェンディをホルトは利用したと言えなくもない。離婚、再婚にも拘らず、ウェンディとは定期的に会い、〈グレイストーン〉や重役たちの近況を聞き出していた。

チャールズ・カートライト。洗練され、学のあるチャールズは、昔と同じく砂色の髪をこざっぱりと刈っていた。今は天才青年ではなく、五十すぎの成功者だった。係長、課長、部長、彼はなにもかも史上最年少で通りすぎた。そして、三十五歳で役員になった。史上最年少だった——キャシーが来るまでは。また、彼は史上最年少の最高経営責任者に強く推されていたが、ブライアントは取締役会長になってからも、その役を誰にも譲ろうとしなかった。

そしてキャシー。キャシー・ストーン。ホルトのいとこである彼女は、祖父が亡くなった年、三十になると同時に〈グレイストーン〉の分け前を手にしていて、ホルトと違い、自由に役員席につくことができた。ブロンドで、飾らない美人の彼女はほとんど変わっていなかった。誰も変わっていなかった。皆、ほんの少し老けただけだった。昔より禿げ、肥え、大人になっただけだった。

「ただいま」ホルトは言った。

ブライアントはまわりを見てから声を出した。「きみがこんなにあつかましいとは思わなかったな」

「おれは株主だ」ホルトは淡々と言った。

「だからといって、ここにはいりこむ権利はない」

ホルトは両眉をあげ、おろおろ走り回っているブライアントの秘書の鼻先で、音をたててドアを閉めた。

スペンサーが立ち上がった。「ぼくが送ってくるよ」今ではさほどアメリカ訛りは顕著ではないが、それでもやはりブルックリンの訛りだった。彼は自分がこの騒ぎをおさめられるとうぬぼれているようだった。

ホルトはずいと一歩近寄った。スペンサーは背が高くはなかった。ホルトは胸をつき合わせるように立って、自分の優位を強調した。「坐れ」スペンサーの青い眼を覗きこんで言った。

しかし今回は恐怖が見えなかった。見えたのはホルトが知っている別の表情だった。彼を値踏みし、評価し、危険をおかす価値はないと判断している眼。喧嘩のプロの眼だった。スペンサーは肩をすくめて腰をおろした。

「助けが欲しい」ホルトは穏やかに言い、壁ぎわに並ぶ椅子をひとつ出した。それにまたがり、両腕を椅子の背にまわした。「全員の」

「わたしたちがあなたを助ける？」キャシーが言うと、ホルトの眼がすかさず彼女を見た。

「地獄に行けば？」

「行ってきた」ホルトは言った。「勧められる場所じゃなかったな」彼の眼は、ひとりひとりを見ていった。「おれはアリソンを殺していない。きみの探偵も」彼はブライアントに言った。そしてテーブルを見回した。「この中のひとりがやったんだ」

ホルトがそう言うと、狼狽したようなざわめきが起きた。信じられないという困惑に、皆がうつむいた。ひとりは芝居をしているのだ。そのひとりを見つけだす。

「馬鹿馬鹿しい」チャールズの白い肌が赤くなっていた。「悪ふざけがすぎるぞ」

ホルトが彼を見やった。チャールズは憎々しげに睨《にら》み返した。

「ほう、誰が助けないつもりか見てみるか」

「誰が助けるか」

「落ち着け、チャールズ。おれは十六年、塀の中にいた。十六年だ。想像してみろ。おれはアリソンを殺していない。きみも殺していないのなら、おれを助けても損はしないだろう。損をする唯一の人間は……」肩をすくめて言葉を終わらせた。「おまえはどうだ、ウェンディ？昔、おれを愛し、敬い、従うと誓っただろう？　そうなんだよ、キャシー、ウェンディは従うと誓ったんだ」

キャシーは反応しなかった。

「どうやって？」ウェンディは訊いた。「あの時、助けられなかったのに、いまさら、どうすればいいの？」

「おれの質問に答えるだけでいい。それだけだ。何を訊くかはまだ決めていない。いつ訊くかもわからない。協力してくれるか？」

「でもビル、あんな昔のこと。覚えてるかどうか」

「妙だな。おれは昨日のことのように覚えてる」ホルトはブライアントに向き直った。「それくらいしてくれてもいいだろう？」

「私はもう裁判で証言をしている」ブライアントは険のある声で言った。

「それならもう一度、証言してくれても異存はないだろう？」

「きみがここにいることに、最大級の異存はあるが」

ホルトは頷き、素早く向き直った。「チャールズ。きみは？」

「刑務所の中で狂った考えにとりつかれたらしいな、ぼくは関わりたくない」彼は立ち上がった。「きみが居坐るなら、ぼくが出ていく」大股に部屋を横切り、外に出ると乱暴にドアを閉めた。

「ジェフ」ホルトは向きなおった。

「どうすれば助けられるのかわからないな」スペンサーは悪気のない口調で言った。「ぼくは全然、関わってないんだから。どうしろっての？」

「わからない。しかし、できるとしたら協力してくれるか？」

「どうすりゃいいんだ。だって、あの時はまだ、ぼくは正式に入社してなかった。まだロンドンにいたんだよ、覚えてないか？　だからアリソンとは会ったこともない」

「いや、ある」これが取り組みの第一歩だった。ホルトはじっとスペンサーを見た。

「あったっけ？」スペンサーは眉を寄せた。

「あの晩だ。アリソンが死んだ晩だ」

スペンサーはちんぷんかんぷんという顔で首を振った。

「アリソンはおれを駅に迎えに来た。きみはおれたちのすぐうしろにいた」

スペンサーの眉が晴れた。「ああ、そうそう、きみは美人と一緒だった。ちらっと見えたけど——」

「で、あれがアリソンだったという考えはこの十六年間に一度も生まれなかったと言うのか？」ホルトが口をはさんだ。

スペンサーの青い眼はまたたきもしなかった。「一度も」

ホルトはあっさり解放した。「キャシー？　きみは？」

彼女は頷いた。「協力するわ。できることなら」

ホルトは驚きを隠せなかった。「そんなに簡単に？　なんの条件もなしに？　反対しないのか？」

キャシーは長いこと彼を見つめてから言った。「あなたが殺したと信じてたわ。あなたなんか八つ裂きの刑にでもされればいいと思ってた」

「今は？」

「あなたがこんな真似をするとは信じられない。これだけ時間がたったあとで、なんの理由もなしにこんなこと始めるなんて」

「ひとり確定か。あと四人だ」

ウェンディは空咳をした。「もちろんできるだけの協力はするわ。あなたを疑ったことなんて一度もないもの」

ホルトは頷いた。「スペンサー？」

「だからさ、どうすりゃいいっての。いまさら過去をむし返しても、みんな辛いだけだと思うよ。ボブが気の毒じゃないか」

「ほう？」ホルトの眼が愉快そうに光った。「今はボブとなかよしこよしか。たしか昔、ボブの一番の手柄は社長の娘をもらったことだとか言ってたな」

ブライアントはいきなりの暴露にうつむいたが、スペンサーはしれっとした顔のままだった。

「昔の話だよ。ぼくがまだ、ここの誰も知らなかったころだ。間違ってた。よく間違えるんだ」そこで笑くぼを作った。「だけど、きみが本当のことを言ってるかどうかわからないじゃないか」

「きみもな」ホルトは言い返した。

「まあね」スペンサーは考える顔で言った。「まあね。うん、いいよ。できるだけのことはする」

「ボブ？」ホルトは言った。

「きみは裁判を受けた」ブライアントは聞こえないほど小声で言った。「そして有罪になった。私の妻を殺した罪で。なぜ私がきみを助けると？」彼は顔をあげた。「ほかに誰がいる？　誰にやれた？　誰がオールソップを殺す？」

ホルトは結局、煙草を買わなかったことに気がつき、スペンサーのを一本抜いた。スペンサーがライターの火を差し出し、ホルトは深く一服してから口を開いた。

「おれは投獄された。長い長い間。無実の罪でな。もし、ほかの人間にもやることができたときみを納得させられたら、協力してくれるか？」

ブライアントはほかの三人を見たまま何も言わなかった。

「会議は延期してもらいたいな」ホルトは言った。「どうだ、みんな？」

皆はきまり悪そうにしていたが、やがてスペンサーが立ち上がった。「いいかい、ボブ？」

ブライアントは頷き、ほかの一同は部屋を出た。

ホルトはブライアントに近寄り、スペンサーが坐っていた椅子に腰をおろした。「なぜ探偵にアリソンを見張らせた？」

「出張で一週間留守にするからだ。その間、アリソンには機会が増えるからだ」

「でも、あれはブリュッセルの展示会の週だっただろう」

「だからなんだ？」

「おれはきみと一緒だっただろう！　おれを疑っていたんじゃないのか？」

ブライアントは首を振った。「あの時は相手が誰か知らなかった。アリソンが亡くなって初めてきみだと知った」彼は苦笑いした。「だからオールソップの調査は空振りだったわけだ」

「それは三月の話だろう。おれはアリソンと通じていなかった。あの日――アリソンが死んだ日――あれが初めてだった。あの時だけだ」

ブライアントは無言だった。

「アリソンがまったく浮気をしていないから、探偵は尻尾をつかむことができなかったとは考えなかったのか？」ホルトは煙草をもみ消した。

「いや、全然」

「それが理由だとは思わないのか？」

「いいや。いまさら何だと言うんだ」ブライアントは立ち上がろうとしたが、ホルトが横で彼の肩に手をかけ、もう一度坐らせるだけの力をこめて椅子に戻した。

「まだだ」彼はテーブルの上に腰かけ、両脚でブライアントの逃げ道をふさいだ。「まだ話は終わっていない」

ブライアントは残り少ない頭髪をかきあげ、無言のままだった。

「その後、もう一度オールソップを雇ったのか？」

「いや」

「オールソップが探偵事務所を辞めたという話は法廷で聞いた。直接雇ったのか？　あの日、オールソップはアリソンを見張っていたのか？」

「いいや」ブライアントは力をこめて言った。「誰にも見張らせていない。きっとアリソンがでっちあげたんだ」

「なぜ？」

「おもしろいと思ったんじゃないか」

「アリソンはあまりおもしろいと思っていなかったようだが」

「まあ、いい。あれの勘違いだったんだろう。本当に誰も見張ってなどいなかった。私は〈ウォッチ〉探偵事務所に三月の一週間、調査を依頼した。そしてオールソップが派遣された。それだけだ」

「アリソンの死を調べるためにオールソップを雇ったか？」

「まさか」

「そうか。なら、オールソップはアリソンを見張っている間に何かを見落としたと感じて、勝手に再調査を始めたということになるだろうな？」

「かもしれん」ブライアントは用心深く言った。

「そして、彼は何かを見つけたわけだ、アリソンが死んだあとに」ホルトはもう一度、煙草に火をつけ、マッチを消す息でブライアントの顔に煙を吹きかけた。「そして、あまりに近づきすぎた」

「そうだろうとも。オールソップはきみに手紙を書いた。それできみは彼に脅されたと思いこんだ」

「おれは彼が助けてくれるつもりだと思ったんだ。今でもそう思っている」

「それだけか？　そんな話で私を納得させられると？」

「オールソップは死んだ。おれは殺してない。彼は何かを知って殺された。おれはそれをつきとめるつもりだ」そしてテーブルから離れた。「きみはまだ腹に何か隠しているな」

ブライアントは立ち上がり、ドアに向かった。「きみが猿芝居を続けるのをやめさせることはできないが、出てってくれと頼むことはできるぞ」

ホルトは彼の前を通り過ぎて部屋を出た。ブライアントは何か隠している。そうに違いない。

「しかし、ビル」ブライアントが声をかけた。

ホルトは振り向いた。

「きみが本当にやっていないのなら、用心したほうがいい」

脅しか？　偽りならざる忠告か？　まだわからなかった。が、用心はするつもりだ。

会社を出て、ホテルにチェックインした。支配人のホセは親切で話し好きで、ホルトはいつのまにか世間話をさせられていた。長いブランクのあとでは難しいことだった。

すくなくとも〈ジョージ〉は変わっていなかった。古いがっしりした建物と、古いがっしりした調度品はそのままだった。陽気なスペイン人夫婦のホセとマリアだけが新しかった。バーの客の人数から見て、夫婦は〈ジョージ〉を人気スポットにしたようだ。

ホルトは部屋に行き、オールソップがアリソンを見張っていた一週間の調査報告書を読み返した。

「一九七〇年、三月十六日、月曜日。目標は家を出て……」

何ヵ月もたったあとで、オールソップは何を見たことに気づいたのだろう？

「ハーマーさん、あなたはマイケル・オールソップを一九六九年八月から一九七〇年三月まで雇用していましたね？」

ホルトは法廷内を見回した。古い木の鏡板が張られたヴィクトリア風の部屋。陪審員は六人ずつ二列に坐っていた。判事は椅子に作りつけられた置物のようだった。彼が法廷を出て、判事連中が運転しそうな車、ダイムラーかなんかに乗りこむ姿は想像できなかった。もし運転できるとすればだが。判事が映画館に行ったり、バナナを食べたりするところなど、想像もできなかった。

傍聴席は、地元の金持ちの青年が当然の報いを受けるショウを見逃すまいという人々で埋まっていた。アリソンを地元紙の一面を飾った愛らしい娘としか、見ていない連中。彼女がホルトにした仕打ちのことなど気にもかけない連中。アリソンが何をしたにしろ、どうせホルトが悪いのだと思っている連中。そして彼らは、判事は、陪審員は、結論を出していた。すでに。どんな希望があるだろう？　両脇を警官にはさまれて被告席に坐る彼は、裁判が始まる前から有罪に見えた。これでどんな希望があるというのか？

「マイケルはあまり仕事を気に入ってませんでしたね」ハーマーは言っていた。

そう、それでいい。ホルトは思った。マイケルと呼んでくれ。

「いつになったら本物の探偵の仕事をやれるのかとうるさくて。そんな仕事は来るもんじゃない。本の中だけだ。行方不明者を探してくれという依頼ならたまにありますが、そっちの調査はサリーさんが無料でやってますしね」

「サリーさんというのは救世軍《サルヴェイション・アーミー》のことです、裁判長」検事が言った。

「わかっています、ありがとう」判事は言った。

「では、オールソップ氏は彼が思うところの〈本物の〉探偵仕事をやりたがっていたと？」

「そう」ハーマーは微笑した。「しかしあたしらの実際の仕事は債務者を探し出したり、令状を送達したりというのがほとんどで。あとは離婚ネタですね。法改正の前ほどじゃないが」

「一九七〇年三月にオールソップ氏はアリソン・ブライアントの見張りをしましたね？」

「ええ。あたしらは監視と言ってますが。そう、一週間だけ、十六日から二十二日までです。ご亭主が出張で留守にする間」

オールソップの報告書が主役たちに配られた。ホルトは主役ではなかった。

「ここに見られるかぎりでは」検事は言った。「ブライアント氏の疑惑を裏付ける証拠はあがっていないようですが」

「そりゃそうですよ」ハーマーが口をはさんだ。「だって奴は亭主と一緒に出張に行ってたんだから！」そう言って、ホルトを指差した。

判事はハーマーに、質問されたことにのみ答えるようにと注意し、ハーマーさんの発言は忘れるようにと陪審員に命じた。すばらしい。彼らは全部忘れてくれるってわけだ、魔法のように。検事は嬉しそうだった。

「あなたはブライアント夫人の死後、オールソップ氏と話していますね。彼の事件に対する反応はどうでしたか？」

「そりゃ動転してましたよ。ものすごく。自分がちゃんとつきとめてりゃ、奥さんは死ななくてすんだはずだって」

「彼は警戒していましたか、つまり、身の危険を感じているようでしたか？」

「いやいや、ただものすごく動転してただけで。あの仕事にそれほど熱心だったとは思えませんがね。あのあと、すぐに辞めちまったんだから。あたしが思うに、オールソップは何か見過ごしたと感じたんです。あいつはいつも本物の探偵仕事に憧れてましたからね、あたしの意見を聞きたけりゃ――」

「誰も訊いていませんよ、ハーマーさん」

レストランは夕食どきで混んでいた。今や計画の第一歩を踏み出したホルトは、旺盛な食欲を見せていた。ブライアントが率直に語っているかどうかは怪しかったが、嘘さえも役に立つものだ。使い方さえ心得ていれば。

「あなた、ビル・ホルトでしょ？」

彼はコーヒーから顔をあげて女を見た。三十代前半、栗色の髪に栗色の眼。デニムのジーンズとジャケットに、胸元をはだけた青いシャツを着ていた。ジャケットの袖をまくり、よく陽に焼けていた。

「ああ」

「坐ってもいい？」

ホルトはどうでもいいという身振りをし、女は腰をおろした。

「ジャンよ」女は言った。「ジャン・ウェントワース」

彼は無言でまたコーヒーを注《つ》いだ。

「ここに泊まってるの。あなたとお話ししたくって」

「なぜ？」

「最後に見た時、あなたは凍えながら刑務所の屋根にへばりついて、ぼくは誰も殺してないって叫んでたから」

あそこにいたのは記者だけだった。「失せろ」静かに言うと、女は立ち去った。

ホルトの心は屋根の上ですごした日々に引き戻された。あの時は全身を突き刺す寒さもほとんど気づかなかった。自分が無実であると人々にわからせることができるという、無駄で愚かな希望に暖められて。そう信じていなければ、誰があんな真似をするだろう。しかし心の奥ではずっとわかっていたのだ。いずれはおりなければならないと。わずかな差し入れを食らい、スレート屋根に爪をたて、声が嗄れるまで叫ぶ、その孤独な戦いが日に日に話題性を失うなかで。

ホテルを出て、レスターシャーに向けて車を走らせた。そうしたくはなかったが、そうしなければならなかった。「あの腐れ屋根に上っちめえ」誰かが言ったのを覚えている。あれ以後、ほかの奴も上るようになった。哀れなこそ泥が無実を訴えて叫んでいたっけ。三十マイルほど行ったところで、ようやくそれは見えてきた。

何もないどまんなかに光の輪があった。力強い光の輪は歓迎してくれているように見える。そこが刑務所だと知らない者の眼には。その光の輪はすべてを監視するカメラのためにあった。人間たちを囲いこみ、閉じこめ、見張り続けるカメラのため。計画はその光の中から生まれたのだった。簡単だ、とホルトは胸のうちで呟いた。実際、簡単なことだった。殺す方法も、場所も、時期もわかっているのだから。彼はその光がぼやけ、眼の前でゆらめくまで睨み続けていた。

あとはただ、殺す相手を見つけるだけだ。

3

町に戻り、〈緑の男〉亭に行った。前科者が常連になるには都合のよい、うらぶれたパブ。知り合いは誰も常連でありそうもないという特典つきだ。

一杯目。これこそ酒飲みがじっくり味わうひとときのはずだが、今は計画のことで頭がいっぱいだった。「一パイント。ビターを」ジュークボックスが左耳でやかましく響く。その上のスクリーンではえんえんとビデオが流れる。右のほうではスペースインベーダーが轟音と共に炸裂している。

「ご一緒してもいいかしら?」女の声がした。

くそ。しけたパブにつきもののこれを忘れていた。彼は振り向かなかった。

ビターを受け取ったホルトは、物価が自分の感覚の五倍であることにようやく慣れだしていた。おそらく女の値段も五倍だろうと思ったが、サービスを受ける気はなかった。女など欲しくなかった。アリソンが心に女性嫌悪の爪痕を残していた。が、あの後の状況を考えれば、それは都合がよかったと言える。

女なしで十六年すごすことができた。もう十六年でも大丈夫だ。永久でも。

「お水でいいわ」

「別の客を探せ」ホルトは眼もあげずに言った。「間に合っている」

振り返るとジャン・ウェントワースがいた。

「わたし、娼婦に見えるの？」彼女は訊いた。

「さあな。最近の娼婦がどんなふうか知らない」

「おんなしよ」彼女は陽気に言った。「厚化粧塗りすぎ、スカートぴっちりすぎ、ハイヒール高すぎ。こんなぼろジーンズでご出勤あそばさないわ」ジャンはにこっとした。「ジントニックね」バーテンに言った。

酒が来ると、ホルトは財布を取り出した。「おごりだ」

ふたりは坐ったまま、互いに見つめ合った。リング上のボクサーのように。ホルトはビールを飲んだ。うまかった。

「何か話さないの、そうやってビール睨《にら》んでるだけ？」ジャンは訊いた。

「どっちでもいいだろう？」

「話をするんなら、別のとこに行ったほうがよくない？」ジャンは騒音に負けじと怒鳴り返した。

ホルトはかつての仲間たちから拍手喝采間違いなしの飲みっぷりで、ジョッキを一息であけて立ち上がった。ジャンもまたあっぱれなスピードでジンをあけ、彼を追ってドアに向かった。

柔らかな暖かい夜気の中に出るとジャンはホルトを追い越して、ポケットに手をつっこんでくるりと振り向き、立ち止まろうとしない彼の前を後向きに歩きながら言った。「どうして無関心なの？」

ホルトは眉を寄せた。「何に？」

「さっき、わたしを娼婦と間違えた時。刑務所を出てきた男の人って、最初に見た女に襲いかかるものだと思ってた」

「おれは違う」ホルトは言った。「必要ないし、欲しいとも思わない」

ジャンはにこっとした。「誘っちゃいないわ。ちょっと不思議だっただけ」

ホルトは足を止めた。「きみはあの記者たちの中にいたのか、刑務所に来た？」

ジャンが頷くと、ホルトはすたすた歩き去った。

「ねえ、どこ行くの？」

「言わなくてもわかってるんじゃないのか」ホルトは車に乗り、〈ジョージ〉に向かった。彼は時折、ミラーを確かめた。彼女はついてきていた。

小さなせせこましい駐車場に苦労して車を停めると、ホルトはラウンジに行き、ウィスキーとジントニックを注文した。席につくとジャンが現われた。彼は、今回はちゃんと氷とレモンの添えられた完璧な飲み物を示した。

「ありがとう」ジャンは向かいに坐り、グラスを取り上げた。「こっちのほうがすてき」

「ほかに着る服はないのか？」

彼女は自分の服を見下ろし、また顔をあげた。「あるわよ」

「なら、着替えたらどうだ？」

ジャンは立ち上がってラウンジを出ていった。戻ってくると、明るいプリント柄のコットンドレスを着ていた。

「いい？」ジャンは言った。

ホルトは無言で酒を飲んだ。

「なぜ着替えた？」

「あなたに頼まれたから」

彼はグラスでバーテンを示した。「あいつに頼まれたら着替えるか？」

「ううん」

「ネタにならないからか？」

「あなただってネタにならないわよ。いまさら」

「じゃ、なぜおれのために着替えた？」

「あなたが嫌がってたから」ジャンは言った。「嫌がってるのはすぐわかった。理由も今思いあたったわ」そして切り抜きを手渡した。それは屋根の上で馬鹿をさらけ出している、デニムの囚人服を着た彼自身の写真だった。彼は記事を読み、ジャンを見やった。

「ずいぶん同情した記事を書いてくれたんだな」

「あまり助けにならなかったけど」ジャンは切り抜きを受け取った。「わたし、毎日通ったのよ。あなたがおりてくるまで」

ホルトは眉根を寄せた。「見えなかったぞ」

「見える場所に行かせてもらえなかったの」

だろうな。「なぜだ?」ホルトは訊ねた。「なぜ通ったりした?」

「わからないけど。でも、ましかなと思ったの。あなたにとって。誰か聞く人間がいたほうが。わたしの気持ちがあなたに届けばいいと思ったんだけど」

「届いてないな」

「そうね。ねえ、あなたどうしたの?」

「鞭で百叩きさ。その後、ガーツリーに送られた」

「それは、あなたがやらかした大騒ぎの結果でしょう」

ホルトは頷いた。

「そうじゃなくて、どうしちゃったの? 判決がおりても、頑としてはねつけて、控訴するってさんざん騒ぎ立ててたのに。屋根に上っていたと思ったら、次はどうしてた?」

ホルトは答えなかった。

「一度、喧嘩があった以外は」ジャンは続けた。「まったくきれいなものじゃない。抗議も、知事の面会請求も、部屋の変更要求もなんにもなし。どうしちゃったの?」

ホルトは彼女の言葉に、胃の腑《ふ》を締めつけられる気がした。「大人になったのさ」

ジャンは何を求めて近づいてきたのだろう。何かおいしい話を聞けると思っているのか。だが、相手を間違えている。どうせ屋根の上でちびるほど怯えていた阿呆だとなめているのだろう。大間違いだ。

ホルトは立ち上がった。「疲れた。もう寝る」

部屋に戻って三十分ほどたつと、ノックの音がした。彼は素早くドアを見た。鍵はかかっていた――ホテルについて早々、自分のいる側にある鍵を閉める喜びを味わったものだ。ホルトはドアに近寄り、音をたてずに鍵をはずした。

「どうぞ」そう言いながら、身体がドアに隠れる位置にずれた。

ジャンがはいってきた。「ビル？」

「何が目当てだ？」

背後から声をかけられて驚き、彼女はびくんと振り向いた。「あなたを助けたいの」

「どうやって？」ホルトはドアを閉じた。

「あなたは殺人犯じゃないと証明して」

ほう、そう考えているのか。彼はドアの前に立ったまま、思案顔でノブをはじいた。「どうしておれがやっていないと思う？」

「あなたがやってないと言ったから」

「誰でもそう言うさ。刑務所の屋根に上って同じ台詞をわめく奴だっている。そんな奴を全員、信じるのか？」

「いいえ」

ホルトはノブに手をかけたまま、その場を動かなかった。「なぜおれを信じる？」

「あなたを知ってるから」

彼は眉を寄せた。

「うちに煙草を買いにきてたでしょう」

ホルトはもう一度、ジャンを見直し、眼をすがめた。「ウェントワースの煙草屋」彼は言った。「きみはあそこの子か?」

「そうよ」

「つまり、きみんちの煙草を買っていたから、おれの言うことは信じられると?」

彼女は肩をすくめた。「町に帰ってきたのは、どうして?」

「ここに仕事があるからだ」

「今まであなたがいなくても、会社はちゃんとやってたじゃない」

胃の腑の締めつけはますます激しくなった。

「今朝、出所してすぐに〈グレイストーン〉に行ったでしょう。あなたひとりのためだけに縛り首の法律を復活させちゃいそうな人たちのとこにまっすぐ。どうして?」

彼の手がドアノブを握り締めた。

「その後、ガーツリー刑務所を見るためだけに、往復九十分のドライブをしたでしょう」

それが引き金だった。ホルトはドアに鍵をかけ、ポケットに鍵をしまった。見守る彼女の眼に不安の色が浮かんだ。

「どうして鍵をかけたの?」

ホルトは答えなかった。無言で近づくと、ジャンは後ずさりした。もう一歩踏み出すと、彼女はあたりを見回し、一歩さがって、背後の椅子につまずいた。さらに前進し、文字通り壁に背中をつけるまで追い詰めた。

「おれにつきまとうのはかまわん」彼は彼女の両側の壁に両手をついた。「刑務所記録やら私生活やら、ほじくり返すのもかまわん。きみの仕事だからな。おれには止められない」そこで間をとった。「しかし、つかんだネタをひとことでも活字にしたり、喋ったりしてみろ……」ホルトは突然ジャンの両手首をつかんだ。「しばらくは何も書けなくなるからな」その声は穏やかで、手は万力のようだった。彼女は息をのんだ。彼は手を放し、背を向けた。彼女が動く気配にまた振り返った。

ジャンは椅子のうしろにまわり、両手で椅子をつかんで、ホルトとの間にバリケードを築いていた。

「どうした？」ホルトは言いながら近寄り、椅子を蹴倒した。彼女の眼が恐怖に光を失い、さっと電話を見た。

「やってみろ」彼は言った。「どこまで逃げられるだろうな」ホルトが椅子を取り上げようとすると、ジャンは反射的に頭をひっこめ、片腕をあげた。「気に入らないか？」彼は訊いた。「殺人犯と同じ部屋に閉じこめられるのは気に入らないか？」

ホルトは椅子を元の位置になおした。「おれもだ」彼は言った。「だから屋根によじ登って叫んだんだ。おれを殺人鬼や強姦魔や幼児専門の変態と同じ部屋に閉じこめないでくれと。だけど、誰も聞いてくれなかった」

喋るうちに、ジャンの身体から緊張が解けていくのがわかった。彼女の眼に光が戻ってきた。ジャンはごくりと唾を飲んだ。「わたしは聞いたわ。ちゃんと聞いてた」

「そしておれは一生こんな思いをするのだと宣告されていた」ジャンの言葉など聞かなかったかのように彼は続けた。「それがおれの身に起きたことだ」

「わたしは聞いたわ」ジャンは繰り返した。「あなたを助けたいのよ」

ホルトは腰をおろした。「きみに何ができるって？」

「質問ができるわ」

彼は顔をあげた。「ああ、そうだな」片手で髪をかきあげながら同意した。「たしかにできるよ」

「でしょう？　わたしは質問の方法を知ってるし、質問すべき相手も知ってるんだから」

「そのおかげで、たった今、部屋のすみに追い詰められたわけか」

「そのおかげで、答えをもらえたじゃない」

彼は微笑したが、首を振った。「駄目だ。危険だよ。質問して、答えを得ることくらい、おれにだってできる。おれのやり方で」

ジャンはベッドに腰をおろした。まだ震えてはいたが、引き下がろうとしなかった。「〈塀の中〉流エチケットは一般社会じゃ、あまり受け入れられてないの。礼儀正しく訊くべき質問もあるのよ」

彼は煙草の箱を取り出し、振って一本出した。「おれに礼儀正しい質問はできないと思っているのか?」

「だって、思い詰めすぎちゃってるんだもの。あなた、刑務所ですっかり壊されちゃってるわ」

「おれのことなんぞ何も知らないだろうが！」火をつけていない煙草を口から離して、彼は怒鳴った。「あそこでおれがどんな目にあったかわかるか。昔のおれがどんな男だったか知らないだろうが」

ジャンは彼が煙草に火をつける様子を見ていた。「そうね」彼女は答えた。「でも、昔のあなたは、ノックの音でいきなりドアのうしろに隠れたりしなかったでしょう。手首を折るって、人を脅して歩いたりしなかったでしょう」

ホルトは彼女に顔を近づけた。「おれを信じるなら、脅しも信じることだ。おれにやれないと思うな」

「でも、わたしはあなたのことなんて書きたくないんだってば。助けたいだけよ」

ホルトはよく考えてみた。ジャンはすでにホルトについて多くのことを探り出した。彼には知らなければならないことがある。しかし、いくら彼女でもこれは調べられないだろう。「きみに何ができる？」ホルトは蔑《さげす》むような口調で詰問した。「オールソップについて調べられるか？　あいつは仕事のできる男だったか？　どんな男だった？　アリソンはあの日、あいつが見張っていると言っていた――しかし、それはありえないと証言された。あの時、オールソップはどこにいた？　なぜ探偵事務所を辞めた？　これがおれの知りたいことだ」

「ずいぶん古いことだけど」ジャンは言った。「やってみる」

ホルトは煙草を消し、頭を振った。「おれが恐いか？」

「裏切るつもりはないから、骨を折られる心配はしてないわ」

ホルトの計画に彼女ははいっていなかった。ルール一、計画は変更するべからず。しかし、ジャンは正しかった。彼女は質問ができた——記者なのだから当然だ。ならば獲物も手遅れになるまで、何が起きているか気づかないかもしれない。ジャンは喋らないだろう。喋らないほうが得だとわかったはずだ。そう思いつつも、ジャンは最初から喋るつもりはなかったとほとんど信じていた。ほとんど。しかし、何か理由はあるはずだ。

「おれを助けることに、きみにとってどんな意味がある？」

ジャンが眼をそらし、ホルトはやはりと頷いた。本音を吐かせてやる。邪魔はさせない。誰にもだ。

「あなたが屋根に上った時」ゆるゆると彼女は口を切った。「わたしはあなたの知り合いだと言って、取材の仕事をもらったの」そしてにこっとした。「手段は選ばず、ね」詫びるように言った。「初めての署名記事だったの。知り合いならおもしろい切り口の記事になると、上司は思ってくれたわけ」

ホルトは煙草に火をつけなおした。「きみはそんなふうには書いてなかった」

「ええ」

彼は待った。

「刑務所に行った時」ジャンはまた彼を見つめた。「あなたを見たわ……」彼女は眼を伏せた。「あなたは凍えてた。絶望して必死で半狂乱だった。わたし、屋根に上ってあなたのそばにいてあげたいと思ったの。だから……」

ホルトはポケットから鍵を取り出し、ゆっくり立ち上がった。「危険すぎる仕事だよ」彼はドアを開けた。「どっちにとっても」

ジャンは無言で部屋を出ると、廊下を歩き去った。

ドアを閉めて、また鍵をかけた。少し眠らなければ。ホルトはベッドに横になった——初めての本物のベッド、ダブルベッド、手足を伸ばせるベッド。何年も前に心に決めていた——〈ジョージ〉のダブルの部屋に泊まるのだと。起き上がって服を脱ぎ、柔らかなシーツの感触を味わうつもりだったが、そのまま眠りに落ちていた。靴も脱がずに。

翌朝は、書類を検討した。今のところ、たいして助けになりそうではない。いや、今までもそうだったのだ。ホルトは弁護士と追ったすべてのどん詰まりを思い返していた。

ブライアントの家で見つかった身元不明の指紋——弁護士は狂喜したが、それもブライアント家が大工や装飾屋やその他大勢を入れたばかりとわかるまでの間だった。

死亡時刻が彼の無実を証明するかもしれないという一縷《いちる》の望みもあった。あの日、ホルトは結局、タクシーで帰宅しており、運転手は彼を拾った時刻を記録していた。しかし死亡時刻は身の潔白を証明するどころか、彼の棺桶に釘を打ちこんだだけで、結局、そのタクシーの運転手は検察側の証人として立った。

オールソップの事件では鉄棒が使われていた――当然ながら、見つかった凶器にホルトの指紋がなかったことで、彼は勝ったと思った。けれども弁護士たちによれば、指紋が発見されなかったことは、単に犯行が計画的であると証明しただけなのだった。

弁護団はホルトに、裁判では有罪を認めて、発作的にやってしまったと主張するよう勧めた。彼らは、ホルトの話を聞きもせず、信じてもいなかったのだ。

今のホルトはやるべきことを知っていた。自分の手で新しいものを、皆が見落としたものを見つけるのだ。オールソップが最初に見過ごし、やがて深く知り得たことを。彼はすべての新聞記事を読み返した。ほとんどが〈クーリエ〉紙からだった。

顔をあげた。これがジャン・ウェントワースの働く新聞社に違いない。そう思った時、また胃の腑が締めつけられる気がした。もし今朝の新聞にホルトの名が一度でも出ていたら、彼女に後悔させてくれる。

報告書、弁護団の意見書、弁護士の手紙もあった。彼はそれらを広げ、すべて読んだ。何もなかった。

ホルトは伸びをすると、しばらく書類から離れることにした。チャールズ・カートライトを訪ねて、いくらか協力してくれる気になったか見てくるとしよう。

カートライトが鼻先でドアを閉めようとしたのを見て、どうもその気はないらしい、とわかった。

ホルトは素早かった。「少し質問するだけだ」言いながら、カートライトのいるドアの内側に身体をねじこんだ。

「うちに来る権利はきみにはない」カートライトは言った。

ホルトは微笑した。「おれには手紙を受け取る権利さえない時期があった。面会も。煙草も。チョコレートバーひとつ食うことも。なんだって特権だ。いずれ奪われることもありえる」

カートライトはドアを閉め、脇をすりぬけるように客間に向かった。

ホルトはその後に続き、優美な線画と趣味のよい複製画に彩られた贅沢なホールを抜けて、舞台セットのような客間にはいった。ベートーヴェンが流れ、淡い柔らかな色の革張りの肘掛椅子が招いていた。今度はすっきりした壁に原画が飾られ、それはホルトの知らない著名な画家の手によるものに違いなかった。アリソンはきっとこの部屋を、この家を気に入っただろう。絨毯の毛足ひとすじさえ乱れていない。彼女がブライアントと結婚したのは不思議だ。一日の終わりには机が紙の束に完全に埋もれてしまうような男と。アリソンがキャシーの親友だったのも不思議だ。正反対だから惹かれ合うのだろうか。アリソンはチャールズのような男となら、家庭にずっと満足できたのではないか。チャールズは完璧主義者なのだ。

ホルトはスーザン・カートライトに会釈した。初対面だったが、ウェンディから聞いていたのですぐにわかった。彼は紹介されなかった。

「これから昼食なんだ」カートライトは言った。「手早く頼む」

「でもサラダなのよ」夫人は言った。「冷めないわ」そしてホルトに微笑みかけた。

「さっさと訊けよ」カートライトは言った。「ほかの連中は同意したそうだな。ぼくの本意ではないが、まあいい」

ホルトは夫人が坐っている前では切り出せなかった。

夫人はクリスタルのデカンタから酒を注ぐカートライトに眼を向けた。「わたしもいただくわ」落ち着いた口調だった。

カートライトは別のグラスに乱暴に酒を注ぎ、夫人に渡した。

「あなたも召し上がりません、ミスター……？」カートライトの態度に苛立った様子で、夫人は言葉を途中で残した。

「ホルトです」彼は答えた。「ビル・ホルト」

「まっ」夫人は少しぎょっとしたようだった。「お噂はうかがってますわ」

「悪い噂でなければいいですが」ホルトの言葉に、彼女は声をたてて笑った。誰かを笑わせたのは久しぶりだった。彼は夫人の問いに答えた。「お手数でなければ、コーヒーのほうが」

「あら、かまいませんわ。お砂糖やミルクは？」

「いや、ブラックで」彼は答えた。「私のユーモアと同じで」

夫人はまたも笑い声をたて、憤然としたカートライトを残し、キッチンに消えた。

「今のが奥さんか」

「そうだ。妻の前で話せないような何を訊きたいんだ？」

「きみはアリソン・ブライアントをどの程度、知っていた？」

「たいして知らなかったさ。ボブの奥さんで会長の娘。それだけだ」

「きみが〈グレイストーン〉に来た時はまだ、アリソンは独身だった。それを考えたことは一度もないのか？」

「ああ」カートライトは答えた。「きみとアリソンは婚約していると思っていた。そうでないと気づいていれば……」彼は腰をおろした。「どうだったかな」

「じゃあ、考えたことはあるわけだ」

カートライトの頬がうっすらピンクに染まった。「思っただけだ」彼は言った。「ただ思っただけだ。ぼくはアリソンの結婚レースには参加してない」

「それは自信がなかったからか？　きみは腹が立たなかったか？」

カートライトは片眉をあげた。「腹が立つ？　なぜぼくが腹を立てるんだ？」

「きみはチャンスを逃したわけだろう」

「そりゃ、チャンスはあったかもしれない。でも、アリソン・グレイが誰を結婚相手に選ぼうが、ぼくの関知することじゃない。腹を立てるわけないだろう」

「アリソンをどう思っていた？」

「別に」カートライトはわずかに眼を丸くした。「ほとんど知らなかったからね。いつも愛想のいい人だと思ってた。ぼくは好きだったよ」彼は間をおいて言った。「ぼくが会ったうちでいちばんの美人だったかもしれない。だからきっと、ブライアントは偏執狂じみてたんだな」

「偏執狂？」ホルトは問い返した。

「奥さんを尾行させたりさ！　探偵なんか雇って」彼の薄青い眼は、喋るうちにどんどん大きくなった。カートライトは怒っていた。

ホルトは彼の痛いところをついたようだ。アリソンに興味がなかったという言葉と彼の怒りは相反している。何かがカートライトを怒らせていた。ホルトはその何かを知りたかった。アリソンを殺した張本人だと信じる男が、自分の家にあがりこんでいることか？　それともほかのことか？　わからなかった。だが、怒りはいいものだ。恐れよりも、酒よりも。怒りの中に真実はある。

「それで彼は偏執狂になったというわけか？」ホルトは訊いた。

「そりゃそうさ。でなけりゃ、どうして奥さんと直接、話さないんだ？　こそこそスパイを雇ったりしないで」

ホルトは肩をすくめた。「ボブは感情的な場面が苦手なんだ。きれいですっきりした証拠が欲しかったんだろう」

「ああ、たしかに欲しいものは手にはいったじゃないか？」カートライトの顔は怒りで蒼褪め、腹の中は煮えたぎっているようだった。「奥さんが亡くなったあとで」

夫人がホルトのコーヒーを持ってきた。

「どうも」彼は礼を言った。

彼女はソファの夫の隣に坐り、ホルトを見つめてきた。

「チャールズ」ホルトは刑務所流駆け引きを使いたい欲求と戦いつつ言った。「おれはアリソンの愛人ではなかった」

「証拠はまったく逆を示していたじゃないか」カートライトは言い返した。「ブライアントがあんなこそこそした手を使わなければ、もっと早く見つかっただろうよ」

ホルトは肩をすくめた。「アリソンが死んだ時、きみはどこにいた?」

カートライトはため息をついた。「もう二十回も警察に話したよ」

「おれには話してくれていない」

「会社で仕事をしてたさ」

夫人は眉をひそめた。「チャールズが事件に関係あるとおっしゃるんじゃないでしょうね?」

「いや」ホルトは本心から言った。「ただ事実を知っておきたいだけです。裁判でボブ・ブライアントは、アリソンからの電話を六時半に受けて、頭を冷やしに外に出ていったと証言している。チャールズ、彼を容疑者からはずしたのはきみの証言だった。きみがなんと言ったのかを知りたいんだ」

カートライトはゆっくりと深く息を吸いこんだ。「ボブとラルフとぼくが会議をしてた時に、アリソンから電話がかかってきた。ボブは彼女の名を呼んだだけで何も言わず、受話器を置くと出ていった。しばらく待って、ぼくらはその後、自分たちの部屋に戻った。ボブは七時ちょっと前にぼくの部屋に来て、いきなり出ていったことを詫びた」彼は酒を飲み干した。「それだけだ。ボブはアリソンを殺しに飛んでったわけじゃない。昔、きみはその点をもっとよく追及してくれと訴えて、結局何にもならなかったが、今度も同じことだ。彼には時間がなかったんだから」

「ほかに会社にいたのは誰だ？　キャシーはいたか？」

「いや。キャシーは五時半に帰った」カートライトはふっと眉をあげた。「そうだ、スペンサーがいたよ」彼は言った。「忘れてた。どうしてかな。つまり、ほら、スペンサーはあのころ、〈グレイストーン〉に入社してなかっただろう。でも、彼がエレベーターに乗るのを見たよ」

「いつ？」

「ボブが帰ってくるちょっと前。廊下にボブがいないか探しに行って、その時、スペンサーを見かけたんだ」彼は少し驚いたようだった。「今の今まで忘れてたよ」

「わかっただろう？　おれが頼んでいるのはそういうことだ。もしみんなが忘れてたことや、重要でないと思っていたものを思い出してくれれば、ひょっとすると、おれの助けになるかもしれない。わかるだろう？」

カートライトは素っ気なく頷き、ホルトは立ち上がった。なぜオールソップのことでそんなに怒るのだろうと訝りながら。「ごちそうさま」彼は片手を差し出した。「協力してくれてありがとう」

カートライトはその手を無視した。ホルトはしばらくそのままでいたが、やがて、手を戻した。「残りは別の機会に話してもらえるだろう」

それは山勘だった。何もなかったとしても、損はない。もしまだ何かあれば、カートライトの白い肌がすぐに色づくのが見られるだろう。

そして、そうなるのをホルトは見た。

4

木曜日、昼食を終えかけたころにジャンがやってきた。最初の晩以来、姿が見えなかったので、諦めたのだろうと思っていた。軽くふくらんだ青いスカートに純白のブラウス。そして素足だった。

「まだこのホテルに泊まっているのか？」

「ううん。高すぎるんだもの。いやな下宿に移ったわ。おばさんに鍵かけられる前に帰らなきゃならないとこ」ジャンは浮き浮きしていた。眼が輝いていた。「早くそれ食べちゃってよ。話があるんだから」

「昼めしは食ったのか？」

「いいからどうでも、そんなこと。早くして！」

ホルトは言うとおりにした。

「ええとね」彼の部屋にはいると、ジャンは言った。「オールソップはアリソン・ブライアントが死んだ時、パブにいたの。彼が住んでいた村のパブよ。証人はたくさんいるわ。そのうちのふたりはパブの主人と村のお医者さん」眼を輝かせて言った。「開店から看板まで坐ってたの。ラガーライム飲んで」

ホルトは瞠目した。「どうやって探り出した？」

「わたしは質問すべき相手を知ってるのよ」

「警察に行ったわけか」彼の心臓は沈んだ。

「まさか。あの人たちが喋ってくれるわけないでしょ」

「じゃ、どこだ？」

「〈ウォッチ〉。オールソップが勤めてた探偵事務所よ。わたし、三日ばかりそこで働いてきたの」

信じられなかった。ホルトは首を振った。

「ほんとだってば！　わたし、自分が作家で、今度は探偵事務所を舞台に本を書きたいって言ったの。なるべく真実味をもたせたいから、働いてるとこを取材させてくれないかって頼んだのよ。かわりに事務所の雑用を手伝うからって」ジャンはにこっとした。「むこうはただ働きのバイトを手に入れて……」そこで間をおいた。「わたしはどっさり情報を手に入れたってわけ」

胃の腑が締めつけられた。「さっきの情報をか？　そんなはずはない」

「そんなはずあるのよ」窓からはいる微風がジャンのスカートのひだをふわりと広げる。「ハーマー元警部が教えてくれたの。所長さんよ」

「知っている」ホルトはまだ疑いつつ言った。

ジャンは得意気だった。「どう？　わたし、優秀でしょう？」

「どうやって?」ホルトはまだ信じられなかった。彼はベッドに坐りこんだ。「どうやって彼から聞き出した?」

「お喋りよ」ジャンは答えた。「お喋りするだけ。脅しはなし。おたくの探偵さんが仕事中に殺されたんですってね、って言ったら所長さんが、いや、ありがたいことに辞めたあとに殺されたんだって言ったの。そしたらあとは簡単よ」ジャンはにこっとした。「企業秘密を教えてあげる。質問に答えさせたければ、不正確な質問をすること」

まだ呆然としたまま頷いて、ホルトはジャンが歩いていって窓をもう少し開けるのを、眼で追っていた。ブラウスの薄布を通して、身体の線が透けて見えた。

「もっとあるのよ。オールソップは仕事ができなかったんですって。全然、結果を出さなかったそうよ。あそこの仕事が好きじゃなかったみたい。ハーマーさんに言わせれば、怠け者、ですって」そう言うと、ホルトの反応やいかにと振り返った。

「それでハーマーはオールソップを馘《くび》にしたのか?」ホルトは訊いた。信じられるような気がしてきた。

「馘にしたんじゃないわ。オールソップは三月に自分から辞表を出してるのよ。けど、七月になって突然、ハーマーさんのとこに警察が来て、ブライアント夫人の尾行をしたのは誰で、どこに住んでるのか、訊きに来てね」

「それで?」

「それで、ブライアント夫人が亡くなった時にオールソップがどこにいたのかをハーマーさんが自ら調べることにしたわけよ。〈用心しすぎるってことはないもんさ、お嬢さん。オールソップはブライアント夫人の習慣をよう知っとった。強盗ってこともあるからな〉」彼女はハーマーの北部訛りを真似て言った。ホルトは法廷でハーマーがマイケル・オールソップを褒《ほ》めたたえる声をありありと思い出した。

「彼はオールソップがアリソンを殺したと思ったのか？」

「最初のうちだけね」

「警察はなぜオールソップを探したんだろう？」

「ブライアントがアリソンの電話の内容を警察に話したからよ。彼は、その時には奥さんに見張りをつけてなかったけど、何ヵ月か前に探偵を雇ったことがあるって言ったの。そしたら警察だって、オールソップの口から話を聞こうってなるでしょう」

「しかしハーマーはそれだけの情報をどこから仕入れたんだ？」

「やあね、元の同僚たちからに決まってるじゃない。あの日、オールソップはブライアントの家の近所にはいなかったと、警察は結論を出して満足してるの」

　ホルトは首を振った。「法廷でのハーマーの証言じゃ、マイケルは虫一匹殺せない奴だったらしいがね。ハーマーはマイケルがやったかもしれないと思ったとはひとことも言わなかった。いい根性じゃないか？」

「でもねえ、十六年たったから、死んだ人の悪口だって言いやすくなったってことじゃないかしら。それに本気でオールソップを疑ったわけじゃないと思うのよ——じかに会いにいってるんだから」

「ああ、わかっている」ホルトは腕時計を見た。ジャンが見つけてきたことをもっと聞いていたかったが、あいにくウェンディと約束した時間が迫ってきていた。「悪いが、続きはあとにしてもらえるかな？　出かけなきゃならないんだ」

ジャンは少しがっかりした顔になった。「ええ、いいわよ」

ホルトはサイドテーブルに歩み寄った。「オールソップが作ったアリソンの報告書だ」それを取り上げた。「よければ読むといい」

「わたしを相棒って認めてくれるの？」ジャンは訊いた。

彼は書類を差し出したままでいたが、ふとある疑惑が浮かんでひっこめた。その疑惑は痛いほどに胃の腑を締めつけた。

「戻らなくていいのか？」

「え？」

「〈クーリエ〉に。新聞社にさ。勤めているんだろう？」

褐色の正直な眼がホルトをしばらく見つめた。「昔ね」ジャンは言った。「三年前に辞めたの。わたし、もうこの町にも住んでないのよ」

「すまなかった」それは十六年間で初めて心から口にした謝罪の言葉だった。

「わたし、愉しんでやってるのよ。あなたの知りたがってたことをちゃんと見つけてきたでしょう。どう？」

ホルトは書類を渡した。「ああ。きみは優秀だ。そして運がいい」

「かもね」ジャンは受け取った書類の最初のページに眼を走らせた。「でも、人は話題の出来事について喋りたがるものなのよ。自分の身にふりかかった事件じゃないと特にね」

彼は微笑した。「問題は、これが話を聞こうとしている全員の身にふりかかった事件だってことだ。ひとりを除いて。ひとりは事件を起こした奴だからな」

「なら」彼女はページを繰りながら言った。「それも犯人を見分ける基準になるかもしれないわ」ジャンは顔をあげた。「ね?」

ホルトは上着を取り上げた。彼女は実に使える。しかも一緒にいて楽しい。これまでの仲間たちよりずっと。「本当に用事があるんだ。すぐに戻る。なんならここにいてくれればいい。きみもそれを見たいだろうし」ホルトはサイドテーブルにのった書類の束を手で示した。

「ほら」ホルトはいきなり鍵を放った。ジャンは受けとめた。なんとなくジャンなら受けとめてくれると思っていたのだ。「きみが帰るより先に、戻れないかもしれないから」

駐車場におりていきながら、たった今、自分の生活すべてを他人に預けてきたことが信じられなかった。部屋、衣服、書類、鍵。これら生活のすべてをジャンの手にそっくり預けてきたのだ。

ウェンディに会うのでどぎまぎしているのが、我ながら妙だと思った。刑務所にいる間じゅう、定期的に会ってきたのだから。しかし今回は違った。ホルトのまったく知らない、ウェンディの家庭の中で会うのだ。彼女にはもう新しい夫がいる。新しい！　なんてこった、ウェンディが再婚してもう九年だ。ホルトはその〈もう新品ではない〉夫が出勤している時間に、ウェンディと会う約束をしていた。

「ジムのいない間に来てくれてありがとう」ウェンディは言った。

「それくらいしかしてやれないからな」

ウェンディがお茶とサンドウィッチを用意している整頓されたキッチンに通された。おそらくウェンディはもてなしの方法に何時間も悩んだだろう。礼儀作法の教科書には、かつて自分の夫だった殺人犯をもてなす方法について、あまり書いていないものだ。

「何かわかった？」ウェンディは心配そうに訊いてきた。

「そうだな」ここ数日、ホルトは昼間を衣服の買物に費やしていた。衣服をたくさん。そして、ちょっとした贅沢品を。しかし夜間は輾転《てんてん》として、何度も何度も裁判の記録を読み返していた。どこから手をつけていいのかわからなかった。ジャンなら助けてくれるだろう。「まだ、たいして」

彼女は頷き、お茶を注いだ。

「安心した顔だな。真相を見つけてほしくないか？」

「見つけてほしいわよ。ただ、無理だと思うの、こんなに時間がたっちゃ。それに、そうね……」彼女はため息をついた。「あなたの言うとおりかもしれない。忘れてくれたらやっぱり安心するわ、きっと」

「忘れる？」ホルトは繰り返した。呼吸をやめろと言われるほうが簡単だ。

「わたしだって苦労したのよ。ええ、刑務所にはいってたのはあなただわ――その気持ちがわかるなんて言うつもりないけど――でも、わたしだってたいへんだったのよ。わたしは……受け入れることで、やっと気持ちを整理したのよ。なのにあなたはまた、昔のことを全部思い出せと言うの」

「おれがやったと信じていたか？」

ウェンディは首を振った。

「それで気にならないのか？　ふたりを殺した奴が野放しになってるのに？」

「ええ。それは全然、気にならなかった。犯人はずっと昔に逃げてしまったのよ。気になったのは、あなたの身に起きたことだけだったわ」

「おれはそいつが逃げてしまったとは思わない」

逃げてしまった。そうか、おまえはそうやって受け入れたのか。

「わかってる。そう言ってたものね。でも、間違ってるわ、ビル。あの人たちの中に犯人なんていない。みんなわたしたちのお友達なのに」

「おまえの友達だろう」

「そうね」彼女は頷いた。「わたしのね。でも、あの人たちはわたしのお友達なのよ。あなたは間違ってる」

「おまえはなぜ〈グレイストーン〉にとどまった？」ホルトは訊いた。「そしてなぜ役員になりたがった？」

「ビル、わたしの身にもなってちょうだい。〈グレイストーン〉はわたしにたったひとつ残された確かなものだったのよ。それに、みんなが親切にしてくれて」ウェンディは続けた。「みんなが判決を信じたことは受け入れなければならなかったけど、でも、誰もわたしに辛くあたらなかった。あなたにもよ、本当は。みんな、あなたにあんなことができたはずがないと信じてるわ……その、正気の状態では」ウェンディはホルトを真摯に見つめた。「みんなあなたの機嫌をとって、調子をあわせてるだけなのよ」

ホルトは思考を止めた。それは考えたこともなかった。

「楽じゃないわ、今でも。ボブは本音ではわたしを役員にしたくなかったんだもの」

彼は眉を寄せた。「じゃ、なぜ続けている？　あの当時、何か確かなものにすがっていたいというのはわかる。だが、なぜいまだに役員を続けるんだ、そんなに居づらいなら？」

「ボブ・ブライアントの生活を少しでも心地悪くしてやりたいから」

ホルトは仰天した。彼の知るウェンディはそんなことを言う女ではなかった。

「なぜ？」

「あの人さえいなけりゃ、何事も起きなかったんだわ。あんな何もない野っぱらの一軒家に引っ越して、自分はちっとも家に寄りつかないで。仮にアリソンが浮気してたって、そんなのボブの自業自得だわ。でも、アリソンは浮気なんてしてなかった。そんな人じゃなかった。あの人がよその男に眼を向けるなんて、考えたこともなかったわ、あの……」彼女は眼を伏せた。

「ええ、あの日までは。あのころ、あなたとわたしはうまくいってなかったし、アリソンは淋しかった。だから、あの日、どうしてあんなことになったのか、わからなくもないわ」ウェンディは顔をあげた。「でも、アリソンがいつもいつもそんなことをしてたわけないのよ、相手があなただろうと誰だろうと。わたしはしょっちゅうアリソンの家に行ってたけど、ノックする必要もなかった。だから、あなたたちがわたしに気づかれずに何ヵ月も続けて逢ってたはずはないのよ」

ホルトは頷いた。「アリソンはなぜあんなことをしたんだ？」

「ボブを傷つけるためよ。お灸をすえるために。もしかすると、あなたにもお灸をすえてやりたかったのかもしれない」

「なぜ？　おれが何をした？」

「ボブと結婚するのを黙って見てたから？」そう言ってから、首を振った。「さあ、わからないわ。わたしは心理学者じゃないから」ウェンディは微笑んだ。「おかしいわね。あなたとアリソンのことをもっと普通の状況で知ってしまったら、きっととても深刻な不倫に思えたでしょうに。でも、そうじゃなかった。アリソンは淋しかっただけ」

ホルトは立ち上がった。「ああ、そうだな。もしおれがまだおまえに謝ってなかったら……」彼は手を振った。「わかるだろう」

ウェンディは玄関まで送りに出た。「あなたは謝ってくれた？」彼女は訊いた。「もし、この事件が起きなかったら？」

ホルトには嘘がつけなかった。「わからない。考える間も与えられなかった」

ホテルに戻ると、ジャンの車はまだ駐車場にあった。彼が車を停めると、ジャンが自分の車から急いで出てきた。

「ちょうど帰るとこだったの。よかった、行き違いにならなくて」

ホルトはホテルに向かおうとした。

「外を歩きましょうよ。気持ちのいい日だもの」

ふたりは新たに砂利を敷いた通りから、赤煉瓦造りのショッピングモールの中を通り抜けた。通りにドアがあって店にドアがないのか。この何年かで世界は妙な具合に曲がったものである。ジャンは公園のある方向に向かって、ホルトの少し先を歩いていた。歩きながら、彼女は自分の見つけたことを話した。

ハーマー氏は警察が来たあとで、オールソップに会いにいったと言う。おかしな奴さ、オールソップてのは。ひとりもんでな。家族もいない。ひとりも親戚がめっからんで、結局、あいつの遺産は全部、国のもんさ。結構な額なんだよ、まだ若かったのに。まあ、金を遺す相手がいなかったんだから、それもそうか。オールソップはひっこもるタイプだった。意味わかるかね？　人とまじわろうとしないのさ。それでも、ブライアント夫人のことじゃ、ずいぶんショックを受けてたよ。そりゃ、彼女はたいしたべっぴんさんだったから、オールソップが岡惚れしたって無理もないがな。だけど、そんな感じじゃあなかった。あいつは……そうだな、腹を立ててたようだったてのがいちばんぴったりくるなあ。

「腹を立ててた？」

「そう言ってたわ」

公園にはいると、ホルトは柔らかな芝生の上を歩いて、木の下のベンチを目指した。

「法廷でハーマーはそんなことは言わなかった」

ジャンは同情するように微笑んで、傍《かたわ》らに坐った。「わたしのせいじゃないわよ」

ホルトは眼を閉じ、子供たちがぶらんこやシーソーで遊ぶ音を聞きながら、芝の匂いを吸いこんだ。ジャンのかすかな香水の香りも。「腹を立てたのは、アリソンの浮気相手を見つけられなかったからだと思うか？」

「ハーマーはそう思ってるわね」ジャンはもっと姿勢を楽にしながら言った。彼女の膝がホルトの膝に触れた。「どう見ても愛人に殺されたようなのに、愛人なんかいないって報告書を出したからって」

「それでオールソップは突っこんだ調査をし始めたわけだ。そして相手の男を見つけた」

「誰だと思う？」

「カートライトかもしれないな」彼はチャールズを訪ねた話をした。「アリソンの好みのタイプだと思ってたんだ」

「ふうん」ジャンは考えこんだ。「どうして彼女はブライアントと結婚したと思う？」

「ウェンディはおれにさらってほしかったんだろうと言ってるが」ホルトは微笑した。「そうは思わない。ただの年上コンプレックスだろう。あのころ、おれは二十歳《はたち》だった。彼はおれなんかより、たくさんのものを持っていた」

陽の光はほとんど横に傾き、子供たちの影はどんどん長くなった。母親たちは「あと五分だけだよ、ジャスティン」といった長い長いやりとりを始め、ホルトとジャンはしばらく無言でいた。が、彼女はそう長い間、質問しないでいられなかった。

「またブライアントの家に行くのって、すごく不愉快？」

「わからない」ジャンはほかの人間が踏みこまずにいた場所を見つけるのが実にうまかった。

「なぜ？」

「何か思い出すかもしれないわ」

ホルトはため息をついた。「ああ、思い出すだろうな」そしてふっと笑った。

「辛い？」

彼は肩をすくめた。「さあ。きみは何があったか知っているのか？」

「記録は読んだわ」

「で、まだおれが無実だと思うか？」

「弁護士が間抜けだったと思うけど、ええ、無実だと思う」

ホルトは礼を言うかわりに小さく頭を下げた。「だが、ブライアントは家を売ったはずだ」

「いいえ。厳密にはまだ売りに出された状態なの。あれから誰もはいってないのよ」

「別に驚かないね。そもそもブライアントはどういうつもりだったんだ。わざわざまったく何もない野原のどまんなかに家を建てて」

「今はおばけ屋敷ね。出るかもよ」

たしかに出るかもしれない。ホルトは肩をすくめた。「いいさ。何か役に立つかもしれないからな」彼は腕時計を見た。「でも、今からじゃ、鍵を借りられないだろう」

ジャンはバッグから鍵を取り出し、ホルトの鼻先に吊してみせた。「なるべく人里離れた物件を探してたの。自分で手直ししてもよくて、あんまり高くないとこ」

「きみに全部まかせて、おれは南フランスでゆっくりしててもいいくらいだな」ホルトはにやりとした。

この計画が楽しいものになるとは思っていなかった。くだんの家に戻り、壁紙が剝がれ、材が腐っているのを目のあたりにすると、それはやはり楽しいものではなかった。谷間の川が走る湿っぽい原野にぽつんと建つそれは、文字通り崩れかけていた。

「あの階段、大丈夫かしら?」

「手すりはどう見てもやばいな。それは触るな。おれが先に行く。上りきるまでついてくるんじゃない」

ホルトが慎重に階段を上って二階に着くと、ジャンも続いた。一歩ごとに、板のきしむ音がした。

「彼女は上階《うえ》に何か探しに行ったと言ってたわね」ジャンが言った。「裁判であなた、そう証言してたでしょう?」

「坐って、ビル。お茶いれるわ。コーヒーでいい？」

「ああ」彼は暖炉のそばに腰をおろした。冬にはきっと火がこの部屋を陽気にするのだろう。がらんとした火床はまわりを陰気にした。

アリソンが戻ってきた。「今、沸かしてるから」

ホルトはじろりと咎めるように見た。「元気ぶるのはやめて、問題を話せよ」

「ええ。今、見せるわね」彼女は快活さを脱ぎ捨てた。「上階にあるの。取ってくる」

アリソンはしばらく戻らなかった。ホルトは立ち上がって窓辺に寄ると、静かで何もない景色を眺めた。何をしたにしろ責める気はなかった。アリソンがスーパーで万引きをする姿や、トイレのタンクに酒瓶を隠しているところを思い浮かべてみた。それともギャンブルか？　払えないほど大金を借りたのか？　そんな突飛な想像に苦笑した。問題、か。どんな問題だろう？　ホルトは考えるのをやめた。じきに話してもらえる。

「ごめんなさい」アリソンが微笑みながら戻ってきた。「思ったより長くかかっちゃったわ」ソファに腰をおろした。「あのね……」彼女は声を詰まらせた。「ああ、ビル」

「どうした、アリソン？」ホルトは隣に腰をおろした。「何が問題なんだ？」

「全部よ。なにもかも間違いだった」

ホルトはアリソンの肩に両手をかけた。「話してごらん」

しかし彼女は話さなかった。かわりにくちびるを、激しく求めるように彼のくちびるに押しつけてきた。最初、ホルトはあまりに驚いて何もできなかった。が、やっと身を離した。

「お願い、ビル。あなただったの。あなただったのよ、ずっと」

「ねえ、どの部屋なの」ジャンが訊ねるのはもう何度目かだった。

ホルトはあの部屋を見たくなかった。アリソンがわざとオールソップに見せつけたはずの窓を。それでいて、オールソップではありえなかったのだ。

ジャンは彼が示したドアを押し開けた。なんてこった。ベッドがまだあった。ブライアントは置いていったのだ。ホルトはふたたびアリソンの姿を見た。ふたたび彼女を感じ、味わい、受話器に話しかけるその呪われた声を聞いた。

「大丈夫?」

「そこにははいりたくない」ジャンはドアを閉めた。

アリソンの後に続いて、寝室にはいるのが恐い気持ちでここに立ってから、およそ十六年がたっていた。あの後、魂を押しつぶし、心臓を喰らいつくした十六年間。それはアリソン・グレイとの遅すぎる青春を取り戻した代償だった。

「わたしが考えなしだったのね」ジャンは言った。「帰りましょう」

「いや」ホルトはまたドアを押し開け、床板の状態からみて無分別なほど足を踏みしめ、寝室にはいった。

「気をつけて!」ジャンが叫んだ。

「気をつける?」ホルトは怒鳴り返した。「床を踏み抜くかもしれないってことか? この部屋じゃもっと悲惨なことが起きたんだぜ！　おれは妻を失った、十六年分の人生を失った、おれ自身さえ失った、なのに気をつけろってのか、今！」

すべての家具がそのままだった。ベッドサイドのテーブルには、アリソンが待ちきれずに手を伸ばしたあの電話がのっていた。窓の脇には小さな書き物机があった。ホルトはそれに近づき、引き出しを引いてみた。からだった。自分でも何を見つけるつもりかわからない。が、とにかく手がかりを見つけてみせる。ホルトは半開きの引き出しをじっと見つめた。もしかすると、手がかりを見つけたのかもしれない。もしかすると。

彼はジャンを振り返った。彼女は窓の外を見ていた。ホルトに背を向けて。

ホルトはただ彼女を慰めようと思っていたはずだった。しかし今、ふたりは二階の寝室にいた。アリソンは彼に背を向けて、窓の外を見ていた。

そわそわと部屋を見回し、塗り替えたばかりの木の家具や、きちんと整えられたベッドに眼を向ける。窓ぎわの小さな机にはメモ用紙とペン立てが用意されていた。アリソンらしい。引き出しは開いたままになっていた。アリソンらしくない。引き出しの中に、アリソンの写真が一枚はいっているのが見える。

その細い肩越しに、谷が見えた。荒々しい茶と緑、灰色の煙が発電所から青い夏空にたちのぼる。

アリソンは気が変わったのだ。そうに違いない。ホルトが部屋を出ようとしたその時、彼女は口を開いた。

「下げて」振り向きもせずにそう言った。

中学生のように震える指で背中のファスナーをつまんだ。実際、少年に戻った気持ちだった。十代のころでさえ、彼女とこうしたことはない。アリソンはそんな娘ではなかった。ドレスを肩からすべらせ、ホルトがその首筋に、肩先に接吻する間に、彼女はブラジャーをはずした。そして振り向いた。アリソンの乳房を見たのはこれが初めてで、ひどく不思議な気がした。なんと初心《うぶ》だったのだろう。今、アリソンが微笑み、昔のようにビリーと呼んでくれるのを聞いて思う。自分はなんと初心だったことか。


「なんにも見えない」ジャンは言った。「丘ばかりで、全然おもしろくないわ。あとは草と木だけで、ずっとなんにもなし。川も見えないじゃない」

「あの写真、〈クロニクル〉に載った写真だが」ホルトは言った。「あれを手に入れる天才的な方法があるか?」

「まかせて」ジャンは手助けできるのを喜んでいた。「あの写真なら覚えてる。彼女、美人だったわね」

ホルトは頷いた。「ああ。あの写真はそこの引き出しにはいっていた」書き物机を指差した。

ジャンはそれを見て、またホルトを見た。

「アリソンはそれを取りに来たんだと思う。おれに見せたかったというのはその写真だと思う」

ホルトは机のそばに立ち、窓の外を見た。視界からはほかのものが失せて、谷間ばかりがよく見える。

まだ信じられない思いで、仰向けに横たわっていた彼は、アリソンが急にベッドサイドの電話のダイヤルを回し始めたのを見て訝しみ、身を起こした。

「ボブ?」一瞬ののち、彼女は言った。「今、あなたの友達とベッドの中。誰か知りたければ、一日じゅう、わたしをつけまわしている人間に訊くことね」そして受話器を置いた。「ごめんなさい」ホルトを見ずに言った。

彼はアリソンを凝視し、ついで電話を見た。やにわにベッドを飛び出すと、服を身につけ、出ていった。

「たぶん」寝室を出ながら、ホルトはゆっくりと言った。「アリソンは最初、写真を取ってくるだけのつもりだった。だが、自分をつけまわしていた人間を見つけたんだ、誰だか知らないが」同時に下りようとしたジャンを片手で制し、考えを声に出しつつゆっくりと階段を下りた。「それでアリソンは下に戻ってきて、おれを……誘惑した」笑い声らしきものでしめくくった。

「ブライアントに灸をすえるために。ウェンディが言うとおり」

ホルトは階段の下でジャンを待ち、最後の危なっかしい数段では手を差し伸べた。

「しかし、もともとはあの写真をおれに見せるつもりだった」

ジャンは疑わしげな顔だった。「自分の写真を？　なんでそれが相談したいような問題なの？」

「さあな。だが、アリソンは几帳面の権化だった。引き出しを開けっ放しにしていたということは、何かあったはずだ。そうだろう？」

ジャンは力をこめて玄関のドアを閉めた。「そうね」

ふたりは雑草に埋もれた小径《こみち》を通り、車に戻った。


アリソンからとにかく遠ざかりたい一心で、ホルトはなかば走るように逃げ出した。このことを知ったらブライアントはどうする？　ウェンディに言うだろうか？　ラルフにも？　アリソンが自分にこんな仕打ちをしたことが信じられなかった。他人が覗いているのを知って、知っていていい、ていてあんなことを。しかもブライアントに電話をした。ああ、畜生、畜生、畜生。

村らしい村にやっとたどりつき、電話ボックスを見つけたが、中にはいってもまだタクシーの番号が思い出せず、しかもこのくそボックスには電話帳がない。彼は番号案内にかけた。

相手が出るまで一時間も鳴ったような気がした。

「こちらは番号案内です。どの町をお調べでしょうか？」

「タクシーだ」彼は言った。「番号がわからないんだ」

「どこの町でしょうか？」

「どこでもいいよ。ただ……もういい」ホルトは電話を切った。どうせ調べてくれる気なんてないんだ。

彼は電話を見つめて立ちつくした。家に帰らなければ。どうするか考えなければ。ブライアントにばらされる前にウェンディに告白するか？　しかし、そのあとでブライアントになんと言えばいい？　ここでは考えがまとまらない。家に帰らなければ。しかし、何マイルもどうやって？　彼は電話ボックスのドアを押し開け、あたりを見回した。郵便局はしまっており、眼にはいる人間といえば六歳くらいの子供、ただひとりだった。

「このへんにタクシー屋さんはあるかな？」彼は訊いた。

子供は難しい顔でホルトを見た。

「わかるかい。タクシー。車に人を乗せていろいろなところにつれてってくれる」

子供は家の中に駆けこんだ。ホルトは身を起こして、髪をかきあげた。この神に見捨てられた地から逃げ出す方法が、どこかにあるはずだ。

家から女が出てきた。「なんかご用？」胡散臭《うさんくさ》そうに彼を見て言った。

「タクシーを探してるんです」ホルトは答えた。「このへんにタクシーはありませんか？　電話番号でもいいんですが」

「番号？　さあ」女は言った。「ここらじゃみんなバートに頼むけど」

「バート？　どこに住んでますか？」

「ずっとあっち」女は大雑把に手で示すと、子供を追いやりながら、さっさと家にはいってしまった。

　ホルトはずっとあっちと言われたほうに歩いて、やたら場違いな新興住宅地に出くわした。バートの家。彼は眼をつむった。やがて辛抱強く、宅地内の通りを縦横に歩き回って、ようやく「ハイヤー」の文字が描かれた車を前に停めている家を発見した。

バートはその日の仕事をはやばやと切り上げていた。いやあ、明日、休みをとって遊びに行く予定だったんだよねえ。まあ、緊急ってことなら……

　家に着いて五分もたたないうちにウェンディが帰ってきた。

「遅くなっちゃったわ。ごめんなさい。おなかすいてる？　何か食べた？」

食べ物など見ることもできなかった。「いや、腹はへってない」

「顔色が悪いわね。大丈夫？」

「ああ、なんでもない」

「結婚のお祝い、取ってきてくれた？」


　あの結婚祝い。あれさえ覚えていれば、逃げおおせたかもしれないのに。胃の腑が締めつけられた。何から逃げおおせられたって？　昔のガールフレンドとの短くつまらない情事からか。スペンサーのくそ結婚祝い。

「スペンサーは写真家だ」突然、いつもスペンサーの肩にかかっていたカメラを思い出して言った。

「スペンサーって誰？」

おやおや、ジャンがまだ知らないこともあるのか。ホルトはさいころの六の目をふたつ揃いで出したような気分になった。

5

どんなきまぐれな運命が彼にジャン・ウェントワースを送り届けたもうたのか？　ベッドの上で書類に囲まれて丸くなり、あるいは車の中で脚を組んで隣に坐り、彼女はナイフを突き刺すような質問を浴びせてきた。

ホルトが期待していたような質問ではなかった。ウェンディや、警察や、弁護士がしてきたような。なぜ警察に出頭しなかった？　なぜオールソップのトレーラーハウスで見つけたものを通報しなかった？　なぜ警察が来た時に嘘をついた？　ホルトはそのすべてに答えた。納得のいく答えではなかったにしろ、結局はすべて正直に答えた。結婚祝いのことでウェンディに嘘をついたのは、アリソンといたことを隠すためだった。ウェンディの何気ない質問に対して無防備だった彼はパニックに陥り、最初に頭に浮かんだ答えを咄嗟《とっさ》に口にしたのだった。

やがてアリソンの身に起きたことを知ったあとは、その嘘を守り通すほかなかった。ウェンディはホルトが結婚祝いを受け取ってこなかったのだと信じ、ブライアントはおそらく、アリソンが買ってきたものと思ったのだろう。その嘘はホルトを問題から遠ざけたが、もともと無関係の問題だった。あの電話のあとで殺意を抱くほど激怒して家に行ったのは、ブライアントのはずではないか？　警察もそう信じたようだった。

だが、警察はブライアントを釈放し、ホルトを探し始めた。どうしていまさら出頭できるだろう？　誰が信じてくれるだろう？　やがてオールソップから来た手紙、そしてあの恐ろしいトレーラーハウス、いっそうのパニック。正真正銘、闇雲のパニック。ぶあつい灰色の霧に包みこまれ、自らの嘘にくるまり、ホルトは警察に引きずり出されるまで、その中にちぢこまっていた。

だが、ジャンはそういったことについては一切、訊かなかった。「アリソンはあなたたちの結婚生活がうまくいってないのを知ってたの？」

「話したことはなかったが、ああ、ほとんどの人間が気づいてた」

「じゃあ、あなたならいいカモになるって知ってたわけね？」

いいカモ。ああ、たしかにそうだった。餌を見せたら簡単に食いついた。そう、アリソンはよく知っていたのだ。

「いつ、だと思う？　あなたを車で迎えに行った時から？」

「違う。あとだ。二階に行って戻ってきてからだ。アリソンは――なんというか――変わっていた、とにかく、下りてきてからは」

「どんなふうに？」

そしてホルトはジャンに向かって怒鳴ったのだった、そんなくだらない質問には答えられない、と。怒鳴ったのはなりゆきだった。ジャンもまた怒鳴り返した、アリソンがそうした理由を知らなければ、真相をつきとめることなどできはしない、と。

「アリソンはあなたを傷つけたいと思ってた？」別の時にジャンは訊いた。

「いや」そんなはずはない。アリソンに何もした覚えはない。

「でも、あなたはアリソンとつきあってたのに、ウェンディを選んだんでしょう？」

「つきあ――そんなんじゃない。おれたちはあの時までただの友達だった。それに結婚して八年もたっていた」

「アリソンがブライアントとの結婚を後悔してたことは知ってたの？」だいぶ手擦れしてきたオールソップの報告書を取り上げて言った。

「本当に知っていたわけじゃない。ブライアントがアリソンをほったらかしてたのは知っていた。正直言って、深く考えたことはなかった。でも、アリソンがあの家を好いてないことは知っていた」

さらに質問は続いた。ジャンはホルトに自らの記憶を掘り返させ、当時の気持ちを、行動を、すべての動機をあばかせたが、徒労に終わった。

それでも彼女は諦めず、月曜日にホルトが言った言葉に対して水曜日に、その間、まったくブランクがないかのように唐突に訊いた。

「変わってたってどういう意味？」アリソンの写真を受け取りに〈クーリエ〉を訪れて、空手で戻る車中だった。ジャンの友人は頼まれたことをすっかり忘れていたのだが、必ず探し出して、週末までには焼き増ししておくと約束した。

「え？」ホルトは訊き返した。

早くから人気《ひとけ》のなくなった通りには不必要な信号に、ジャンは車を停めた。「アリソンが階下に下りてきた時、変わってたって言ったじゃない。で、どんなふうにって訊いたら、あなたは怒りだしたでしょう」

「説明が難しいんだ。アリソンはとにかく、下りてきた時は変わっていた」彼はしばらく考えた。「最初、アリソンはひどくぴりぴりしていた、でもあれは、おれに何かを訴えようとして、なかなか切り出せずにいたようだった。何か特別なことを。何かをおれに見せようとしていたんだ。だが、下りてきた時には、アリソンの様子はどこか変わっていた。とにかく変わっていたんだ」

またサマードレス、そして白いサンダル。靴とは思えなかった。素足に白い革紐が巻きついているだけに見える。

「それからアリソンは、あの家が嫌いだの、ボブとの結婚は失敗だったのと言い立てた。しかし、それは最初に言うつもりだったことじゃない。絶対に、あの写真にまつわることなんだ」

「誰か、写真が趣味の人はいなかったの？ スペンサー以外で？」

ホルトは情けない微笑を浮かべた。「おれだ」彼は答えた。「そこそこだが」そしてジャンを見た。「おれは撮っていない」

「ブライアントに訊いてみたら？ 新聞社にそれを渡したのは彼のはずでしょ？」

「ああ。そのうちな」

「スペンサーには会うの？」信号が変わった。

「ああ。だがその時には写真を持って会いたい」ホルトは窓の外にぼんやりと眼をやり、新しい衣装をまとう、老いぼれた町を見つめた。気に入らなかった。「先に、キャシーに会おうと思う」

「どんな人？」

それもまた記録からは知り得ない事柄だ。「今度はおれの勝ちだな。彼女のことなら、きみより知ってるぞ」

「キャシーがあなたのいとこってことは知ってるわよ」ジャンはいたずらっぽい笑みを浮かべて言った。「ストーンのおじいさんが亡くなって、持ち株を相続するまでは、ロンドンのオフィスにいたんでしょう。そのあと、こっちに戻ってきて、一九七〇年の一月に役員におさまったけど、女を入れるのはラルフ・グレイはすごく気に入らなかったらしいわね」

「降参」ホルトは言った。「なぜそんなことを知っているんだ？」

「アーノルド・ストーンは地元の大富豪の変人で、地元の大富豪の変人ってのは、新聞に死亡記事が載るものなのよ。それを調べたら〈グレイストーン〉の分け前を、って言葉は悪いけど、それを誰に遺したかってこともわかったわけ。そこにラルフ・グレイがあまり喜んでいないとあったから、彼女に興味を持ったのよ」

「きみのあっぱれな働きを〈クーリエ〉から引退させようといつ決めたんだ？」

ジャンはにこっとした。「決めたのはわたしじゃないわ。会社が合併して、半ダースの社員がリストラされたのよ」

「それでフリーに？」

「しばらく北のほうの無料新聞《フリーシート》（広告収益で賄う）で働いてたけど、つぶれちゃった。だから今はフリーなの。好きでそうしたわけじゃないのよ」

「ラルフのことは変だな」ホルトはひとりごちるように言った。「もう、訊くには遅すぎるが」

ジャンは〈ジョージ〉の駐車場に車を入れた。ホルトはここを捜査本部のように思い始めていた。陽は町並みの下に沈み、駐車場は古いホテルの陰になって涼しかった。

「で、どんな人だったの？」ジャンがまた訊いた。

「知っているだけに、答えづらいな」

ジャンはきょとんとしたが、それは受け流した。「どうしてあなたとキャシーが持ち株を相続したの？　あなたたちのご両親は？」シートベルトをはずして、ホルトに向き直った。

「お得意の調査でわからなかったのか？」

「時間がなかっただけよ」

「キャシーの両親は交通事故で亡くなった」ホルトは答えた。「母は数にはいらなかった、おれが男の子だから——世継ぎってわけさ。だからキャシーとおれが相続した」

「あなたのご両親はご健在なの？」

ホルトはゆっくりと大きく息を吸いこんでから答えた。「いや。親父は戦死した。おふくろも死んでいる。今は」

ジャンは何も訊かなかった。ホルトは母親の葬式に参列する間だけ、外に出されたのだった。

彼はその記憶を押しのけようとした。

「キャシーが好き?」

ホルトはその質問を熟考した。「ああ」ようやく答えた。「そう思う。両親が亡くなって、キャシーはうちに引き取られた。キャシーが八つ、おれが六つだった。姉弟のようなものだ。そしてアリソンは隣のうちの子だった――その隣のうちってのは同じ建物の中だった。おれたちは一緒に育ったんだ」ホルトは眉を寄せた。「だが、おれはいつもキャシーが本心を見せていないように感じていた。いや、違うな。つまり、他人に見せたい部分しか見せていないというか」

「誰だってそうじゃない?」

「まあな。キャシーは寄宿制の女学校に行った。アリソンもあとからついていった。おれも全寮制の学校にやられた。それ以来、あのころのようにふたりを知っていると感じたことはない」彼はシートにもたれて眼を閉じ、キャシーに対する――ほかのみんなに対する感情を思い出そうとした――彼らを殺人の容疑者とみなす以前の。

ジャンの身体が近づき、そのくちびるが彼のそれに触れた。あやまってはずみで触れてしまったような、軽いキスだった。

「誘惑しないんじゃなかったのか」

「今はしてるの」

「無駄なことはよせ」ホルトは車を出て歩きだしたが、ホテルのそばまで来ると、背後から足音がした。

「わたし、帰されるの？」

「好きにしろ」

ホテルにはいると、彼はしばらく通路で躊躇《ちゅうちょ》していたが、やがて階段に向かった。

ジャンがさっと追い越し、彼より上の段で振り向いた。「待って」

「興味ないね」

「今はわたしもよ。訊きたいことがあるの」答えがないのは話を聞く意志のあらわれと解釈して続けた。「ラルフ・グレイに何を質問するのが遅すぎるの？」

「女性を役員にするのを渋った理由だ」

「男尊女卑？」

「ラルフにそんなところがあるとは気づかなかったが」

「男が気づくもんですか。どうして遅すぎるの？　死んだの？」

「いや。しかし、ラルフはおれが彼の娘を殺したと信じている。火事場に閉じこめられても、おれに助けられるくらいなら死んだほうがましだと思っている。ボブを言いくるめたようにはいかない」

「アリソンはラルフをどう思ってたの？」

「とても慕っていた。ラルフもアリソンをなめるようにかわいがっていた」

「スペンサーがどこにはいってくるのか知りたいわね。ラルフ・グレイはどこで知り合ったの？　ニューヨークの仲介業者を通して？　スペンサーは自分で言うよりアリソンをよく知ってたのかもよ、もしあの写真を撮ったのが彼かもしれないって思うんなら特に」

そしてジャンは、考えこむ彼を残して去った。彼女の騒々しい小さな車が出ていく音が聞こえるまで、ホルトはそのままでいた。

もう一晩、眠れない夜をすごして、朝早く起きた。気がつくと、彼はジャンを待っているのだった。いざノックの音が聞こえると、飛び上がってドアを開けに行った。

緑のズボンに、透けるような純白のブラウスが見えた。

「ラルフ・グレイとのインタビューを手配してくれない？」開口一番、ジャンは言った。

「おれが？」ホルトはむせた。「冗談だろ」

「馬鹿ね、仲立ちを頼むに決まってるでしょ。ウェンディなんかどう？」ジャンの両眼は輝いていた。「ほら、頼んでよ、ビル。USトレードジャーナルに載せる記事を書きたいって記者がいるって」

ホルトはまばたきをした。「正直そうな顔して、よくも大嘘を思いつくもんだ」そして、降伏したようにため息をついた。「わかった、やってみよう」

そして彼はウェンディに電話をかけ、ジャンがその架空の経済新聞のために是非にと主張していると説明し、ウェンディが彼と同じくかたちばかりの抗議を示し、やがて同じようなため息をつき、やるだけやってみると答えるのを聞いた。おれはすっかりペースを奪われているな。危険だ。胸のうちで呟きつつ、彼は受話器を置いた。

ジャンは知りすぎている。彼女が間違った人間に間違ったことを言えば、すべてをぶちこわしてしまう。それでも傍《かたわ》らに誰かが、相談できる人間がいるのはありがたかった。ホルトは椅子に腰かけ、ジャンはベッドに坐り、答えが見つかるに違いない書類の束を広げた。彼をこんな目にあわせた悪魔はここにいる。

「オールソップはここから犯人を見つけたはずだ」

「なら、わたしたちにもできるのよ」ジャンは答えた。「カートライトはどうなの？　あの事件の時、どこにいたの？」

「会社だ」ホルトはため息をついた。「ブライアントに時間がなかったのなら、奴にも無理だ」

「カートライトがアリソンの不倫相手だったたって、本気で疑ってるの？」

ホルトは肩をすくめた。「あいつは自分で言うよりは深く関わってるさ。また訊くよ」彼は苦々しげにつけくわえた。「奥さんがいない時に」

二時間後、ウェンディが電話をかけてきて、ラルフが日曜日にジャンと会うと言っていたと伝えた。ジャンは〈グレイストーン〉について予習するために帰っていった。

金曜日、ジャンは来なかった。ホルトはホセに、外出中に彼女が来たら部屋に入れてやってくれと頼んでおいたが、とうとう現われなかった。ホルトはひとり淋しく昼食をとり、ジャンを想った。

五時になると、彼はワードローブを開けて、今ではなかなか充実した手持ちの衣服を検分した。妙なものだ。昔は衣服になどまったく興味はなかった。今はひどく重要に思える。キャシーのためには何を着よう？　衣服すら計画の一部だった、今は。それらしく装うのだ。まっとうに見えるように。

そうすれば信用される。高く生い茂る生け垣に隠れた、キャシーのバンガローに続く小径《こみち》を歩きながら、彼は思った。かたきさえも信用するだろう。

呼び鈴を鳴らした彼はドアに背を向けて、六十年代に建てられた高層マンションを見つめた。少年のころ、サッカーをして遊んだ空き地だった。空き地にしておくよりは無駄がない。サッカーほど楽しくはないが。

「いらっしゃい、ビル」

「いちばん迷惑でない時間だと思ってね」

「ええ。食事はした？　ちょうど作るところよ」

「いや、おれはいい。ありがとう」キャシーの料理の腕を思い出し、ホルトは急いで言った。ひょっとすると、この十六年で彼女の技術はあがったかもしれないが、あえて危険はおかしたくなかった。キャシーは彼を客間に案内した。そこは、手におえなくなる寸前といった乱雑さだった。

「質問が見つかったわけ？」キャシーは猫を椅子から追い出し、手で毛を払った。毛は全然とれていなかった。

このズボンを選んで正解だった。猫の毛と同じ色だ。

「いくつかは」ホルトは答えた。「だがまず訊きたい。なぜ急に心を開く気になった？　八つ裂きにしても車裂きにしてもあき足りないと言っていただろう」

「今も気は変わらないわよ。あなたがやったんならね。チャールズの言うとおり、この推理ごっこはただの悪趣味なゲームかもしれないし」もう一匹の猫が怒ったように歩き去ったあとに腰をおろした。「でも、ゲームだとしたら無意味じゃない。だから話を聞く気になったの。お茶は？」唐突に言うと、彼女は台所にはいっていった。

　ホルトもついていった。「質問に答えてくれるのか？」

　キャシーは答えなかった。が、無言でポットにお茶の葉を山のように入れていた。ホルトは刑務所で鍛えられた自分の胃袋すら耐えられるだろうかと不安になった。

　ジャンはなんと言った？　質問に答えさせたければ不正確な質問をすること、だと？　だが事実を知らなければ、不正確かどうかわかりようがない。まずはそこから訊くことにした。

「アリソンのことを教えてくれ」

「あなたに教える？」繰り返して、振り返った。「生まれた時から知ってるくせに」

「あの日のアリソンは知らなかった」

「知ってたじゃないの」キャシーはぴしりと言った。

「聖書風の意味でか？　それは認める。いいかげん腹の探り合いはやめないか、前進したいんだ。ボブ・ブライアントはアリソンが浮気をしていたと言った。ボブは相手がおれだったと考えている。チャールズもだ。ウェンディは、アリソンが浮気をしていたわけがないと言っている。きみはどっちだ？」

キャシーはポットの中に積もった茶葉の山の上に、まだ沸いてもいない湯をかけていた。

「アリソンは神経が参ったんでしょ。見張られたり、尾行されたりで」

「アリソンはきみに〈問題〉とやらを相談していたのか？」

キャシーは答えずに、たった今、ポットの中で作り上げた液体をカップに注いでいた。「お砂糖は？」

「ふたつ」砂糖があれば飲めるかもしれない。それも疑わしいが。

「今もミルク使わないわけ？」

「刑務所じゃ出てきたものを文句言わずに飲むんだ」しかし刑務所でさえ、こんなしろものは出さなかったはずだ。「アリソンが何か問題をかかえていたと思うのか？」マグを受け取って訊いた。居間に戻った彼は、非常の際の逃げ道として植木鉢を見た。

「アリソンがそう言ったんなら、そうだったんじゃないの」キャシーは素っ気なく言うと、猫を追いやった。

「きみに話さなかったのか？」

キャシーは顔にかかる金髪をうしろに払った。なかなかの美女だ。刑務所にはいる前、最後に会った時のキャシーはジャンと同じ年ごろだった。そして今、四十代にしては、どこから見ても若々しかった。彼とキャシーは同じ星座だった。獅子座。キャシーはいくぶんライオンに似ている。

「ボブとうまくいってなかったわね」

「だけど、女が問題をかかえているって言う時は、普通どんな場合なんだ？」

「普通は、妊娠しちゃまずい時にしちゃった場合だわ」

「ああ、そうだ。だが、アリソンは妊娠していなかった」

「そうね」

「アリソンはそう思いこんだのか？」

「だとしても、わたしには言わなかったわね」

「はぐらかさないでくれ、キャシー。言ってる以上のことを知っているんだろう。なぜアリソンはおれにあんなことをしたんだ？」

キャシーはため息をついた。「あのねえ、アリソンは幸せじゃなかったのよ。それに、実際にどれほどの実害があるわけ？　あなたとウェンディはどうせ駄目になってたんだし、ボブ・ブライアントだって会社の株を八分の一も持ってる人間をどうこうできるわけないし」

ホルトもため息をついた。それこそ法廷で彼が申し立てた点だったのだ。なぜぼくにアリソンを殺す必要がありますか？　検察側はその矢をそっくり返してきた。ではなぜ逃げる必要があったのです？　初めは勝っていたが、終わりは完敗だった。あの時はそこまで理性的に考える暇がなかったのだ。

「アリソンはあなたを傷つけるつもりはなかったのよ。あなたはたまたま巻きこまれちゃっただけ」

ホルトは眼の前を通り過ぎようとする猫を抱き上げた。ふわふわで温かい塊は、この狂った世界でつかまりがいのあるよりどころだった。「巻きこまれた?」

「そうよ。わたし、おなかすいてるの、あなたはすいてないんでしょうけど、だから悪いけど――」

「このまま逃げるのか!」

「悪い? わたしだってどう考えていいかわからないのよ、ビル。アリソンはあなたをひどい目にあわせて、あなたはアリソンを殺した。わたしはあなたをよく知ってるわよ。あなたはやられたらやり返さなきゃ絶対に気がすまない。わたしは証拠や証言を聞いて、あなたがアリソンを殺したと信じたから、あなたを憎んだ。今も、あなた以外の誰にやれたのかわからないわよ」

キャシーはしばらく間をおき、ずっと遠くにあるものを見ようとしているかのように、ホルトを見た。「ボブはあなたが記憶喪失になって、本気で自分はやっていないと信じているだけだと思ってる。ボブが正しいのかもしれない。チャールズが正しいのかもしれない。ウェンディが正しいのかもしれない。わからない、わからない、わからないのよ、ビル!」

ホルトは猫を抱きかかえた。猫は咽喉を鳴らして、彼の腕の中でくつろぐように丸くなった。皆はホルトが発狂したと思っていたのだ。「きみは助けてくれると言った」

「正しい質問をしてよ。そうしたら答えるわ」

質問の時間は終わった。ホルトは猫をおろした。

正しい質問か。ホテルに車を走らせながら、夕食をとりながら、とうとうベッドにはいりなから、彼は考え続けた。正しい質問か。

翌朝、夢も見ない眠りから覚めた。ひとりひとり、一対一で話をしようとホルトは思っていた。情報を集めるのだ、彼らは皆、情報を持っているのだから——どうということもない、的外れな、些細な——情報を隠し持っている。まだスペンサーにも会わなければならず、答えられていない質問も残っている。

しかし彼は思い知った。まず正しい質問をしなければならないことを。

何をしだすかわからないと皆が自分を恐れていることを。

そして、ジャン・ウェントワースがいつ夢まぼろしと姿を消してもおかしくないことを——

そうはなってほしくなかった。

6

次にジャンと会ったのは、日曜の午後遅くだった。クリーム色の絹のブラウスを着て、裾を茶のスカートの中にきちんとおさめ、ストッキングに靴という見たことのないいでたちで、いかにも有能そうに見えた。彼女はアリソンの写真を彼に手渡した。その時初めて、ホルトは心の準備ができていないことに気づいた。

今、ジャンは靴を脱ぎ捨てて、ベッドの上で猫のように坐りこんでいた。ホルトはサイドテーブルの横に坐り、テープレコーダーを聞いているのだった。

「なんという雑誌だったかね？」

ラルフ・グレイの押しの強い声を聞くのは実に久しぶりだった。もう七十はとうに越しているはずだ。

「〈ウィスコンシン・ビジネス・ダイジェスト〉ですわ」ジャンの声が助け船を出した。「英国特集を組むんです」

「聞いたことがないな」

「うちの読者が〈グレイストーン〉社に興味を持っているんですの。それで、御社とアメリカのつながりについて取材させていただきたいんですわ。特に、ジェフ・スペンサーと御社との関係を」

ホルトはジャンを見やった。「下手に訛りを真似ないでくれてよかったよ」テープを止めながら言った。

ジャンはにこっとした。「ウィスコンシン訛りなんて、コサックダンス並みにできないもの。わたしはそこの英国人特派員ってことになってるの」

彼はテープを再生しかけて、また止めた。「〈ウィスコンシンなんとかかんとか〉は実在するのか？」

「知らない。適当よ」

ホルトはテープを再生した。

「スペンサーだと？」ラルフは、かつて部下たちを震えあがらせた声で、いどむように詰問した。が、ジャンには効き目がなかったようだった。

「ええ」そう答える彼女の顔が眼に浮かび、ホルトは思わず微笑した。

「端的に言えば、うちの読者はジェフ・スペンサーがどうやって成功したか、という点に興味があるんです。今、シンデレラストーリーのシリーズを連載していて、スペンサーさんの英国での成功は、英国特集号にぴったりなんですの」

「なぜ本人に訊かんのだ？」ラルフは吠えた。

「人物像というものは、本人の知人友人に訊いたほうが、より真実に近いものですわ」ジャンの声が言った。「偽りの謙遜も自慢もありませんから」

ホルトはまたスイッチを切った。「これ、全部アドリブなのか？」

ジャンが頷き、ホルトは彼女を誇らしく思った。

「何を知りたい？」

「ブルックリンの裏町出身の少年がどうやってイギリスの重役室におさまったのか。ニューヨークのやり手実業家がどうしてイギリスの歴史ある大企業の会長と出会ったのか。そんなことですわ」

ラルフが笑っているらしい声がした。

「あの男は時代がＯＡ機器に流れていると見定める眼があった。そして、鶏口となるも牛後となるなかれと思うとった。アメリカにはライバルが多すぎる。だからこの国に来て、コンピュータを作っとる会社を探し、買収した。これで製品は手にはいったが、無名だった。そこで有名なわしらのところに来て、自分の製品が必要になると説得した。そういうわけだ」

「では、スペンサーさんは〈グレイストーン〉社を行き当たりばったりで選んだんですの？」

「ジェフ・スペンサーはそんなことはせんよ。あれは行き当たりばったりでは行動せん。いいかね、嬢ちゃん」

ホルトは顔をしかめた。

「スペンサーはまず市場調査をした。生き残りたければ、行き当たりばったりの行動は禁物だ。それが、あの男が今の地位にあって、あんたがそんな誰も聞いたことのないアメリカの雑誌に記事を書いて、やっと食いつないどる理由だ」

ラルフの吠えるような笑い声がまた聞こえると、ジャンはウィンクしてみせた。

「スペンサーはわしに手紙をよこした。今でも持っとる。手紙には歴史の転換期について書いてあった。〈グレイストーン〉の歴史なんてものじゃない、世界の歴史だ。この手紙はポータブルのタイプライターで打ったが、じきにポータブルのコンピューターで文字を書く時代が来る。その時、〈グレイストーン〉は先頭を走っているだろうとな」

ホルトはジャンを見た。彼女は彼を見ていなかった。ラルフはもちろん好感を持っただろう。今日はジーンズでもなければ、素足でもない。ジャンは予習をしたのだ。

「机にのるほど、ポケットにはいるほど小型のコンピューター」ラルフの声はまだ続いていた。

ホルトはテープに注意を戻した。

「手紙をタイプしたり、長期の戦略を練ったり、車の設計をしたりできる、有能なコンピューター。わしは興味を持ったよ、嬢ちゃん。ああ、興味を持った。そこにスペンサーが電話をかけてきて、担当者と話したいと言うてきた。わしは気に入った」

「彼はどうやってあなたを納得させたんですの、ラルフ卿?」

「あの男はノウハウと、〈グレイストーン〉の社名入りの計算機をすぐにも生産する態勢が整った工場を提供できると言うた。その計算機の見本をひとつ手土産に持ってきた」

間があった。ラルフの足音が聞こえた。「どこに行ったんだ?」ホルトは訊いた。

ジャンはにこっとした。「机をまわってわたしのいる側に来たの。書斎で話してるのよ」

「いいことを教えてやろう、嬢ちゃんや。スペンサーはこのすべてを〈グレイストーン〉の名を担保に借金して、やったんだ。わしと会う前にな。その時は知らんかった。うまくやってのけるまで、喋ることじゃないからな。しかしそいつは胆力のいることだ。本物の胆力というやつが。わしが見こんだのはそこだ。胆力、決意、そして自信。それこそが、裏町を出て重役室におさまる鍵だ。胆力だよ」

「ありがとうございました、ラルフ卿。あと二、三、もう少し一般的なことをうかがってもよろしいでしょうか?」

「どんな?」

「現代女性に対する見解ですわ。ご承知でしょうが、アメリカ女性はイギリス女性よりも、事業者としての活躍が目立ちます。男性と対等の地位を得た女性をどう思います?」

「くだらん。対等の地位を得るということは、もとは一段、下の地位にあったと認めるようなものじゃないかね。家内とわしは対等の共同経営者として事業を起こした。それ以外の関係など思いもよらなんだ。我が国の事業者には女が少ないが、それは女たちが悪い。本人のやる気が足らんのだ」

「ありがとうございます。もうひとつ、よろしいでしょうか」

「やれやれ、おまえさんはクイズ番組よりうるさく訊くな」

ホルトは笑った。「半分もわかっていないな」

「〈グレイストーンオフィス用品〉は英国内では最大規模の株式非公開会社ですが、それは今でもいい考えだと思われますか?」

「当然だ。株式を公開なんぞしてみろ、次の日はジュース会社にのっとられとる」ホルトはまた笑った。彼はいつだってラルフが好きだった。

「しかし、この先はそうも言うとられんだろう」ラルフは昔を懐かしむように言った。

「まあ、では将来は公開されるんですの?」

「ほかの連中がそうしたければそうなる」

「黙って見てるんですの? あなたは会社を支配できるだけの株式をもう保持してませんの?」

「持っていたことはない。さっきも言うただろう、家内と対等の共同経営者として始めたと。のちにアーノルド・ストーンと共同で〈グレイストーン〉社を作った時、出資者は三十人おった。わしらはふたり揃えば支配できたが、ストーンの死後、あいつの株は皆に配分された。だから、多数決で何かが決まればわしはそれに従わにゃならんし、連中はわしの言うことなんぞ聞きたがらんしな。歳はとるなよ、嬢ちゃんや。年寄りにはなんの力もないでな」

「率直なインタビューをありがとうございました、ラルフ卿」

「終わりかね?」

「ええ」

「それじゃ、そいつのスイッチを切って、この年寄と昼めしを食いにいかんか?」

テープは切れた。

「これで終わり」ジャンは言った。

「女性差別主義者のようには聞こえなかったな。それとも甘くなったか」ホルトは微笑した。

「一緒に食事をしたのか？」

「そりゃあね」

「どうだった？」

「パパが欲しい時はどこに行けばいいかわかったわ」

「次はスペンサーだ」ホルトはアリソンの写真を取り上げて言った。「来るか？」

「行くわ」ジャンは靴に足をつっこんだ。

よく晴れた日曜の午後。本来ならジャンはピクニックか公園で散歩を愉しむべきだ。それともラルフにミンクのコートやダイヤを買ってもらうか。彼に同行して時間を無駄にするのではなく。

スペンサーの田舎風コテージは〈愉しきイングランド《メリー》〉の絵はがきそのままだった。木の門を押し開けたジャンは、ドアをつたう蔓薔薇《つるばら》を見て、両の眉をあげた。

スペンサーは精一杯の誠意を見せてふたりを中に通し、ホルトは互いの紹介ももどかしく、すぐにアリソンの写真を取り出した。

「きみは興味があると思ってね」と言いながら手渡した。

スペンサーはちらりと見た。「アリソンだね。新聞が使ったやつだろ？」そして、ホルトに返した。

「写りがいいだろう？」ホルトは言った。

スペンサーは戸惑った顔をした。「ぼくはアリソンを直接は知らないからさ。そのとおりに撮れてるかまではわからないけど。でも、まあ、笑ってる美人のうまい隠し撮りだ」

「隠し撮り？」

「被写体が気づいてないってことさ。アリソンは撮られてるのを知らなかったんだよ」

ホルトは眉を寄せた。「確かか？」

「絶対さ。このピントの深さを見ろよ。望遠レンズで撮ったんだ。カメラは被写体からずっと離れてたはずだ」

「警察にはそう言ったのか？」

スペンサーは微笑した。返答代わりにふっともらす、あの気さくな微笑だった。たとえ相手がホルトでも。「この写真を見たことがないからね。新聞に載ったやつ以外は。それに新聞だと、前景をみんなカットしちまうだろ」写真の隅に写ったふたつの濃い影を指で示し、ホルトに写真を返した。「だけど警察は知ってるさ」スペンサーは言った。「専属のカメラマンがいるだろう」

「ああ、そうだな」ホルトは頭をかいた。「しかし、誰もそれについちゃ、ひとことも言わなかった」

「不審な点がなかったってことじゃないのかい？」スペンサーはジャンに向き直った。「なんにします？　冷たいもの、ソーダ割りでも？」

ジャンはにこっとした。「ええ」

ホルトはジャンをつれてきてよかったと思った。彼女といると安心できた。

スペンサーが冷たい飲み物を運んできた。「味方が増えてるらしいね」

「きみはどっちだ？」ホルトは訊いた。

「中立」スペンサーは答えた。「政治家と違って、ぼくは主義を貫くよ」

ジャンは笑って、ホルトから写真を受け取った。「本当にきれいな人だったのね。一度見たら絶対に忘れない顔だわ」

ホルトはスペンサーの顔を見ていた。

「ビルの話じゃ、あなたはあの晩、駅でアリソンを見かけたんですって？」

「たぶんね」スペンサーは言った。

ジャンはまた写真を見た。「金曜日の夕方に駅であなたはアリソンを見かけて、七時には彼女は殺されてた。土曜の夜までに、この写真は〈クロニクル〉の一面を飾ってた」彼女はスペンサーを見た。

彼の表情はまったく変わっていなかった。ただ礼儀正しく、ジャンの話に耳を傾けていた。

「この顔を忘れたなんて信じられないわ」

スペンサーは一瞬、過去を振り返り、やがて微笑した。頷くと、降参のしるしに片手をあげた。

「気づいたんでしょう」ジャンは言った。

「そりゃ、気づいたよ。きみの言うとおり、一目見たら忘れられない顔だ。駅にビルを迎えにきた美人だとわかったよ。でも、新聞を見るまで誰だか知らなかったし、だから口を閉じていた」

ホルトは身を乗り出した。「どうして警察に言わなかった？」

「冗談だろ？　なあ、ぼくは危ない橋を渡らなかっただけさ。大仕事をかかえてる時に、面倒をしょいこむことはないだろ。誰にも喋らなかったよ。セルマにも」

「巻きこまれたくなかったってわけね」ジャンは言った。

「そのとおりだよ。余計なことをしなくても、人生は充分にややこしいからね」

「あの晩、きみはなぜこっちに来ていた？」ホルトは訊いた。

「週末をセルマとすごすためだよ」

「きみは〈グレイストーン〉にいたそうだが」ホルトの声が険しくなった。

スペンサーは眉を寄せ、やがて晴れやかな顔になった。「そうだ」彼は言った。「〈グレイストーン〉に行ったんだ」

「なぜ？」

「写真を撮るため、と言ったら、信じてくれるかい？」

いいや。

「何かのコンテストだった。〈産業と自然〉とかいうテーマで。〈グレイストーン〉の裏に牧場があるのを知ってるだろう、ほら、牛がいる？　ぼくは会社の窓から撮りたかったんだ——わかるかな。資料戸棚やら売り上げ表やらと一緒に、窓の外の牛を写すんだよ。で、ラルフに会いにいったんだ。許可をもらいに」

「何時に?」ホルトはぐっと身を乗り出した。

「さあ。まだ明るかったけど、けっこう遅かったな。その、会社が開いてる時間にしちゃってことだよ。だけど通りかかったらラルフの車があったから、はいってみたんだ」

ジャンが飲み物を置くと、ガラスのテーブルが音をたてた。「それを言わなかった理由は何なの?」

スペンサーはにやりとして椅子の背にもたれた。「鋭いな」ホルトに顔を向けた。「この娘《こ》を放すなよ、ビル」そして、ジャンに向き直った。「それはだね」彼は言いにくそうに説明した。「ラルフに会った時、ボブを見なかったかと訊かれたんだ。ボブが三十分くらい前に電話を受けて、会社を出てってから、どこにも見当たらないって」

ホルトは呆然とスペンサーを見た。

「なあ、あの時は別に意味があると思わなかったんだよ。ぼくはただ写真を撮って、そのままセルマの家に行った。次の日、誰かがセルマに電話をかけてきて、アリソン・ブライアントが死んだと言った。それで初めて、ブライアントの雲隠れについて考えたんだが、面倒に関わりたくなかったんだ。だいたい、あの事件にきみが関わってると知ったのは、夜のニュースでなんだぜ」

「貴様」

「落ち着けよ、ビル! 話したところで、きみが助かるわけじゃないだろ。ブライアントはあのあと五分くらいで戻ってきたんだし——カートライトが会ってる。本当に雲隠れしちまったわけじゃない。話す価値のあることを知ってりゃ話したさ。でも、そうじゃなかったんだから」

「触らぬ神に祟りなしってわけか」ジャンがいてくれてよかった。さもなければ殴っていただろう。

「ぼくが知ってたのは何か深刻な事態が起きてるってことだけで、とにかく関わりたくなかったんだ。そりゃ、誰だって危ない橋は渡りたくないさ。だいたいぼくが話したからって、きみが助かったわけじゃない。だろ？」

ホルトは大きく息をついた。彼の言うとおりだった。スペンサーの話は役に立たなかった。「まあいい」彼はもう一度、写真を取り上げた。「オールソップがこれを撮ったということはないか？」初めて写真についての推論を試そうと訊いた。

スペンサーは曖昧に手をあげた。「まあ、撮ったとしてもおかしくはないね」

「アリソンがこの写真をブライアントの机かどこかで見つけたとしたら？　誰かが自分の写真を盗み撮りしていると気づいたら？　アリソンは〈問題〉と考えないか？」

「かもしれないね。でも誰が撮ってもおかしくないよ、そんな写真は」

「アリソンに気づかれずに？」

「もちろん。誰だってやってる——ぼくもやってるし」

「これはきみが撮ったのか？」

「おい、待ってくれよ」スペンサーは顔を撫でた。「ぼくは容疑者なのか？」

ホルトは答えなかった。

「ぼくはアリソンと会ってない」スペンサーは言った。「これでいいかい？」

「ああ、わかった。だが、知りたいのはきみがどこにいたのかだ」

スペンサーは眉を寄せた。「いつ？」

「列車を降りてから、〈グレイストーン〉に着くまでの間だ」

「写真を撮ってたよ。コンテストの。牧場《まきば》に林立する高圧線の鉄塔とか、樹々の合間に見える発電所とか。あいにく証人はいない。田舎をまわってたからね」

「誰が撮ってもおかしくないってどういう意味？」ジャンは訊いた。

「人の集まる場所で適当な顔を拾うんだよ、サッカーの試合や遊園地なんかでね。いい写真が撮れるんだ。海水浴場なんか。そこ専門の連中もいるよ――写真を撮って、貼り出すんだ。好みの娘の写真を見つけた客が買ってくってわけ」スペンサーは立ち上がった。「それじゃ、そろそろ」と言ってジャンを見た。「すみませんね」彼は詫びた。「じきにセルマが実家から帰ってくる。ビルはいないほうがいいと思うんだ」

「わたしに謝ってもしょうがないわ」ジャンは冷ややかに言った。

「まあ、そうだね」スペンサーは言った。

「ひとつ訊いてもいい？」

ホルトはジャンが許可を求める必要などこれっぽっちも感じていなかった。

「どうぞ」

「オールソップが死んだ時、あなたはどこにいたの？」

スペンサーは苦笑した。「ぼくは容疑者なんだね。残念ながら、わからないな」そこで眉を寄せた。「待てよ、そんなことはないか。ビルが逮捕された夜、セルマとぼくはこっちでパーティーに出てた。だから、午後の列車に乗って、こっちに来たはずだな。オールソップは午後に死んだんじゃなかったか、ビル？」

ホルトは頷いた。「で、証人はいるのか？」

「一車両分の乗客が証人だね。だけど、誰が覚えてるんだい、あれから……何年？　十六年？」

「ああ」ホルトは言った。「十六年だ」

ふたりはスペンサー宅を辞去し、車に戻った。

「で？」ジャンは言った。

「ひとことも信じられないな」ホルトは言った。

「わたしもよ。ねえ、彼がアリソンの愛人だと思う？」

「アリソンがよく写っている写真だとカマをかけたが、ひっかからなかった」

「あれは、あなたの別の手段と同じくらい巧妙な手だったわ」

ホルトはにやりとした。しかし、ジャンがそばにいなければ、別の手段で訊きだしていただろう。いや、もしかすると次はそうしているかもしれない。

7

白いジーンズに、衿なしのピンクのベスト。胸元にふたつだけあるボタンをはずしたまま、ジャンは車の助手席に坐り、道路地図を熱心に覗きこんでいた。動いている乗り物の中では何も読むことができないホルトは、ジャンに対する賞賛の気持ちをますます強くした。

彼女の要望で、ふたりはオールソップが住んでいた村——というよりもジャンの言に従えば、オールソップが死んだ現場に向かっていた。この遠征は時間帯もすべてあの時のままで再現していた。

ほかの郵便物にまぎれて電話テーブルにのっていたそれはまったく無害に見えた。また請求書か。そう思った。W・ホルト宛の小さな白い封筒は、封さえされていなかった（ビルはウィリアムの愛称）。が、爆弾のほうがまだましだった。

拝啓

私は七月二十四日のアリソン・ブライアント夫人の死について調べている個人調査員です。この件で貴兄にいくつかの点をうかがいたく存じます。迷惑であるとのご連絡をいただかないかぎり、八月七日の金曜日の午後七時半にお宅にうかがいます。あるいは同日三時半に上記の住所に来ていただいてもかまいません。その場合は、村の大通りを道なりに……

タイプで打たれたその手紙にホルトの胸は騒いだが、オールソップが救いをもたらしてくれるに違いないと、藁《わら》をもつかむ気持ちで期待してしまったのだ。

でこぼこ道の急カーブをうまく抜けるために、彼はスピードを落とした。「オールソップを家に来させるわけにはいかなかった。それでおれはのこのこ出かけていった。ふたつ目の大失策だ」

「そこの十字路を左」ジャンが地図を見ながら言った。

彼はウィンカーを出した。「今度はどっちだ？」また分かれ道になっている。

「右、かな。それで村にはいれるはず」

たしかに村の中だった。あの日の記憶に胸が疼《うず》いた。車を縁石に停めた。何度そうしたことか。どれだけの人間に、もう何度話したことか。「降りよう。歩きたいんだ」

ジャンは何も訊かずに言われたとおりにし、ホルトと一緒に村の通りを歩きだした。微風が起こり、急な暑さをやわらげた。彼女は地図とにらめっこしながら、先を歩いていった。

「ここからの道はわかる」ホルトは言った。それはもう百回もたどった道だった——起きていても、夢の中でも。何度も何度も。村の大通りを道なりに進み、赤い円柱形のポストのところで左に折れる。すると一見、行き止まりに見える。道は林の中に続いている。

「そのまま歩き続けて」当時のまま残っているポストの前で曲がると、ホルトは言った。「林にはいるんだ」

ジャンは地図をたたむと、ジーンズの尻ポケットにすべりこませた。ホルトは足を止めて煙草を取り出したが、この風の中で火をつけるのは無理というものだった。彼は煙草をしまった。

「ここに車を停めた」唐突に道が切れているところでそう言った。

ふたりは葉陰の下を進んでいった。小径《こみち》は草が茂っているが残っていた。

「あの時は知らなかったが、今ならよくわかる。おれははめられたんだ」

「手紙を書いたのは別人だったってこと？」

「いや。警察によれば、手紙にはなにも不審な点はなかった。きっと誰かに書かされたんだろう」

「誰に？」

「それを見つけようとしているんだ」

「でも、誰かがあなたをここまで釣り出せたとしてもよ。あなたがアリソンの家に行くことは誰も予見できなかったわけでしょ。その点はどうしたの？」

ホルトは素早くジャンを一瞥《いちべつ》した。「おれが信じられなくなってきたか？」

「ううん」

道は草に覆いつくされていた。小鳥が一羽さえずり、繰り返し鳴くその声が、時折、静寂を破るのみだった。

「林の中で殺人鬼とふたりきりで恐くないか？」

「ああもう、しつこいわね」ジャンは言い捨てた。

「すまない」

「あなたが来るって、オールソップは誰かに言ったのかしら」

それはありそうにないことだ。ホルトは答えなかった。ふたりは歩き続け、あの日、ホルトがたどった小径を進んでいった。行き止まりに迷いこんだような不安な気持ちがよみがえる。

「昔のままだ。何も変わっていない」

「そんなことないでしょう。まあでも、木って生長に時間がかかるから」

林の中にいてさえ暑かった。風は高い枝を揺らしていたが、ふたりのいる場所までおりてこなかった。

「ここだ」ひらけた場所に着くと、ホルトは言った。「ここにオールソップのトレーラーがあった」

ホルトはおそるおそるトレーラーハウスに近づいた。そのドアはトレーラーハウスの壁につくほど、大きく開け放たれていた。もしかすると、オールソップは彼が来るのを見つけて、ドアを開けたのかもしれない。だが、どうやって？　木々にさえぎられて、林を抜けるぎりぎりまで彼の姿は見えなかったはずだ。

爪先立つように歩み寄り、覗きこんでみた。誰もいない。ドアにはどっしりした南京錠がただぶらさがっている。オールソップがここを開けっ放しにしたまま、どこかに行ってしまったというのは、どうにも変だった。

トレーラーの中には作りつけのベッドと、石油ストーブと、机と椅子が見えた。机にはタイプライターがのっており、何枚か紙がはさまっていた。オールソップはなぜ面会を申し入れてきたのだろう？　ホルトはくちびるを舐めた。ちょっと中を覗かせてもらえば、あの机の上の紙を見ることができれば、何かわかるかもしれない。話をしたいと言ってきた理由を知ることができるかもしれない。それにしても、オールソップはどこにいるんだろう？

ホルトは階段を上って、トレーラーの中にはいり、紙に眼を通した。ただのメモだ。ほとんどが個人的な内容だった。ホルトはノートを取り上げて、ぱらぱらめくってみた。何もなかった。オールソップはどこだ？　だいたい、自分は何を探しているんだろう？　彼は机の上にちらばった本や書類を持ち上げて、その裏や下を覗きこんだ。何もなかった。何もない。何も。血痕のほかは。

「それからどうしたの？」ジャンが訊いていた。

質問、質問、また質問か。「トレーラーを出た。車に戻った。家に帰った。わかったか？」ホルトはさっさと前に歩きだした。とどまりたくもなかったが、あの日の足跡をたどりたくもなかった。

生い茂る草の下に今も残る荒れた小径をずんずん歩いて、林の奥に進んでいった。ジャンは小走りでやっとついていったが、ホルトは林を抜けるまで歩調を変えず、荒れた野原に出て、ようやく歩をゆるめた。もう一度、煙草に火をつけようとしたが、風の中に戻ってしまったうえに、手が震えていた。

「古い駅があるわ」ジャンが指差した。「ほら、あっち。あそこなら風をよけられるんじゃない」

三百メートルほど草の中を歩くと、古いプラットフォームに下る坂になった。ホルトが駅舎のドアのひとつを押すと、扉は床をこすりながら、いかにも不承不承というように開いた。煙草に火をつけると、ジャンがあとを追ってはいってきた。

窓には木の板が打ちつけられていたが、隙間からもれる陽の光が、散らかった空き箱やがらくたを照らしていた。砂だらけの床をじゃりじゃり鳴らしながら、ホルトはベンチに歩いていき、腰をおろして、落書きだらけのひび割れた四方の壁を見回した。かつてはあったはずの婦人用トイレのドアがなくなっていた。盗めるものは根こそぎ盗まれていた。緑色だったらしいタイルは、ほとんど真っ黒だった。

ジャンがどこかに行ってしまったので、質問責めにされることなく煙草を吸うことができた。積もった埃の上で煙草を踏み消すと、また陽射しの中に出ていった。

ジャンは切符売場の中にいた。今も無事に残っている格子窓を通して、にこっと笑った。ホルトは笑い返さなかった。彼女は外に出てきて隣に立つと、彼の腰に腕をまわして、ぎゅっと力をこめた。「今度は何も思い出せなかったわね」詫びるような声だった。

「そう思うか？」苦々しげに言うと、彼女から離れた。

「役に立ちそうなことをよ」ジャンは短くため息をついた。

太陽が暑い空に高くのぼり、ホルトは首筋の汗をぬぐった。

遠くに列車が現われた。日光を跳ね返しながら、音もなくこちらに向かってくる。やがて、音が聞こえ始め、それはいつしか雷鳴の轟きに変わり、古い駅舎内にますます砂埃をまきちらした。轟音が去ると、またもとの漠たる静寂に戻った。

「昔はここにも列車が停まったの」ジャンは懐かしむように言った。「ビーチング計画の前までは（国内の多くの鉄道路線を廃止した政策）。とてもきれいでかわいい駅だったのよ」

ホルトは鼻を鳴らした。

「ねえ」ジャンは夢見るように言った。「もし魔法の列車が来て、どこでも好きなところにつれてってくれるとしたら、どこに行きたい？」

ホルトは子供じみた遊びにつきあう気分ではなかった。

「どこでもいいわ。どんな時代のどんな場所でも。どこがいい？」

「さあ」彼は言った。「きみは？」

「開拓時代のアメリカの西部。わたしずっと、アニー・オークリーやカラミティー・ジェーンに憧れてたの。長いドレスなんか着ない。バックスキンとカウボーイハットよ。焚火のまわりに坐って、コーヒーのかすを火の中に捨てるの」

ホルトは笑った。

「ね、あなたならどこに行く？」

ホルトはゆっくりとプラットフォームの端に歩いていった。「ここだな」彼は言った。「一九七〇年八月七日の三時から四時の間。オールソップが殺された時間だ。オールソップのトレーラーに歩いていって、おれをはめた奴の面を見る」

彼に歩み寄るジャンの顔は真面目になっていた。「ねえ、わたしたち、大事なことはちゃんと見つけてるのよ」

「たとえば？」

ジャンは線路を見やった。「一九七〇年も列車はここに停まったわ」眉を寄せて彼女は言った。

ホルトは首を振った。「そんなはずはない。ビーチング計画は六〇年代なかばだっただろう」

「わかってるわよ。でも、あのころはまだ工事中だったでしょ――新しいプラットフォームが。覚えてない？　上り線とのすれ違いで、下りが何本かこの駅で待機したわ」

「ここじゃないだろう」ホルトは言った。「もっと先だ」

ジャンはにこっとした。「一等に乗ればそうかもね。でも、庶民はここで足止めされたの」

ホルトはうろたえた。投げられた救命ロープをつかみそこねたかのように。

「確かめたければ、時刻表を何年分もためこんでるマニアがいるから訊いてあげる」

「確かめるって、何を？」

「スペンサーが乗ってたっていう列車よ。ここで停まったかどうか見るの」

「その必要はない。おれは金曜は毎週のようにあの列車に乗った。たしかに停まったさ。だからなんだ？　どれだけ停まっていた？　一分？　せいぜいが一分半だ」手酷くやり返したとたんに後悔した。「すまない。だけど、充分な時間は停まっていなかったよ」

「それでも訊いてみるわね」ジャンは言った。「瓢簞《ひょうたん》から駒って言うじゃない」そこで間をおいた。「なんで金曜日はしょっちゅう乗ってたの？」

「金曜の朝にロンドン支社に顔を出さなきゃならなかった」

「でもあの日の朝は行かなかったんでしょ？」

「ああ。オールソップが指定した時間に間に合わなくなるからな」

「誰か代理を行かせたの？」

「カートライトをやった。使い走りじゃないって、文句たらたらだった」

「じゃ、彼はあの列車に乗ってたんじゃないの？」

「そうだろうな。ああ、もう、だからなんなんだ！」質問に飽き飽きして怒鳴った。「停車時間が充分じゃなかったんだから、どうしようもないだろう！」その時、ホルトは気がついて笑いだした。ほとんどヒステリーに近い哄笑は、なかなかやめられなかった。

「オールソップは四時前に死んでいた。あの列車は五時近くまでここに着かなかったんだぞ！」一瞬でもはかない望みを持たせたジャンに、彼は怒りをぶつけた。

ホルトは駅を離れ、橋に向かって歩きだした。柔らかい靴底は鉄の階段に音をたてなかったが、ジャンが追ってくるのが聞こえた。橋の中央で止まり、欄干《らんかん》にもたれて線路を見下ろした。

腕の下で鉄が熱かった。ジャンが傍《かたわ》らに寄り添った。

「家に帰ってからは？」

「逮捕された」ホルトは答えた。「連行された」橋の上は心地よくなかった。なにもかもが熱すぎ、光りすぎ、眩しすぎた。

「あれから自分の家を一度も見ていない」今、初めてその事実に気づいた。ホルトはショックだった。ジャンもショックを受けていた。

「質問は終わりだ」

大丈夫だ。問題はない。誰にも知られないのだから。知るのはおれと、おれをこんな目にあわせた奴だけだ。どこか人気《ひとけ》のない静かな場所で。暗い路地か、空き地か。そんな場所がいい。でなければ自宅を襲うか。誰もが安全だと油断している場所で。そう、そのほうがいい場合もある。なんにせよ、誰かわかれば、対策も立つ。こんな仕打ちをした怪物を駆り出し、追い詰め、そして殺す。何度も夢に見た瞬間——そいつが慈悲を乞う瞬間を想像して息が荒くなる。慈悲など与えるつもりはない。

「戻りましょう」ジャンの声がした。

ふたりは階段を下りてベンチに向かった。ホルトは腰をおろし、家を想った。ウェンディはそれを売ってしまっていた。今は誰が住んでいるのかさえわからない。これまで家のことは考えたこともなかった。

ジャンが隣に坐った。「ビル」やさしい声だった。「大丈夫？」

「もう一度、おれの家が見たい」

　そして彼はその家に向かって車を走らせた。十六年ぶりに見る街を抜け、十六年ぶりに再会した我が家は、見る影もなく変わり果てていた。新しい扉、新しい窓、新しい車庫。ホルトは家のすぐ前に車を停め、新たなる責め苦に身を、心を灼き焦がした。

　誰もいない我が家にすべりこんだ。ウェンディはまだ仕事から帰っておらず、それを喜ぶべきかどうかさえ、ホルトにはわからなかった。ふたり一緒の空気は耐えられない。しかし、この無人の家もいやだった。ウェンディが帰ってきたら、全部話してしまったほうがいいかもしれない。アリソンのことも、トレーラーハウスの血痕のことも。ああウェンディ、帰ってきてくれ。

　しかし実際に帰ってくると、話さなかった。ひとこともそれに触れずにいたが、ついに玄関から運命のノックが聞こえてきた時、すべてが終わったことを悟った。それは安堵にも似ていた。

「ホルトさんの奥さんですか？　私はキャッシュ部長刑事、彼はフォールズ巡査です。我々はアリソン・ブライアントさんの事件を捜査しています。お邪魔できますか？」

　刑事たちははいってきて、ホルトに挨拶した。

「お手間をとらせてすみません、奥さん。ブライアント夫人の車のトランクにはいっていた包みのことをうかがいたかったんです。今までブライアント氏は、あの包みは自分の妻のものだと思っていたけれども、よく見ると、あなたの名前を書いたラベルが箱に貼ってあったというんですよ」

ホルトは立ち上がった。「それはぼくが説明できる」

「おや、そうですか」部長刑事は言った。

「ええ。その、ブライアント夫人はぼくを駅まで迎えにきてくれたんです」

「いつですか?」

「あの日です」額に汗がにじむのがわかる。

「あの日とは? 彼女が亡くなった日のことですか?」

ホルトは頷いた。

「ホルトさん、この続きは署に行ってからのほうがよろしいでしょう。どうです?」

彼が責め苦を味わうだけ味わうと、ふたりはホテルに戻った。そして今、ジャンはベッドに坐って裁判記録に囲まれながら、役立ちそうな情報を手帳に書き出していた。ホルトはその傍らの椅子に腰かけ、オールソップの報告書を何度も何度も読み返していた。が、ついにサイドテーブルに置いた。

「駄目だ、駄目だ、駄目だ。おれたちが接触した連中は全員、オールソップが死んだ時に鉄壁のアリバイがある奴ばかりだ」

ジャンは顔をあげた。いかめしい顔つきだった。「スペンサーにはないわよ。あの人が自分で言ってたじゃない」そこでため息をついた。「でもカートライトやスペンサーなんかより、ブライアントのほうがずっと犯人くさいんだけど」

「ブライアントはアリソンの死を望んでいなかった。すくなくとも、あの電話の前までは。電話のあとじゃ、時間的に不可能だ」

「彼女がお母さんから譲られた持ち株もそっくり手にはいったんでしょう」

ホルトはあくびをした。「今なら殺してでも手に入れる価値があるかもしれないが。当時はそれほどじゃなかった。そんなのは小説の中だけだ」

「そんなことないわよ」傷ついたように言って、ジャンは壁の時計に眼をやった。「あの時計、あってるの？」本当に恐怖に駆られたように叫んだ。

「十二時十分だよ」出所祝いとして買ったとびきり高価な腕時計を見てホルトは言った。

「たいへん」ジャンは手で口を覆った。「締め出されちゃった」

ホルトはふんと鼻を鳴らした。「まさか。ノックすれば入れてくれるさ」

「駄目なの！〈十一時を一分でもすぎたらね、お嬢さん、うちは鍵をかけますからね〉って言ったのよ、あの鬼婆」

「じゃ、ここに泊まればいい」

ジャンはとっておきの笑顔を見せた。「いらっしゃい。今日は疲れたでしょ。一緒にくつろぎましょう」

「遠慮する」

彼女は首を振った。「女がみんなアリソン・ブライアントみたいなわけじゃないのよ。信用できる女だっているんだから」

「わかっている。おれはきみを信用している。もう二度とこんなに人を信じられると思っていなかった。そのくらい信じている。だが、きみと寝る気はない」

「どうして？」

「必要ないからだ。部屋をとってこい」

「だって、高すぎるんだもの」

「おれが払う。いいから部屋をとれ」

ジャンはため息をつくと、ベッドからおりて、その上に散らかっていた自分の持ち物を集めだした。

「なくならないから、そのまま置いとけよ」

「だめよ」ジャンは書類を入れていたブリーフケースの中にそれらを流しこんだ。「ベッドの上が散らかってちゃ、いやでしょ」ぱたんと蓋を閉めて、ドアに向かい、そこで振り向いた。

「じゃ、ごゆっくり」にこっとして、片手をあげた。「お部屋、とらせてもらうわね」

8

「なんでわたしがここにつれてこられたわけ？」〈グレイストーン〉の駐車場にホルトが車を入れると、ジャンは訊いた。

「おれにもよくわからん」ホルトは白状した。「ただ、ブライアントと話してみてくれないか」

「どんなことを？」

「天気の話でもなんでもきみの好きなことを。きみがブライアントから受ける印象を知りたいんだ」

ジャンの直感がブライアントをどうとらえるのか知りたかった。ホルトの見ているかぎり、ジャンはスペンサーを信用していないにも拘らず、話をしている間じゅう愛想よかった。スペンサーがリラックスして笑えば、彼女もそうした。それでいて、魅力的だけど演技しているのがみえみえの男ね、と言ったのだ。そんな彼女がブライアントをどう見るのか知りたかった。

ブライアントの秘書の抗議を軽くかわすと、続き部屋のドアをノックし、ブライアントの仕事部屋にすいとはいった。

「きみに客だよ、ボブ」

ブライアントはこの闖入《ちんにゅう》にやや戸惑ったようだった。そこは会長専用の続き部屋だった。飾り鋲《びょう》を打った革張りの椅子、対になった革張りの机。その上には書類が山と積まれている。部屋の奥のテーブルは、隣の役員会議室にある長テーブルの小型版だった。特別調査委員会や運営委員会の面々が囲むテーブル。おれは本当に昔、その一員だったのか？

「ジャン・ウェントワースさんだ」彼女に向かって顎をしゃくった。今日のジャンは青いスカートに白いブラウスを着ていた。ホルトはブライアントが好感を持ってくれることを願った。

「はじめまして」ジャンは言った。「お目にかかれて光栄ですわ」

ブライアントは眼をぱちくりさせ、老眼鏡をはずした。「はじめまして」反射的に答えて立ち上がると、握手をした。「どんなご用件でしょう？」

「わたしはジャーナリストなんですの」彼女は言った。「先日はラルフ・グレイ卿にお話をうかがいまして――アメリカの経済誌に記事を載せるので取材させていただきました」

「はい？」彼はあやふやな笑みを浮かべた。

「よろしければ、少々お時間をいただけないでしょうか？」

「しかし、私は今……」書類を見、次にジャンを見て、また微笑した。「いや、大丈夫です」そして言った。「そういえばラルフがあなたのことを言っていた」彼はホルトに眼をやった。

「きみがからんでいたとはラルフも気づいていな――」

「なかっただろうな」ホルトは言った。「心配するな。おれは失礼する」見るだけのものは見た。彼は部屋を出た。

彼はジャンに、どう接近しろという指示は一切出さなかった。しかし、彼女はホルトが余計なことを言う前に、ジャーナリストの顔に切り替わった。それはつまり、ブライアントは気のおけない相手ではないということだった。

ほかの人間に話を聞こうと、ホルトはチャールズ・カートライトの部屋に続く廊下をすたすた歩いていった。忠実すぎる秘書たちの白い眼を避けて、廊下につながるほうのドアを直接叩き、ひとりでいるカートライトを捕まえた。

「ビル」驚いてはいるが、紳士的な反応だった。

今までに受けたなかでは友好的な挨拶の部類で、部屋にはいったホルトは、どんな手段を使うべきか決めかねた。

カートライトの部屋は、スペンサーが写真コンテストで是非にと写したがった牧草地を望んでいた。眼の前で、雌牛が二頭ほど、平和そうに草を食《は》んでいる。ホルトは雌牛になりたいと思った。好戦的で角を振りたてる雄牛ではなく、雌牛になりたかった。草を食む雌牛に。

部屋はもちろん、成功したビジネスマンの部屋そのものだった。そう高価ではないが趣味のよい現代彫刻がひとつふたつ、やたら複雑で豪華な玩具、眼の玉が飛び出るほど高いが、日付を確かめるという機能はどんな安物とも変わらないというカレンダー。〈グレイストーン〉が勇敢なるスペンサーによって大いなる飛躍を遂げた事実は、カートライトの出世にいささかも響かなかったと見える。ホルトは坐らなかった。

「まだ話が残っていたな」いかにチャールズ・カートライトが紳士的に振る舞おうと、ここは刑務所方式でやろうとホルトは決めた。

チャールズはほっそりした手を机にのせると、手帳がほんの二、三センチずれているのをなおした。アリソンがよくそうしていた、とホルトは思い出した。彼女はなんでももとの位置にきっちり収まっていないと気がすまなかった。アリソンの眼に魅力的に映る男がいたとすれば、やはりチャールズではなかったか。

「まだ、とは？」カートライトは訊き返した。

「おれに話していないことがあるな」

カートライトが面食らった顔をすると、ホルトは机をまわって脇に立った。警察から学んだ単純な技だ。今やチャールズには三択しかない──正面を見たまま誰もいない空間に向かって話すか、だんまりを決めこむか、横を向いて見上げるかたちにさせられるか。立ち上がることもできたが、ホルトが彼の両肩に手をのせていた。その手がおろされないかぎり、立ち上がることは許されない。ただ軽くのっているだけだが、ちょっとでも動く気配があれば、力がこもることになっていた。

「今、話したらどうだ」

カートライトはだんまりを選んだ。

「つまりだな」ホルトは続けた。「きみとこのまえ会った時に不審な点があった」

「なんだ？」カートライトは誰もいない空間に向かって話すことを選んだ。

「アリソンの話題になると、きみは突然怒りだした」彼はカートライトの両肩をぽんと叩いた。

「だろう？」

沈黙があり、ホルトはカートライトの首筋に血の色がのぼってくるのを見た。

「思い出したか？」彼は言った。「変だろう？」

「別に」カートライトは言い返した。「アリソンは二十八歳で、美人だったのに、誰かがとんでもないことをしたんだ」

ホルトは頷いた。「怒るのに充分な理由だ」彼は言った。「実にいい理由だ。だが、それはきみが腹を立てた理由じゃない——今も腹を立てている理由じゃない」身をかがめて、耳に囁いた。「そうだろう？」

そしてまた一歩下がり、カートライトの視界からはずれた。「おれがアリソンの愛人だったと思っているのか？」

カートライトは答えなかった。彼の手がインターコムに伸びるのを見たホルトは、その手首をつかんだ。「他人を巻きこむのはよそうじゃないか」

「放せ」カートライトは腕を引こうとした。

ホルトが急に手を放し、カートライトは自分で自分を殴るはめになった。

「心配するな、チャールズ」ホルトは言った。「ここでのきみはまったく安全だ。秘書が守ってくれる」椅子をつかんで回転させ、カートライトと向かい合った。「心配なのは、きみが家に帰る時だ。駐車場は暗い。夜道はごろつきだらけだ」ホルトは軽く舌を鳴らした。「最近は物騒な世の中だ。と、聞いている」

「脅す気か？」カートライトの顔はひきつった。

「そうなんだ、チャールズ。おれは反社会的な習慣を少々身につけているんだよ。隠していることを話してもらえないなら、いくつか見本を見せてやってもいい」

カートライトは眼をそらさなかった。

「おれと」ホルトは言った。「アリソン。そのことで腹を立てているんじゃないか、チャールズ？」机に坐った。「なぜだ、チャールズ？　誰がアリソンとやっていようが、なぜきみが怒る？」

カートライトの顔はますますひきつり、蒼褪めていった。「ぼくじゃなかったからだ」彼は言った。「それなのにブライアントはぼくだと信じていた」椅子をころがし、ホルトから離れた。「ぼくは社長になれたんだ。三十五か、遅くても四十前には。それがきみと」彼は言った。「アリソンのおかげで、全部ぱあだ」

ホルトは吸い取り紙のふちを指でなぞり、少しずらした。「それでブライアントは偏執狂じみているってわけか。彼はきみがアリソンと遊び回っていると信じこんでいたのか？」

カートライトは首を振っていた。「正しい相手以外の奴を全員、疑っていたからさ。つまり、きみ以外を」

ホルトはいちいち弁解しなかった。「全員？」

カートライトはこころもち力を抜くと、また椅子を机に寄せた。「ウォリック坊やを覚えてるか？」言いながら、ずれた吸い取り紙をもとの位置に戻した。

「覚えているとも」〈坊や〉以外の何者にもなれなかったウォリックのことは、忘れようにも忘れられない。

「ブライアントは土曜にスペンサーと会う約束をした。そのあとで、その週末にはブリュッセルに行っている予定なのを思い出したんだ。それは覚えてるだろう？」

「ああ」ホルトは雌牛を見ていた。

「それでかわりにラルフとぼくが面会することになった。ウォリックは、あとでブライアントに見せる記録を取らせるために同席させた」

ホルトは雌牛になりたいと思った。

「スペンサーは現われなかった。そのかわり、アリソンが来た――ラルフを探しに。アリソンがぼくの部屋に来ると、ウォリックは真っ赤になって出ていった。あとを追って話を聞くと、ブライアントからアリソンに近づくなと警告されたので気まずかったと答えたんだ。しかし、誓って彼女とは何もないと言った」

ホルトは振り返った。「ブライアントはなぜウォリックを疑った？」

「ウォリックの話じゃ、アリソンの車が定期点検で使えなかった時に、家に送ってやったことがあったらしい。それだけだ。ぼくはウォリックを信じたよ。あの坊やは何が起きているのかわかっていなかった。とにかくブライアントはアリソンのことで偏執狂になっていた」彼は首を振った。「ぼくはウォリックに帰ってもいいと言った。スペンサーはもう来ないだろうと。あの事故のことでは、ずっと責任を感じているよ」

ここでお定まりの慰めを期待しているなら、お門違いというものだ。ホルトはチャールズの良心の呵責《かしやく》になどまったく興味がなかった。殺人に対するそれ以外には。

「階下《した》に下りて、ウォリックを見つけた。彼を帰らせてから五分ぐらいしかたっていなかった」カートライトは空咳をした。「誰かが救急車を呼んでくれていたが……」彼は眉をあげて言葉を終わらせた。

「何も聞こえなかったのか?」

「ああ。みんなここにいたんだ」彼はため息をついた。「ウォリックは死んだ。それでもアリソンはブライアントをやきもきさせていた。すると彼はぼくに矛先を向けてきた」

ホルトはまた腰をおろした。「それで?」

「新築祝いパーティーで。あのパーティーは覚えているだろう?」

ホルトは唸った。あの悲惨な夜は忘れようにも忘れられない。「きみは早く帰ったな。最悪の一幕を見逃したぞ」

「最悪の一幕の原因はぼくだ」

「なぜ?」

「帰るところだったんだよ。コートを取りに寝室にあがったらアリソンがいた。ブライアントが浴室から出てきて、ぼくたちを見た」

「何をしていたんだ?」

「していない、いい!」チャールズは怒鳴った。「ただ何か話して、一緒に笑ってただけだ。それで充分だった。次の日、ブライアントに、社長の話は忘れてくれと引導を渡された」彼は前かがみに机に寄りかかった。「きみの繊細なもの言いを真似るなら、ぼくがアリソンとやっていると思ったからだ」チャールズはまた身を起こした。「ブライアントはぼくがその重責をこなすには、歳が若すぎ、彼の妻に興味を持ちすぎていると言った」彼は間をおいた。「偏執狂だろう？」

ホルトは肩をすくめた。

「ああ」カートライトは言った。「ブライアントを偏執狂にした張本人なら、認めたくないのも当然か。だけど彼に見つかる前にアリソンは殺されなければならなかった」

ホルトはまた自分の無実を言い立てようとして、ふと凍りついた。恐ろしい想像に襲われて。言葉にするのさえ恐ろしい想像に。ホルトはもう一度、立ち上がった。ナンセンスだ。まったくのナンセンス。彼は雌牛たちを見た。立っている、坐りこんでいる、草を食んでいる、眠っている、何も知らず、悩むことのない雌牛たち。

「きみはなぜ〈グレイストーン〉にとどまった？」ホルトは訊いた。

「スペンサーがいるからだ」カートライトは即座に答えた。「ぼくはスペンサーに賭けたんだ。悪いか？　彼なら期待に答えてくれるだろうと」

「だが、きみはまだブライアントの下で働いている。代表取締役にもなっていない」

「野心を変えたんだ。我が社の株は一年以内に公開される」彼は言葉を選びながら慎重に語りだした。「長い道のりだった。ラルフが自主的に引退してくれるのを待たなければならなかったからね。どれだけ耄碌《もうろく》していても引退を勧める人間がいなかったから」

耄碌しているようには見えなかったが。ホルトは眼をこすりながら思った。「ウェンディのうしろで糸を引いていたのはきみか。それでウェンディを役員に推したのか」

「ああ。株式が公開されれば株主はすぐに某大企業から、相応の額で株を譲ってほしいと申し入れられるだろう。役員会はその申し出を受けるようすすめるはずだ」

謀略はホルトが得意ではなく、しかもしばらく遠ざかっていた分野だった。「なんだって?」

「キャシーがブライアントの側についたとしても――ストーン一族なんだからそうするだろうが――ウェンディもスペンサーもブライアントにはつかない。役員会は株主たちに株を売るように呼びかけ、〈グレイストーン〉社は事実上消滅する」

「ひょっとするとその新天地にブライアントの居場所はないのかな?」

「ないね」

「少々、倫理にもとりはしないか」言いながら思った。外で草を食んでいる友人たちと同じように、倫理について気にせずにいられたら。

カートライトはホルトと並んで窓辺に立った。「平和な連中だろう? それでこの部屋を選んだんだ。まさか十六年も居つくとは思わなかった」

「きみなら汚いと言いそうだが。牛のくそに、破裂しそうな乳に」

カートライトの顔にはやや微笑に似たものが浮かんだ。「自然は汚くないよ。雌牛は仕事をまっとうできる完璧な形に作られている」

ホルトは社屋内をそぞろ歩いた。建てた時から時代遅れの建物。いくつもの踊り場があり、何本もの脚柱に支えられた、高層の建物。一度として好きだと思ったことはない。いつのまにか廊下の端に来ていた彼は、役員会議室に至る威圧的な両開き扉から、そっとはいった。半分おろされたブラインドが陽射しを遮り、中は涼しかった。ブライアントににせインタビューを続けるジャンの声が高く低く聞こえてきて、彼はにやりとした。

涼しいと思ったのは一瞬だけだった。ホルトはカラーをゆるめ、窓を開けた。そして前庭を見下ろした。ウォリック青年がひき逃げされた正面玄関だ。まさかブライアントは何者かにそれを命じ、その間、ヨーロッパで顧客と商談していたのだろうか？

思いつきは頭から消えなかった。しかし、馬鹿馬鹿しい。あまりに馬鹿げている。

ブライアントが――上品すぎてホルトに地獄に行けとも言えず、礼儀正しすぎてジャンを追い返すこともできない彼が？　しかし彼らは全員、礼儀正しい。皆、テレビを見たり、昼食で一杯たしなんだり、ブリッジをしたりする普通の連中だ。だが、このうちウォリック以外の誰かが間違いなくアリソンを殴り、絞殺した。そしてオールソップを鉄棒で襲った。この温厚で上品な普通の連中のひとりが、機を与えられて殺人を犯したのだ。

いつしかホルトの思いは、その時が来たら何を使うべきかという考察に移っていた。同じ手段を使うか？　洗練されたものは駄目だ――爆弾や銃は問題外。最近ではそういうものは簡単に足がつく。犯人がわかれば、手段も決まるだろう。そして場所も。犯人がブライアントなら？　ひとりでひっそり暮らしている。奴を殺《や》るのは簡単だ。偏執狂、とチャールズは言った。本当にそうなのか？　ブリュッセルでアリバイを作り、誰かにウォリックを始末させるほどの偏執狂なのか？　ホルトはもう一度、前庭を見下ろして苦笑をもらした。馬鹿げている。そもそも、アリソンとは関係を持っていないというチャールズの言葉をなぜ額面どおりにとるのだ？　誰も信じるな。そう誓ったではないか。にも拘らず、ホルトはチャールズを信じたのだった。では、ブライアントは偏執狂なのだろう。ウェンディは正しかったのだろう。アリソンは結局、誰とも不義をはたらいていなかったのだ。

会議室を出ると、ブライアントの廊下側のドアをノックし、部屋にはいった。

「ちょうど終わったところよ」ジャンが言った。

「じゃあ、いいタイミングだったな」わざとにこやかに親しげに答え、思惑どおりブライアントが困惑するのを見た。「いい話が聞けたか？」

「ええ、ありがとう。ブライアントさんはとてもご親切で」

「おれはあとからすぐに行くよ」そう言うと、ジャンはプロの女優並みにキューを読み取り、秘書の部屋に消えた。

「ありがとう、ボブ」あいかわらずゴルフ友達にでも話しかけるように言った。「あの娘《こ》には大事な仕事だったんだ」

ブライアントは眉根を寄せた。「なぜアメリカの雑誌が私に興味を持つんだ？」

「イギリス特集を組むとか言っていたな」ホルトの眼には、ミルウォーキーのうらぶれたブロックに、架空の〈ウィスコンシン・ビジネス・ダイジェスト〉社と、時代遅れの雇われ記者たちが三文仕事でやっと暮らしている有様がまざまざと浮かび始めていた。「なんでもいいからページを埋めろってことなんだろう。それでもジャンにとっては金になる仕事なんだ」

ブライアントは頷いた。「魅力的なお嬢さんだ」

一瞬、ホルトはかつてアリソンがブライアントと結婚すると宣言した時と同じ嫉妬を感じたが、すぐに馬鹿馬鹿しくなった。「それがおれとなんの関係がある？」

「ああ、そうだな」ブライアントは言った。「きみとはどんな関係だね？」

「友達だ」

「刑務所のボランティア訪問者か何かか？」

「まあな。きみに関係があることか？」

ブライアントは老眼鏡をたたんでポケットに入れた。「きみが服役していた理由を、彼女は知っているのかね？」眼を合わさずに言った。

腕に傷を負って以来、彼は初めて怯んだ。「ああ。ジャンに何を言った？」

ブライアントは驚いた顔で見上げた。「なにも。会社の話だけだ」そして椅子をうしろにころがして立った。「彼女が自分のやっていることをわかっていればいいんだが」

「どういう意味だ？」

「傷つくことになるかもしれん」

脅しか？　ブライアントが優雅に社交している間に年若い恋敵を腰巾着に始末させたのではないかと想像していたホルトは、そう確信しかけた。「誰が傷つける？」低い声で言った。

「きみだ」ブライアントは言った。「傷つけるか、傷つけ合うかは知らんが」

ジャンはよほど好感を与えたようだ。「傷つくと言えば」ホルトは言った。「まさかウォリック坊やを本気で疑ったわけじゃないだろう？」

ブライアントはかすかに反応したが、書類を極秘ファイル棚に黙々としまい続けた。極秘中の極秘書類で人任せにできないのだろう。それにしても、自分は本当にこの偽りの世界の一員だったのだろうか？

「知っているのか？　ああ、アリソンに聞いたのか」

ホルトは素早く机のブライアントの側にまわり、ファイル棚を乱暴に閉めた。「一度でも考えたことはないのか？　疑わしい相手がころころ変わるってことは、愛人なんて実はいないのだとは？」

「疑いじゃない」ブライアントは静かに言った。「アリソンが変え続けたんだ」

「アリソンが？」ホルトは理解できずに言った。

「アリソンが、だ」ブライアントは繰り返した。

「きみは狂っている」

「アリソンが認めたんだ」ブライアントは力なく言った。「その全員を」

「全員を？」ホルトは呆然とした。「アリソンが？」彼女の裏切りそのものより、この言葉は衝撃だった。

「驚くことか？　きみとのことを電話してきただろう」

ホルトはこの事態が信じられなかった。質問と抗議が喉元に殺到し、言葉が出てこなかった。

ひとつだけ訊かなければ。ひとつだけは。「なぜ警察に言わなかった」

「なんのために？　妻が男とみれば誰でもくわえこんでいたと言わなくても、充分に辛い話をさせられたんだぞ」

「おれが刑務所に送られるってのにか！」

「アリソンを殺した報《むく》いだろう」ブライアントは言った。「私にとって問題だったのはそのことだ。そのことだけだ。アリソンがほかの誰と浮気していたなんて吹聴してなんの役に立つ？　なんの関係もない」

こいつは怪物だ。おれは怪物を探していた。そして見つけた。今だ。ここで。いや、ここはまずい。まだだ。機を待て。奴がひとり無防備でいる時を。

「なぜスペンサーの面接にウォリックを同席させようとした？」ホルトは訊いた。「ウォリックが死んだ日に？」

ブライアントは眉根を寄せた。「ずいぶん話題が飛ぶな」

「気にするな。なぜだ、ボブ？」

「記録が欲しかったからだ」

「それはウォリックの仕事じゃなかっただろう」

「誰がボスか思い出させてやりたかったのかもしれんな」

ホルトはなんとか気を落ち着けると、腰をおろした。「あっさり馘《くび》にすればすむ話じゃないか？」

「できなかった。彼もそれをよくわかっていた。もしセルマ・ウォリックが〈グレイストーン〉から手を引けば、うちは苦境に立たされていた」

ホルトはポケットを探り、アリソンの写真を取り出した。「これはオールソップが撮ったものか？」そう言いながら、机に放り投げた。

ブライアントはそれを取り上げた。「オールソップが？　いや、もちろん違う。なんのために？」

「きみはどこでそれを見つけた？」

「私じゃない。警察がどこかから見つけてきた。写りのいい写真かと訊きにきたから、ああそうだと答えてやっただけだ」

「これの出どころを知らないのか？」

「きみが撮ったんだろうと思っていた。違ったようだな」

ホルトの頭の中はぐるぐるまわり始めた。「きみは、こんな写真は知らないともなんとも言わなかったのか？　警察はこれを普通の写真だと思ったのか？」

「警察がどう考えたか知らん！　アリソンは死んだんだ！　それ以外、何も考える余裕はなかった！」

「自分のプライドを守っていただけだろうが」

「違う、アリソンが……ああ、アリソンはなぜあんなことをしたんだ。それでも私はアリソンの名を汚したくはなかった」

「きみの名でもあるからか」

「私はなぜきみと喋っているんだ。もともと疑わしい点などない、今もない。もう帰ってくれ。帰れ」

ホルトは考えをまとめた。「いいや。これだけは答えてもらう。電話のあと――頭を冷やしに散歩に出た時――アリソンと一緒にいるのは誰だと思った？」そう言うと、机に拳を叩きつけた。「誰だ！」

「わからん。私は……嘘かもしれんと思った。時々は……全部、アリソンの作り話かと思うこともあった」彼は顔をそむけた。「だが、違った」

「なぜ家に戻らなかった？　アリソンが電話をしたのに」

「それを私が自問しなかったと思うのか？　家に帰っていたら、助けられたかもしれんのに。医者は戻っても間に合わなかったと言うが、思い切れるものじゃない」

それは同感だった。

「私は」ブライアントは声を詰まらせた。「幸せにしてやれなかった。アリソンは、私があれとではなく、〈グレイストーン〉と結婚したのだと言っていた。ああ、そうかもしれん」

ホルトはのろのろと立ち上がった。「おれがアリソンを殺したと思うか？」

ブライアントは見上げた。「昔はな」彼は言った。「アリソンがどこまで酷になれるか知っていた」そして、机の上の写真を見下ろした。「今はどう考えていいのか、まるでわからん」

ホルトは写真を取り上げ、出ていった。

9

「ビル」ホテルに戻る車の中で、ジャンはせっついた。「ねえ、どうしたの」

ホルトはジャンに運転を頼んでいた。運転などできなかった。この痛み、押しつぶされそうな痛み、今にもひきちぎれんばかりの痛みに襲われていて、どうして運転などできるだろう。

ジャンはスピードを落とし、路肩に停めた。

「話してよ」

語りだした彼の言葉に耳を傾け、ひとつひとつのことが明らかになるにつれて、彼女の眼は大きく丸くなっていった。

「うそ」語り終えると、ジャンはそう言った。

ホルトは無言で頷いた。まったくだ。刑務所の中で思い立った時には、実に簡単に思われた。彼らと話そう、と。何年後かに、ただ話をする。彼らは何かを言うだろう。忘れていたことを思い出したことを。その時は言わなかったことを。しかし、これは。

「誰を信じるの?」

「駄目だ。わからん」ホルトは彼女を見やった。「しかしアリソンは、おれを相手に時間を無駄にしなかった。ウォリック坊やも同じサービスを受けたんだろうよ」

「じゃあ、チャールズ・カートライトが、アリソンとは何もなかったって言ったのは嘘ってこと？」

「ああ」やりどころのない怒りの涙を見られないように、慌てて眼をしばたたいた。涙は男のものではない。涙は強者のものではない。涙は負け犬のものだ。「おかしいか？　きみはチャールズと会っていないからわからないんだ。おれは信じる」

「ブライアントも？」

「わかったよ」ジャンから眼をそらし、ずっと見たかった野原や樹々を振り返った。が、涙で何も見えなかった。弱い自分に逆戻りだ。

「いろんな人から違うことを言われるのは覚悟してたんでしょう」ジャンが指摘した。「手に入れた情報を整理して、吟味して、ほかの情報と比較しなきゃって、あなたが自分で言ってたじゃない」

「しかし、どれもこれも信じるわけにはいかないだろうが！」ホルトは両手を振り上げた。

「すまない。きみに怒鳴るなんてどうかしていた」彼はため息をついた。「アリソンを殺した奴が、オールソップ殺しでおれをはめたのは確かだ。犯人はおれがアリソンと一緒だったことを知っていなければならない。だが、ふたりとも知ることはできなかった。もし……」その考えは口にしたくなかった。ジャンの前でさえ。

「もし、なに？」もちろん彼女は訊いた。

「もし、ブライアントが誰かを雇ったのでなければ」ぼそぼそと言った。

「ええ?」

「可能性はある」

「はずないでしょう」ジャンは言った。「どうやって? どこでそんな人間を見つけるの? イエローページで〈殺し屋〉を見つけるの?」

やはりからかわれた。思ったとおりだ。しかし、それほど馬鹿げた話だろうか? 「もともと雇っていたとしたら? カートライトの話では、ウォリックがひき逃げされた日にアリソンは会社に来ていた。ちょうどオールソップがアリソンの調査を始めた週だ。しかし、アリソンが〈グレイストーン〉に行ったことは、オールソップの報告書にはない」

ジャンはホルトを見つめた。「だから?」

「ウォリックが死んだその場にオールソップがいたからだ」ホルトは言った。「そしてアリソンが死んだその場にもいた。それだけだ」

「オールソップがふたりとも殺したって言うの!」

「たぶん」

「奴は現場にいた」

ジャンは胡乱《うろん》げに彼を見た。「まさかそれ信じてるわけじゃないわよね、ビル?」

「いなかった。アリソンが亡くなった時、オールソップはパブにいたんだってば。〈グレイストーン〉について報告してないんなら、きっと彼はそこに行かなかったのよ。カートライトが嘘をついているのかもしれないじゃない」

「なぜ？　アリソンが会社に来たなんて嘘をつく必要がどこにある？」

「自分にアリバイを作るためかもね」ジャンは乱暴にエンジンをかけた。「今、あなたが考えてるような結論に、誘導するため。あなたを混乱させるため。なんでもありよ」

ふたりは居心地の悪い沈黙の中で坐っていた。ホルトは早く車を発進させてほしかったが、ジャンはそうしなかった。馬鹿げていると言ったものの、ホルトの言い分を検討しているのだ。

「で、オールソップを殺したのは誰？」ようやくジャンは口を開いた。

「ブライアントだ」

「どうして？　無意味じゃない？　人を殺す覚悟をしてたなら、最初から自分でアリソンを殺せばいいでしょう？」

「警察が真っ先に誰を疑うと思っている？」ホルトは苛立った声を出した。「ブライアントは自分がどこかよそに行っていたと証明するまで、丸二日も勾留されたんだぞ。それこそどこかよそに行っていたせいで。だからに決まっているだろうが」

またも、ふたりは険悪な沈黙に包まれた。フロントガラスの中の感傷的な風景は、スペンサーが夢中になっていた写真コンテストにぴったりだろう。いくらか暑さをやわらげる風にそよぐ高い樹々。低い空を走る雲の帯が、樹々の間に広がる青い空間を、不自然な直線でつないでいく。

細い飛行機雲が薄れ、ゆらぎ、消えていくのを、ホルトは見守った。産業と自然の風景。スペンサーが狙った構図ほどあからさまでない。さして写真に詳しいわけではないが、それにしてもスペンサーの構図はあまりに陳腐ではないか？　その時彼は感じた。わずかにぞくりとする興奮を。今、たしかに思いついたのだが、何なのかわからなかった。

「どっちにしても」ジャンの声に、その感覚はするりと逃げてしまった。「仮にブライアントがアリソンを殺すためにオールソップを雇ったとしてもよ、その間、ちゃんとアリバイを作っとくはずじゃない？　ひとりでふらふら歩き回ったりしないで。意味がないもの」

そう。たしかに、そのとおりだ。ホルトは肩の力を抜いた。「そうだな」

「でしょう？　でね、ウォリックの事故のことだけど」ジャンはきびきびと言った。「〈ヘクーリエ〉が記事にしてるはずよ。事件がどう解決したか調べてみるわ。警察が誰かを起訴したかどうかとか」ジャンは車を発進させた。「それと、もしブライアントがアリソンについて本当のことを言ってたとすれば――彼女が〈グレイストーン〉の社員に手当たり次第に手をつけちゃってたとすれば、スペンサーにも同じことをしてたかもしれないわね」

写真のコンテスト。コンテストの何か。もう一度、記憶を捕まえようとしたが、それは夢を思い出そうとするのに似ていた。ジャンが喋りだす前にわかっていたのかどうかも思い出せない。町にはいった時も、ホルトはまだ考えこんでいたが、警察署の前を通りかかって、ふと顔をあげた。そして、また眼をそらした。

警部はため息をついた。「いいかね。きみはすでに一度、嘘の供述をしている。これは全部、法廷で不利な証拠として扱われる。最初は、ブライアント夫人が駅に迎えに来て、きみを自宅に送ってから、ガラス細工の包みをトランクに入れたまま帰ってしまったと言った……」そこで間をおいた。「そのあとで、きみは話を変えた――彼女の家に行って、セックスをしたと」

ホルトは頷いた。そんなふうに言葉にされると、ひどく醜悪に聞こえた。

「嘘をついたのは、浮気を奥さんに知られたくなかったからだね」

ホルトは頷いた。

「ブライアント夫人が旦那に電話をした時、きみはそばにいたのか？」

「はい。もう全部、話しました」

「全部じゃない」警部は言った。「なあ、あれはたしかに汚いやり方だ。女にあんなことをされりゃ、誰だってかあっとなるさ。だからいいかげん全部ゲロして、楽になったらどうだ？どうしてやっちまったか説明してみろよ、な？」

「いいえ！」俄然《がぜん》、ホルトは電流に打たれたように抗議した。「ぼくは殺してない。帰ったんだ。ぼくはすぐ――」

しかし、誰かが戸口に現われ、警部は出ていった。ホルトは片隅に坐る制服警官を見た。

「ぼくは殺してません」力なく言った。

「なんとなんとね」警部はそう言いながら戻ってきた。「同情は無駄だったってわけか」

ホルトは警部を見上げた。

「この手紙のことで何か話したいことは？」警部はオールソップの手紙をかかげた。

「どこでそれを？」

「心配無用。令状は取ってある。オールソップがきみに話したいと言っていたことを訊くために警官をやった。だが、訊けなかった。なぜだかわかるな？」

そんな。トレーラーハウスでのことはちゃんと話すつもりだった、でも、アリソンのことばかり訊いてきたじゃないか。一度にひとつずつ、と警部は言った。急がなくていい。きみのペースで話してくれ。そう言って、アリソンのことで同じ質問を訊き続けた、何度も、何度も。でも、ぼくは話すつもりだったんだ。本当に。

警部はホルトにむかって手を振った。「その服は朝から着ていたものか？」

「はい」質問の意味がよくわからぬままに答えた。「でも、トレーラーには誰もいなかった。信じてください——誰もいなかったんです」

「服を脱げ」警部は言った。「今、着替えを持ってこさせる」

「服を——」

「早く」そして、警官に言った。「トレーラーで採取した指紋を全部、彼のと照合するように言え」

〈ジョージ〉に着くと、ジャンはすぐに車を降りた。「今から行けば、新聞社の担当を捕まえられると思う。調べられるだけ調べて……それから戻ってきてもいい？」

ホルトはまだ呆然としていたが頷いた。ジャンの車が走り去ったあとも、しばらく助手席に坐ったまま、すべてがどんな意味を持つのか考えていた。もともとわけのわからない事件だったが、今はいっそうわからなくなった。喋ってもどうせ何も変わらなかったという理由で当時語られなかった数々の事柄。なにより悪いのは、わかったとしてもたしかに何も変わらないという事実だった。

ブライアントが行方不明だったとスペンサーが知っていたところで、それがどうしたというのだ？　もし奴がアリソンを駅で見かけたと喋っていたらどうなっていたというのだ？　おれの逮捕を早めただけではないか。それにブライアントの言うとおり、アリソンが男漁りをしていたと触れ回ってもなんの足しにもならない――それどころか、ますますおれが逆上して殺したように見えるだけだ。

だが、誰かがやった。誰かが殺した。おれがアリソンと一緒にいることを知っていた人物が。しかし、誰に知ることができた？　アリソンだけだ。ああ、そうだ、アリソンしかいない。あとは手を下したオールソップ本人――この苦しまぎれの推理が正しければの話だが。しかし、それはありえなかった。あまりに荒唐無稽で、しかもオールソップはその時パブにいたと警察が裏をとっている。だから、誰がやったにしろ、オールソップではなかったのだ。

ホルトは背もたれから身を起こすと、集中すれば透視できるかのように、遠い中空を睨《にら》んだ。アリソンはオールソップがそこにいると思っていた。自分には監視がついていると思っていた。ならば、何者かに襲われたらその事実を利用するのではないか？　牽制するつもりで犯人にむかって、第三者が見ていると言ったのではないか？　それで殺人者はオールソップの存在を知ったのではないか？

スペンサー。奴はアリソンを前から知っていたのかもしれない。後ろ盾にわざわざ〈グレイストーン〉を選んだのは、それが理由ではないのか？　あの日の夕方、スペンサーは駅でアリソンを見かけて、家までつけていき、何が起きているのか気がついた。かっとなって、アリソンに襲いかかった。その時、アリソンはスペンサーに向かって、オールソップが見張っていると叫んだのではないか？　それならオールソップが殺されるまで日にちがあいた説明がつく。スペンサーはオールソップが何者で、どこに住んでいるのかを見つけなければならなかった。おれをはめる方法も。

ホルトは運転席に尻をすべらせた。スペンサーか？　考えながら駐車場を出て、狭い通りに乗り入れる。スペンサーは写真を撮ってから、セルマを訪ねるために来たのか、それともアリソンに逢いに来たのか？　ブライアントか？　スペンサーの面接は、ただウォリックを計画どおりの場所にいさせるためだったのか？　なぜスペンサーは現われなかったのか？

ひょっとすると、とホルトはスペンサーの家に向かいながら思った。面接などなかったのかもしれない。

ジェフ・スペンサーがドアを開けた。

「やあ、ビル。彼女はつれてこなかったのかい？」

「ああ」ホルトは答えた。「ちょっと思いついたことが……」スペンサーの肩越しに覗きこんだ。「今、ひとりか？」

「いや。でもセルマも、いずれはきみと会っておくべきだと納得したみたいだ」

「ふたりきりで話したい」

スペンサーはにやりとした。「なんだい。おっかないな」一歩さがってホルトを中に入れた。「自分じゃ全然使わない客間を用意するくらい、ぼくも今じゃ立派な英国人だよ」廊下の最初のドアを開けながら言った。

ホルトは小さな正方形の部屋にはいった。壁は白黒の写真で飾られている。

「まあ、かけて」スペンサーは言った。「何か飲むかい?」

「いや、かまわないでくれ」ホルトは坐りごこちの悪い柳細工の椅子に腰をおろしながら答えた。

スペンサーはソファに坐った。「で、なんだい?」

「いろいろ訊いてまわった」ホルトは言った。「みんな、いろいろと喋ってくれている。重要なことは何も出てこないが——大事なことは全部、あの時に出つくしたんだろうな、きっと」

「だろうね」

「的はずれに思えても」ホルトは続けた。「事件と直接は関係ないような、どんな些細なことでもいい。それが突破口になるかもしれない。わかるか?」

「ああ、まあね」スペンサーは答えた。「で、ぼくに、どんな的はずれな情報を期待してるんだい?」

ホルトは口を開く前に、しばらくスペンサーを見つめた。彼の虚をつくことは容易ではないだろう。そうしようとするならば。まだどうするとも決めていないが。

「セルマの息子のことだが」いきなり難しい話題をぶつけた。「きみはあの日、面接に行くはずだったな？　セルマの息子が事故にあった日だ」

「ああ」スペンサーは言った。「今になってみれば、行けなくてよかった」

「どうして行けなかったのか覚えているか？」推理を無理に押し進めている自分が馬鹿馬鹿しく思えてきたが、ホルトは訊いた。

「覚えてるさ。前々からあの車はしょっちゅう動かなくなったんだよ。ラルフ・グレイ卿が待っている時間には、ぼくはロンドンを出てもいなかった」そしてにやりとした。「以来、車をやめて列車にしようと決めた」

「ガソリンを食うからじゃなかったのか」

「それもあるけど、ロンドンの交通事情もある。無理してあれを乗り回す価値はないからね。どうしてそんなことを？」

ホルトはわずかに赤面した。「いや、別に。ちょっと思いついてね。なんでもない」

「それだけかい？」

「いや。そうじゃない。アリソン・ブライアントについて知っていることを教えてくれないか」

スペンサーは葉巻入れを取り上げた。「ほとんど知らないよ」蓋を開けて勧めたが、ホルトは手を横に振った。

「アリソンは殺された。おれの裁判はこのあたりじゃ、かなりのニュースだったはずだ。何も聞かなかったはずがないだろう」

「そりゃそうだ」スペンサーは葉巻を一本選び取った。「だけど、みんなゴシップとか噂話ばかりだからね」葉巻の先を切り、卓上ライターを取り上げた。

「ここは法廷じゃない」ホルトは言った。「ゴシップでも噂話でもかまわない」

「何も知らないよ。本当に何も。アリソンのことは。ボブが犯人じゃないかって、みんな思ってたね、警察がしょっちゅう取り調べてたから。それで誰も彼もが、そういえばボブのことは前から変な人だと思っていた、なんて言いだしてさ。まあ、そのくらいだよ、ぼくが知ってるのは。本当に何も知らないんだ」

葉巻をくゆらすスペンサーは、どう見ても映画に出てくるギャングのようだった。「アリソンのボブとの結婚生活は全然幸せじゃなかったとかね、そんな噂も」彼は坐りなおした。「裁判中は、ほとんどの人間が驚いてたよ——というより、ショックだったようだ。彼女がそんなことをしたというきみの証言に。その、アリソンがそんなことをするなんて信じられないって」

「ほとんどの人間？」ホルトは葉巻の煙幕の中に身を乗り出した。「きみは驚かなかったのか？」

「アリソンが亡くなってから、ボブとぼくはずいぶん親しくなったんだ。相談する相手が欲しかったんだと思うよ」そして立ち上がった。「本当に何も飲まないのかい？」

「話を続けてくれ」

「セルマは世界一うまいドライマティーニを作る。晩めしの食欲が出るよ」

「奥さんはおれのために作る気はないさ」

「まあ、そうかな」

「ボブがどうしたって？　何か言っていたのか？」

スペンサーの葉巻の先が赤く光った。「まあ、ボブはひどい状態だったからな。あのあとしばらく酒びたりだった。そんな時に喋ったことだ。他人に聞かせる話じゃない」

「ぜひ聞かせてほしいな」坐りごこちの悪い椅子から立ち上がり、窓辺に寄った。

「話してもきみの助けにはならないよ」スペンサーは言った。「なにもならない」

「みんなそう言う」ホルトは振り返った。「ボブはなんと言った？」

スペンサーはモザイクの巨大な灰皿に葉巻をのせた。「わかったよ。みんなはアリソンがあの日にしたことは彼女らしくないと思ってた。でも、ぼくの聞いた話じゃ、彼女は、その、少々気前よく振る舞っていたようだね」

ホルトは肩を落とした。それだけか？　大きい秘密ってのは？「きみには気前のいいところを見せなかったのか？」

スペンサーはふーっとため息をついた。「彼女に会ったことはないんだよ。何度言えばいいんだい？」彼は葉巻を取り上げた。「一度見たきりだ。あの晩、あの駅で。あれが彼女だってことも知らなかった」

葉巻をまたくわえて、そしてもう一度、口から離した。「知ってるのは、どこかの美人がき

み に近づいてキスしたってことだよ。ぼくがそんな幸運に恵まれるのはいつかな、と思ったけどね」肩をすくめて、また葉巻を置いた。「聞いた話からだと、思ったより早く恵まれたかもしれなかったんだな。ぼくが初心《うぶ》でなければ」彼は立ち上がった。「今のはここだけの話だ。いいね？」

「言ってもなにも変わらないからな」ホルトは言った。「そうだろう？」彼は歩き回り、写真をひとつひとつ見ていた。

並べられたドル札を背景に、付け髭にミシシッピのギャンブラーといういでたちのスペンサー。

窓ガラスを通してはいる光線が、オリーヴだけがはいったマティーニグラスの上に落ち、その脇に無造作に投げ出された、片方だけのストッキング。

背中合わせの家並みに両脇をふちどられ、永遠に続くとも思える丸石を敷き詰めた古い路地。林立するテレビのアンテナがなければ、一九一〇年代と言ってもおかしくない。

産業と自然を写した写真はなかった。ホルトはまた何かつかみかけたような手応えを感じた。それが何かわかりさえすれば。

「写真に興味があるのかい？」スペンサーは訊いた。

「ああ、あった」ホルトは答えた。「すくなくとも、ぶちこまれる前までは」

「刑務所ではそういうことをしないのか？　趣味は奨励されてるんじゃないのかい？」

「趣味なんてどうでもよかった。ただ外に出たかった」

「出たじゃないか」

「だからなんだ？」

「いいかい、ジャンはすてきな娘《こ》だ。もうこんなことはやめて、彼女と出会ったことをすなおに喜んだらどうだ？」

「喜んでいるよ」

「なら、彼女を傷つけるなよ。池の底の泥をかきまわすのはやめてしまえ」

ホルトは眼をすがめた。「きみもか？　全部水に流せと？　絞首刑が廃止になったことをありがたく思って、真犯人が野放しになっていることを忘れろと？」

「きみのやっていることは、誰のためにもならずに、害になるだけだと思うよ。もう終わったことだ。きみは外に出られた。そして、いいひとにめぐりあえた——彼女と落ち着けよ」

「それでどうしろと？　選挙に立候補か？　フリーメーソンに入会か？　おれにはそんなこともできない。殺人者だからな」

「できないなんて決めつけるなよ。なあ、冤罪だったとしても、もう外に出られたんだ。きみは世間に負債を払った。これでちゃらにしろよ」

「世間はおれに負債を払っていない」ホルトは言った。

10

誰もがジェフ・スペンサーに好意を持つ。ホルトもまたそうだった。しかし、〈ジョージ〉に帰る道々、彼は気づいていた。スペンサーは外面《そとづら》をほとんど芝居でかためており、誰も彼を心から信用することはできないのだと。喋り方はますますニューヨーク風に――ニューヨーク、舞台風に――外見はますます伊達者めいていた。男はあんちゃん、女はねえちゃんと呼ぶ、立て板に水と流れる口調は、デイモン・ラニヤンの小説に出てくる人物のようだ。おまけに彼は勝負師だった。つまり、こちらの眼を見て嘘をつき、「ぼくは嘘つきだよ」と言えるのだ。誰にも彼の本心はわからない。

考えてみれば、と夕食後、部屋に戻りながらホルトは思った。他人の本心がわかっていたのは、刑務所の中にいる時だった。誰の本心も自分の利益だけを考えていた。

「ずばり言おう、ホルト。私はきみがくれる武器しか使えない。しかし、ミサイルに対抗しろと、きみが私にくれたのは火縄銃だけだ」

ホルトには気のきいた言葉を教えてくれる人間が、本当に必要だった。「でも、事実なんです」

「ああ、信じている」法廷弁護士は言った。

違う。信じてない。あんたは信じてない。

「ビル」事務弁護士が言った。「きみが夫人に挑発されたという強力な証拠はあるんだ。だから、きみがやったのなら正直に言ってくれ。そうすれば我々も――」

「なんだって？」ホルトはふたりの顔をかわるがわる見つめた。「ふたりともぼくがやったと思ってるんですか！」

「いや」法廷弁護士は言った。「きみがやってないと言うなら、我々もそう信じるさ。全力をあげて弁護させてもらうよ。だが、これだけの証拠を前にして、たやすい仕事だというふりは私にはできない」

誰も。誰も聞いてくれないんだ。

ジャンが戻ってきた。例のひき逃げの情報を土産に持っていた。直接の目撃者はおらず、追及すべき証拠はないも同然だと言う。警察が知り得たのは、ぶつかったのはおそらく乗用車で、車体にはたいした傷が残っていないだろうということだけだった。

「乗ってたのはひとりだけじゃなかったみたいなの」ジャンは言った。「酔っ払ってて、〈グレイストーン〉の駐車場をユーターンするのに使ったらしいわ」

警察は、その車が地元のどの修理工場にも出されていないことを確認し、町の外から来たのだろうと考えていた。

「きっとそのまま大通りに飛び出してったのね。そしたらもうどこに行ったかわからないわ」

ジャンはスカートとブラウスを着替えていた。

「ウォリックはどうして死んだんだ?」ホルトは訊いた。「車体が傷ついていないんだろう?」

浅緑《あさみどり》のシャツに、見覚えのある緑色のズボン。男物のようなシャツの昔風な裾をズボンの外に出している。

「車かどうかもはっきりわからないの。でもおじいさんがそう言ってたって」

「じいさん? 事故を見た人間はいないんじゃなかったのか?」

「見てないわよ」ジャンの髪がシャツの襟元で渦巻いている。「眼が見えないの」

「眼が?」

「ウォリックはコンクリートの門柱に叩きつけられて、その衝撃で死んだの。車にぶつかったからじゃないのよ」

「つまり、オールソップがブライアントの殺し屋だとしたら、あまり腕がよくないってことか」

「そう」ジャンはにこっとした。「本気で言ってなかったんでしょ?」

彼女はブライアントの人物評価をすでにホルトに話していた。ブライアントは他人に気を使い、礼儀正しく、彼女を昼食に誘ったりしなかった。彼がついに再婚しなかった事実をジャンは知らなかったが、ホルトに告げられると少し考えてから言った。「ええ、そうでしょうね」

「なぜ?」

「めんどくさくて邪魔だからよ」ジャンは言ったものだ。

「奥さんが彼と〈グレイストーン〉の間にはいりこんでくるでしょう」

ホルトはわかりやすく説明してくれと頼んだが、彼女にもうまく説明できないようだった。とにかく、一度の会話の中で〈私〉という言葉をあれほどたくさん聞いたことはない、と言う。ラルフ・グレイでさえ〈グレイストーン〉を語る時には、個人の視点を持ちこまなかった。〈我々〉もしくは〈グレイストーン〉を主語にした。ブライアントは〈私〉と言い続けた。〈私〉、ブライアント。病的な自己中心者か？　その手の人間は普通、連続殺人を始めたりしないはずだが。しかし、助けになるとあてにしていた刑務所で学んだ心理学は、これまでのところ、まるであてにならなかった。

ホルトは殺人者を見てきた。さんざん見て、どういう人種か知っている。だが、奴らは悪党、強盗、殺し屋だった。銃やナイフやメリケンを携帯する連中だった。彼らを知り、理解し、好意を持つことも少なくなかった。連中にとっては暴力沙汰も刑務所も、単なる職業上の危険にすぎなかった。彼らは互いに殺し合うが、法律は余計な干渉でしかない。連中には連中の掟があった。

そんな掟のひとつに、無垢な若い女は殺すべからずというものがあり、ゆえにホルトの刑務所内での生活は、彼が強くなるまでは酷なものとなった。だが、そんな知識も経験も、今はなんの役にも立たない。自分の邪魔になるというだけで故意に他人を滅ぼした奴を、ごく普通の一般市民の中からどうやって見分ける？　彼らのひとりは残忍で狂暴。なんでもやりかねない人間なのだ。

「そのじいさんと話してみたいな」ホルトは言った。

「どうして？」

「刑務所に盲目の男がいたんだ。ジョージといった。おれたち全員を集めたより、ジョージのほうがなんでも知っていた」

ジャンはノートをぱらぱらとめくり始めた。

「看守が来るかどうか知りたければ、おれたちはジョージに訊いた。どの看守が来るのか知りたければ、ジョージに訊いた」

ジャンはにこっとした。「そう。〈クーリエ〉はそのおじいさんのことをよく知らないわ。あの事故にニュースバリューがなくなってから、ようやく住所を見つけたの。だから、おじいさんはファイルの一項目で終わっちゃってる。今はそこの住所に住んでないのよ。わたし、確かめたの」

「じゃあ、ファイルの一項目のままにしておくしかないか」

「駄目よ！」ジャンは大声を出した。「見つけ出すわ」

ホルトはため息をついた。「どうやって見つけるつもりだ？　もう死んでいるかもしれない」

「見つけるわ」頑固に言って立ち上がった。「ああ、もう、こんなとこでくすぶってるからよ。お散歩に行きましょう」

ホルトは乗り気でなかったが、ジャンが歩きたいと言うならそうするしかなかった。

日中は商店街の大気に充満していた排気ガスも、静かな夜の通りからは消えており、ホルトは穏やかな気持ちでしみじみと夜気を吸いこんだ。特に行きたい場所があるわけでなく、商店街をぶらぶらと歩いた。店のいくつかは子供のころから知っているもので、いくつかは想像を絶するものだった——一昔前の外科医院よろしく窓にペンキで店名を書いた、大人のおもちゃの店。路地は以前と変わらず彼の心を誘《いざな》った。ホルトは路地にはいり、ジャンはあとに続いた。

「でも、カートライトは時間内にブライアントの家に行って戻ってこられないか」ジャンは自分を相手に問答を続けていた。「無理よね？」

三十分か。無理だ。警察はブライアントには不可能だと言ったのだから、カートライトにもできなかったはずだ。しかし、もしフルスピードで飛ばしたとしたらどうだ？　もしや、もしや、もしや。いや、駄目だ。できたはずがない。

ふたりは公園にたどりついたが、門は閉まっていた。ジャンが期待をこめて押してみたが、鍵がかけられていた。月光を浴びた公園は神秘的でもの淋しかった。子供たちが遊ぶ場所にはまったく見えなかった。大型トラックが轟音と共に通り過ぎ、巻き起こった風がジャンのだぶだぶしたシャツを身体にはりつかせた。「どこに行く？」音がやむと、彼女は訊いた。

ホルトは誰もいない通りを見回した。「また戻るさ」

ジャンはブリーフケースを取りに、ホテルについてきた。

「収入はどうしている？」初めて、ジャンが彼のためにフルタイムで働いてくれていることに気づいて訊ねた。

「心配しないで」

「だけどきみは全然、自分の仕事をしていないじゃないか」ホルトはなおも言った。

「こっちのほうが大事だもの」

「とにかく、金が必要な時は遠慮なく言ってくれ。そうしてくれるな?」

「ええ」ジャンはすなおににこっとした。

「それでいい」

彼女は自分のノートを取り上げた。「今、この住所に誰が住んでるのか調べてみるわね。そしたらおじいさんがどこに行ったかわかるかも」ノートをブリーフケースにつっこんで、ホルトを振り返った。「オールソップってあまりいい探偵じゃなかったみたいね。報告書には、アリソンはキャシーとあなたの奥さんとしか会わなかったって。それ以外の時は、ずっと家にいたって書いてあるわ」

「ウェンディもそう言っていた」

ジャンは頷いた。「報告書、借りてっていい?」ホルトの前を横切るように、ベッドサイドテーブルに手を伸ばした。かすかな香水の香り、わずかに触れた身体。それは計算された動きではなかった。ホルトをその気にさせようという手管ではなかった。が、彼の心は動いた。

ホルトは身を離した。

「また下宿を締め出されたら困るんじゃないか」彼はドアを開けた。

「あっ、そうだった」ジャンはブリーフケースをばんと閉めた。出ていこうとして立ち止まり、

「もっと早く言ってよ」そう言って、彼の頰にキスをした。ジャンは立ち去り、階段を急ぐ足音が遠ざかっていった。

しばらくしてホルトは階下に下りて、ウィスキーを買った。何度となく瓶を傾けてから、ようやくベッドにはいり、明かりを消した。

夜はまた暑苦しくなった。暗がりの中で煙草を吸いながら、筋道をつけようとしていた。まるで、なにもかもが相反して見えるふたつの世界を行ったり来たりしている気分だった。オールソップはそこにいた、オールソップはそこにいなかった。アリソンは娼婦だった、アリソンは文字通りの聖女だった。ブライアントは偏執狂だった、ブライアントは受難者だった。カートライトは被害者だった、カートライトは殺人鬼だった。

オールソップはブライアントの殺し屋だったとしよう。腕前はよくない、というのは当たっているだろう。彼はウォリックをどうにかこうにか始末し、アリソンはもう少し手際よく片付けた。その後、ブライアントは不安になり、オールソップを片付けた。しかしこのあまりにブライアントらしくない姿を想像すると自然と笑いがこみあげ、とてもまともにとれなかった。

スペンサーはアリソンの愛人で、ホルトが一緒にいるところを見て逆上し、かっとなって彼女を殺したとしよう。彼女は誰かが自分を見張っていると言い、そしてブライアントは寄りかかって泣かせてくれる肩を差し出したスペンサーに、オールソップの存在を話した。だから、スペンサーはオールソップを始末した。

カートライトはアリソンがブライアントにかけた電話の声を聞いたとしよう。受話器からもれる声は、時としてまわりにいる人間にも聞こえるものだ。それで、彼はすぐさま駆けつけ、アリソンを殺した。しかし、オールソップが探偵としての仕事中に知りすぎてしまったので、カートライトは奴の口を封じなければならなかった。ただ、カートライトはその時、列車に乗っていたはずだった。

魔法の列車を思い出し、ホルトは微笑した。それに乗ってどこに行こう？　ほかの国か、ほかの星か？　あの時、言ったように一九七〇年に戻るか？　いや。その前がいい。人生が崩れ去る前。しかし、それではジャンと出会えない。ジャンのいない世界になど、戻りたくなかった。ならば未来だ、どこか陽射しの強い、暖かいところに。ジャンがいつまでも小麦色でいられる場所に。

これからは慎重にならなければ。とても慎重に。誰がやったにしろ、そいつは殺人をなんとも思わない人間だ。判事は間違った人間に、そんな真理を語ったものだ。ジャンはのっぴきならぬところまで首をつっこんでしまっている、だから油断せず進まねばならない。殺人者を脅かさぬように。万が一、そうなった場合は、いさぎよくジャンを手放す覚悟が必要だ。

朝になってほしかった。ジャンのノックを聞きたかった、その顔を、身のこなしを、服を見たかった。ただ声を聞き、男ばかりの生活で長年縁のなかった爽やかな香りに触れたかった。ジャンの明るさ、ジャンの輝かしさ。ホルトが彼女に望むものはそれだけだった。それだけが欲しかった。

もう一杯、酒をついで、瓶がからになったことに気づいた。だからどうした？　おれはまた自由になったのだ。ホテルの部屋で真夜中にひとりで酒をあおりたければ、そうする権利はあるのだ。もう権利を剝脱されることはない。

屋根の上のホルトを見にきた時、ジャンはほんの十八歳だったはずだ。あの凍りつくような寒さの中、彼女が外に立っていたのだと思うと、咽喉《のど》の奥が詰まった。

刑務所の屋根。そこにしがみつき、誰も殺していないと叫び続けた。それが、ジャンの見たと言うホルトの姿だった。

誰かがアリソンを殺した。殺したいほどアリソン・ブライアントの死を望んだのだ。アリソンは自分には見張りがついていると言っただろう。叫んだだろう、助けを求め、悲鳴をあげただろう。それでも彼女を殺そうというのは、いったいどんな奴だ？　愛人たちのひとりなのか？

オールソップは愛人について何ひとつ見つけていない。ジャンの言ったとおりだ。しかし、アリソンがそこまで淫乱だったなら、オールソップのようなぼんくらでも、噂くらいは聞くのではないか？　彼女が男狂いだったという話自体が、なによりホルトを戸惑わせていた。ほんの少し関わったあの時まで、アリソンの性生活など考えたこともなかった。

彼女は妙な噂がたったり、男たちが目引き袖引きする娘ではなかった。非常な美人だったが、それはそれで別の話だ。

あの日まで、アリソンから色気を感じたことはなかった。一応、交際していることになっていた十代のころでさえ。おやすみのキスなどはされたが、それさえ心ときめくものではなかった。なぜなら、彼女にその気がなかったからだ、あの日、情熱と心をぶつけてくるまで。今の彼は、彼女に情熱や心があったと信じられなくなっていたが。

しかし、すべてがアリソンのセックスアピールにかかわってくるというのが、きわめて不思議だった。彼女は本当にそんなタイプの娘ではなかったのだ。よくよく思い返せば、あの日だってアリソンは行為の間、心を持たぬ人形のようだった。言うならば、彼をものにしたあとは、ほとんど関心を失っていた。あんな意地の悪い電話をかけさせるほど、自分は彼女の心の火を消してしまったのかと思っていたが、今にして思えば、そちらのほうがアリソンらしかった。アリソンはホルトにさほど惹かれていたわけではなく、そうであったことは一度もなかったのだ。どんな男に対しても。

それに気づくまで、こんなにも長い時が必要だったことが信じられなかった。真実はホルトの眼の前にあったのだ——アリソンが十五歳の時から。

11

「聞いて聞いて」ドアを開けてやる前からジャンは喋っていた。「わたしね――」

ホルトが口に指をあててみせると、彼女はぴたりと黙った。今はジャンの陽気な明るさを受け入れられそうになかった。暗く暑い独房に夜明けが忍び入り始めてようやく寝ついたところを、たった今、ジャンのノックに起こされたのだ。頭は疼《うず》き、舌は干《ひ》涸《から》び、しかもパンツ一枚という格好だった。暑すぎて脱いだアンダーシャツと揃いの、洒落《しゃれ》たワインカラーだったが、パンツはパンツだ。

「大声を出さないでくれ」二日酔いのくぐもった声で言った。話すことすら少々危険に思われた。下手をすると吐いてしまう。頭をなるべく動かさないように、そろそろと浴室に向かった。「おれは……」髭を剃る動作をしてみせた。「コーヒーを頼んでくれ」電話のほうに手を振って、声を絞り出した。

ホルトは電気髭剃を睨《にら》み、沈思黙考した。電気の髭剃はすさまじい騒音をたてる。だが、普通の剃刀は手が震えている時にはあまり使いたいものではない。覚悟を決め、騒音を一度に終わらせてしまおうと浴槽の蛇口をひねり、髭を剃りだした。ようやく音が鳴りやんだ時は、筆舌に尽くしがたい安堵に包まれた。風呂で少し生き返った彼はすぐに浴槽を出て、あまりに高価でさんざん迷った末に買った真新しいバスローブを着た。

ジャンはベッドを片付けていた。彼女がまた口を開くと、ホルトは手で制した。「待ってくれ」普段よりいいかげんに服を選ぶと、沈黙の聖域の浴室に戻った。

身だしなみを整えると、今までほど無防備でなく、頭が肩の上でぐらつかなくなった気がした。バスルームのドアを開けるとコーヒーが到着して、ジャンはベッドに素足であがり、いつもどおり坐りこんでいた。彼女はブリーフケースを開けて、書類をまわりに並べだした。

ホルトはコーヒーをいくらか飲み下し、いまだにきちんと開きたがらない目蓋を持ち上げ、彼女を見た。「飲んだくれた」彼は言った。「べろべろさ。ウィスコンシンのきみの同僚なら、そう言うんだろうな」

「気分よくなった？」

「いや」

いつもと同じく脱ぎ捨てられた彼女のサンダルが、ホルトの足元に転がっていた。彼はジャンに微笑みかけた。彼女がアクセサリーをつけているのを、まだ見たことがなかった。ピアスも、ネックレスも。ブレスレットも、腕時計さえも。今まで気がつかなかったことだ。「おはよう」彼は言った。

「おはよう」

「きみはどんな学校に行った？」

「普通の共学よ」

それもまた彼が愛するジャンの美点だった。彼女は質問をする——まったく、なんと質問をすることか。しかし、質問をされれば騎士のごとくいさぎよく、理由も訊かずに率直に答えた。

「おれは全寮制の学校に行った。男子校だ」

ジャンはかすかに眉根に皺を寄せ、そして促すように彼を見た。

「男子校では」彼は続けた。「同性愛の可能性が常にある——刑務所と同じで」

彼女はまじまじとホルトを見た。「なにか告白されるんじゃないでしょうね」

「なにが？」彼はぽかんとしたが、やがて、眉を晴らした。「ああ、なんだ。違うよ」

「よかった」

ホルトはコーヒーを飲んだ。「女子校も同じだと思うか？」

「そうねえ」ジャンは枕の上で腕枕をして横になった。「そんなに熱くはならないと思うけど。女の子の憧れ程度で、大人になれば忘れちゃうもんじゃない？」

「その憧れが続くってことはないか？　十年後に実を結ぶまで？」

ジャンは真剣な眼でしばらくホルトを見つめた。「アリソンとキャシー？」語尾はあがっていたが、言いながら頷いていた。

「それがいちばん辻褄が合う。きみも言っていただろう、オールソップの報告書にはキャシーのことばかり載っていたと」

ジャンがブリーフケースから報告書を取り出すと、ホルトは立ち上がって、ベッドの彼女の隣に坐った。初めて自分からジャンに近づいたことを、彼女も気づいたとわかった。彼はジャンの肩越しに報告書を読んだ。「な？」彼は言った。「オールソップが気づいたのはそれなんだ、きっと」

彼女は報告書をきれいにたたんだ。「キャシーが？」

ホルトは昨夜遅くにその結論に達したのだった。キャシーが犯人かもしれない、という思いは彼の計画に曇りを生じさせた。しかしキャシーだとしても、誰にせよ、ひとりの男を人生の三分の一もの間、刑務所にぶちこむ権利はない。誰にもだ。もしキャシーがこの仕打ちをしたのなら、彼女は今後、暗い道では背後に気をつけたほうがいい。

「心配しないで」ジャンが言った。「ほかにも候補はいるから」

心配？　心配などしていない。計画を練っていただけだ。

「彼を見つけたの」

「誰を？」ホルトは面食らって問い返した。

「おじいさんよ。デントンさん」ジャンは得意気だった。「午前中ですんじゃった。おじいさんが前に住んでた家に電話してみたの。今、住んでる人はレナルズさんから家を買ったんですって。電話帳の四番目でそのレナルズさんにあたったわ。おじいさんは奥さんが亡くなって、家をレナルズさんに売ったのよ。だからわたし、眼の不自由な一人暮らしのおじいさんなら、きっと老人ホームにはいったんじゃないかと思ったの。それであっちこっちのホームに電話したら、見つかったってわけ」

ジャンは一枚の紙をひらひらさせて、輝くような笑顔を見せた。「ご褒美にキスしてくれる？」

「その連中にきみはなんて言ったんだ？」ホルトは無視して言った。

「どの人たち？　最初の家族には、わたしが保険社会保障省《DHSS》で派遣やってて、コンピューターのデータを飛ばしちゃったって言ったの。いろんなレナルズさんたちには、抽選で一等賞が当たりましたって言ったら、ほいほいとなんでも答えてくれたし。なんにも訊かれなかったわよ。老人ホームには、わたしが身体障害者の生活についてルポしてるんだって言ったわ」

「で、みんな信じたのか？」

「信じちゃ悪い？」

「どこからその電話をしたんだ？　きみの下宿からか？　大家のばあさんに聞かれなかったのか？」

「まさか！　電話ボックスよ」

「信号音は（十頁参照）？　公衆電話の信号をピーピー鳴らして、ＤＨＳＳからかけているなんてどうして言える？」ジャンは彼がまだ何もしないうちに、刑務所に送り返そうというのか。

「あのボックスのはピーピー鳴らないのよ」ジャンは大きく首を振った。

「どの？」

「郵便局の外の――新型のは」

「新型？」ホルトは繰り返した。

「え、ええ」ジャンはばつの悪い顔をした。「受話器が青くて、ダイヤルのかわりに数字のボタンがついてるの」

その電話機は見た。使ったことはなかった。それもまた、二度とやりたくないことだった。

「デントンさんは、誰がそこにいたのか教えてくれるかもよ。カートライトはアリソンのことで嘘ついてるかもしれないし」

「しかし、なぜ嘘をつく必要がある?」ホルトは苛立って言った。

「知らないわよ」ジャンはオールソップの報告書を差し出し、三月二十一日の項目を指で叩いた。「でも、誰かが嘘をついてるのよ」

報告書を受け取って、しばらく身じろぎもせずに坐っていたが、やおら握り潰すと、固い紙のボールを部屋いっぱい遠くに投げつけた。

「おれが知っているのは、自分はアリソンを生まれた時から知っているってことだ。これ以上、深く理解できないほど知っているはずなんだ、子供は正直だからな。傷つけば泣く、喜べば笑う」立ち上がってジャケットに手を伸ばした。「おれが知っているアリソンはこんな……こんな、ブライアントが思いこんでるような尻軽女なんかじゃない!」そして乱暴にドアを開けた。

「キャシーに会ってくる」

〈グレイストーン〉に車で向かう間、胃の腑をぎゅっと絞られるような痛みはますますはげしくなり、今にもはじけそうだった。まだだ――会社の中に踏みこみながら、ホルトは自制した。まだだ。

ホルトは秘書の部屋を無言で素通りし、ノックもせずにキャシーの部屋にはいった。先客がいた。

「話がある」先客を無視して言った。

キャシーは顔をあげた。空には雲が出て、陽がかげり始めていたが、熱気はまだこもっていた。シャツがホルトの背にはりついていた。

「あとにしてくれる?」彼女は先客の青年に言った。

青年はホルトのほうを見た。「すみません」彼のほうが邪魔をしたかのように詫びて、立ち上がった。

キャシーはてきぱきと有能そうに見えた。部屋は機能的そのもので、家庭的なものや、カートライトのように美しいものに囲まれたりしていなかった。あるのは必要なものだけだった。電話、スケジュール帳、机、椅子。彼女は自らのスイッチを電球のように切り替えるのだろう。

「あとで参りましょうか?」青年は遠慮がちに言った。

「電話するわ」

青年は落ち着かない笑顔をホルトに向けると出ていった。

キャシーはホルトを見上げていた。彼はアリソンの写真を机に置いた。それを取り上げる彼女の眼は哀しさに満ちていた。

「おれは正しい質問を見つけてきた」

キャシーは頷いた。

「いつからだ、キャシー?」

「アリソンが十五で、わたしが十七の時。その時からよ」

「女学生の憧れレベルの話をしているんじゃない」ホルトは腰をおろした。

「わたしもよ」彼女はうつむき、吸い取り紙に視線を落とした。覚え書きや落書きで余白なく真っ黒になったそれは、本当のキャシーの姿を明かす唯一のものだった。「わたしたちがどれだけ苦しんだか知らないでしょう」

「知りたくもない」

「そうでしょうね。あるべき場所に自分のホルモンが落ち着いていると自覚できる人は楽でいいわね」

「きみの趣味なんぞ訊いていない！　おれを刑務所に送ったくせに」

キャシーはショックを受けたようだった。「わたしだって止められなかったわ！」彼女は叫んだ。「お願い、聞いて。わかってよ」

ホルトは両手に顔を埋め、そして頷いた。

「一九五六年の話よ。当時はそれを言い表わすきれいな単語がなかった。あってもわたしたちは知らなかった。自分たちが法を犯してるのかどうかさえ知らなかったのよ」

ホルトは顔から両手を離して、キャシーをじっと見た。

「わたしたちは他の人たちと違った」彼女は続けた。「恐かったの。今とは違うわ。あのころは、バッジやTシャツで堂々とアピールするようなことじゃなかったのよ」

「おれは一九五六年の話はしていない」彼はのろのろと言った。

「わかってるわよ。でも始まったのはその時だった。あなたが訊きたかったのはそれでしょう。わたしたちは自分たちの気持ちに気がついた。無視しようとしたわ。休暇で家に帰ると、アリソンはまわりに期待されたとおり振る舞って、あなたとダンスに行った」キャシーはペンを取り上げて、吸い取り紙をつついた。

「結局、わたしは自分の気持ちを受け入れた。アリソンにも受け入れてほしかったけど駄目だった。アリソンは恥じてたのよ」彼女はホルトを見上げた。「圧力もあったわ」キャップをしたままのペン先を吸い取り紙に食いこませ、ゆっくりと円を描いた。「アリソンは結婚して、後継ぎを産むことを期待されてた。あなたと結婚することをね」キャシーは立ち上がった。

「どうしてしなかったの？」窓の外を見たままで言った。

「プロポーズしなかったからな」

「どうして？」

「どうしてって……」ホルトは考えてみた。アリソンのことはとても好きだったし、一緒にいて楽しかった。いつかは彼女と結婚するのだと当然のように思っていた。いつか大人になったら。ウェンディと出会って、この世にはアリソンとの無邪気な関係以上のものがあると気づくまでは。「そんな雰囲気になったことがなかったからだ」

「ボブだってそうよ。でもボブはプロポーズしたから、アリソンはそれを受けたわ。あの娘は〈ノーマル〉になりたかったのよ」キャシーは小さく嗤った。「道化よね、映画で見るようなカップルの女たち。必ず片方はズボンをはいてて、もう一方はかわいくて女らしいの」彼女はホルトに向き直った。「あんなのは嘘よ！」声を抑え、激しく言った。「わたしたちはどっちも女らしかった。アリソンは受け入れられなかった」彼女は坐りこんだ。「そしてわたしはロンドンにやられて、アリソンはボブと結婚したの」

「きみはなぜロンドンにとどまらなかった？」

キャシーは彼を見上げた。「お祖父さまが亡くなったからよ」彼女は答えた。「戻りたかったの。自制できると思ったわ。ラルフはそう思わなかったけど」

「ラルフは知っていたのか？」

「まあね、はっきりとは言わなかったけど。でも、ラルフはアリソンを転校させようとしたわ。それに、わたしは卒業したとたんロンドン支社に追いやられたし、こっちに戻ってこようとしたら猛反対されたしね」

ホルトは椅子に深く坐りなおした。「それでラルフは突然、女性差別のようなことを言いだしたわけか。しかしきみは自制できると思ったんだろう」

「ええ。それにもしも、もしもアリソンが幸せだったら自制できたと思うの。でもそうじゃなかった。アリソンはどん底だったわ。ボブはあの娘を使わない時はコンセントを抜いておける家電とでも勘違いしてたのね」キャシーは頭を振った。「心から愛してくれる人がいたら、アリソンは幸せな結婚生活をまっとうできたのよ」

「アリソンはなぜボブのもとにとどまっていたんだ？」

「出ていく気だったのよ。もう何年も前に。でも、行かないでくれってボブにすがられて。アリソンは彼にはそれだけの借りがあると思ったのね」キャシーは吸い取り紙に強く円を描いた。「結婚が破綻したのはアリソンのせいじゃないのに、あの娘はそう思いこんでた。アリソンは孤独で、とても不幸せで、わたしは……」言葉が途切れた。「わたしは自分を抑えられなかった」

キャシーはもう一度、写真を見た。「アリソンは幸せになったわ。しばらくは。それでも、ボブと別れようとしなかった。まだ恥じていたのよ、露見を恐れてた。あの娘には結婚が隠れ蓑として必要だったのね、きっと」

ホルトは裁判にかけられた。それなのにキャシーは何も言わなかったのだ。ひとことも。

「きみは誰にも言わなかった。誰もがアリソンの愛人はおれだと思っていた。なのにきみはそれを否定しなかった、誰にも」

「できなかったのよ。できなかった。アリソンのためよ」

腹が立ちすぎて何も言えなかった。いや、まだ怒るな、まだだ。怒るのは正しい時と場所でなければ。「アリソンは死んだんだぞ」食いしばった歯の間から言った。

「それでもよ」

夕暮のように外は暗くなってきた。垂れ籠める雷雲が陽を隠し始めている。キャシーは立ち上がって明かりをつけた。明かりは何度かまたたいて、やがて強力な光が部屋を照らしだすと、彼女は歳をとって見えた。

「言ったって何にもならなかったし」キャシーは坐って、またペンを取り上げた。「アリソンの行為がちゃらになるわけじゃなかったし」

「なぜだ？」冷静になろうとして声がひきつるのがわかった。「なぜアリソンはおれにあんなことをした？」

「あなたは隠れ蓑だったのよ。たぶん」

「なんだと？」

「ボブは何かあると勘づいてた。急に嫉妬深くなって、アリソンがちょっと会釈しただけの男でも誰でも疑ったのよ。そしてあの娘は、責められるたびにはいはいと頷いてたの。本当のことを知られるくらいなら、もうなんでもよかったのね。だけど、ボブはアリソンの言うことを信じなかった」

信じない、とホルトは言った。信じない、とブライアントも言った。

「だから」キャシーは続けた。「見張られていると思った時――たまたまあなたがそこにいたから――アリソンはボブに証拠をやろうと決心したのよ。否定できないような証拠を」

何か言うのを期待されていたとしても、言葉も出なかった。

「アリソンがどうするつもりかなんてわたしは知らなかったのよ。信じてちょうだい。知ってたら止めてたわ」

うわの空で聞いていた彼はその言葉を耳にとめた。

「止めていた？」囁くように繰り返した。胃が痛いほどにきつく締めつけられ、締めつけられ、声も出ないほどだった。「知っていたら止めていたって、どういう意味だ？」

「電話してきた時よ」キャシーはホルトの眼から眼をはずさずに、用心深く言った。

「いつ?」ホルトは飛び上がって吠えた。「アリソンはいつきみに電話をした?」

「六時ごろよ。うちに電話してきて、あなたが家に来てるから全部話すつもりだって」

「なんてこった」彼は椅子に坐りこんだ。

キャシーは彼がアリソンと一緒にいたことを知っていた。知っていたのだ。そして、真犯人はホルトがそこにいるのを知っていた人間のはずだった。正しい時と場所を持て。その時が来たら、彼女の顔めがけて手榴弾のように憤怒を炸裂させればいい。今はまだ待て。

「あなたなら助けてくれるかもしれないって。そしたら急に、誰かが覗いてるって言ったの。ずっと尾行している男だって。そして電話を切ったわ」

うちに。アリソンはキャシーの家に電話をかけてきた。それなら……ふと、キャシーの言葉が録音を再生したようによみがえった。あなたなら助けてくれるかもしれないって。「助ける?」ホルトは訊いた。「なぜおれに助けられるんだ?」

「あら、アリソンは男のほうが頭がいいと思ってたのよ」キャシーの声は割れていた。

「頭がいい?」混乱し、ますます腹が立った。「何を言っているんだ?」

キャシーの眼が見開かれた。「だって、知ってたんじゃないの? 気がついたんだとばかり思ってた。それでわたしに写真を見せたんじゃないの?」

ホルトは眼をぱちくりさせた。

「オールソップはわたしたちを脅迫してたのよ、ビル。知らなかったの?」

ホルトはものも言えなかった。

「ボブが留守にしていた週から始まったわ。アリソンがお金を払って、けりがついたと思ったのに、また……」キャシーは写真を取り上げた。「金曜日の朝、アリソンの家に郵便でこれが届いたの。そして、もっとおもしろい写真を買わないかって電話が来て」

「写真を撮られるような場所でどんなことをしてたんだ？」

「たいしたことじゃないわよ」キャシーは苦々しげに言って、写真を差し出した。「この前のほうに黒っぽいものが写ってるでしょう。これ、うちの前にあるマンションの屋上の柵よ」彼女はホルトを見た。「あいつはうちの窓を覗いてたのよ」そう言って、身震いした。

マンションの屋上。望遠レンズ。キャシーの家の高い生け垣はなんの守りにもならなかった。

「あの日の午後、アリソンはあいつのところに行ってお金を払ったわ。でも写真はくれなかった。本当にそんなものがあったとすればね。アリソンは戻ってきて、わたしに相談したくて会社に来たの。でも、わたしは会議室に呼ばれたのよ。アリソンはボブの部屋にいたけど、わたしが戻ってきた時はもういなかった」

ホルトを駅に迎えに行ったからだ。全身が麻痺し、言葉が彼の中を素通りして、あとでよく検討するための保管場所にためこまれるような気がした。今はとにかく、何も考えられない。

「そしてアリソンはうちに電話してきて、あなたに相談するつもりだと言ったわ。あとはあなたが知ってるはずよ」

あとは知っていた。青黒い雲の塊を背景に蒼褪めた自分の顔がガラスに映っている。キャシーの後頭部で長い金髪がもつれていた。なおし忘れたのだろう。ホルトは自分の顔と、自分の困惑した顔と向き合っていた。ガラスの中の部屋は、がらんと飾り気のない牢獄のようだった。

キャシーは家にいた。家にいたのだ。ではキャシーのはずがない。だが、オールソップは現場にいたのだ、警察がどう考えようと。「知っていたんだな」ホルトは言った。「オールソップがあそこにいたことを知っていたんだな」

「でも、オールソップじゃなかったはずよ。オールソップだったら、辻褄が合わないもの。アリソンはボブが別の探偵を雇ったと思ったのよ。今度こそ、ちゃんとボブに報告するような探偵を。だからあの娘は報告できる材料を与えてやったのよ。自分が耐えられるものを」

ガラスの中の男は打ち負かされたような顔になり、彼女はふたたび口を開いた。

「でも」キャシーの声は震えていた。「アリソンはあなたを追い詰めた。だからあなたは殺した。あなたが殺したんじゃないの。さあ、知りたいことはもう全部知ったんだから出てって。出てってよ」

12

「覚えとるかだと？」耳の遠い人間がよくやるように、彼は大声を出した。「死ぬまで忘れるもんかね。死ぬまで」

不本意ながら、ホルトは〈ウィスコンシン・ビジネス・ダイジェスト〉と同じくらい胡散臭《うさんくさ》いカメラマンの役を演じていた。

キャシーと会って混乱し、呆然とホテルに戻った彼は、カメラとジャンからのメモを見つけたのだ。

〈明日、デントンさんに会いにいきます。また写真やってみたいでしょ。カメラ、壊さないで。〈クーリエ〉からの借り物だから。じゃあね。ジャンより〉

その日、ホルトは部屋を出なかった。証拠を、事実を見据え、それらの持つ意味を知ろうとした。が、どれも意味をなさなかった。

「ジャンと呼んでください」老人に名を訊かれて張り上げる声に彼は我に返った。ジャンはデントン老人に、もしかすると記事にはならないかもしれない、とあらかじめ断っていた。しかし、ミルフィールド保険会社の社内報〈プレミアム〉編集長は融通のきく人物で、とりあえずインタビューをして使えるかどうか見てみようと言ってくれたのだそうだ。実際、興味深い話だった——人身事故の唯一の目撃者が盲目の男、というのだから。

「何が起きたんですか、わかる範囲でお願いします」ジャンははっきりと発音した。

「車が来たのが聞こえた、猛スピードでな。で、そいつが曲がったとたん、誰かにぶつかった音がした。若い男だった」

「あなたはどうしましたか？」

老人はかすかに眉を寄せて、ジャンのほうに首をつき出した。八十六歳の彼は、身体の機能のひとつを失い、もうひとつも怪しくなりかけていたが、ほかはぴんぴんしていた。

「あなたはどうなさいました？」よく通る声でジャンが繰り返すと、白髪頭がいくつも振り返り、ホルトはますます馬鹿げた気分になった。彼はデントン氏をぱちりと写した。

ここは老人ホームの庭だった。太陽はすっきりとは顔を出していなかったが、入居者たちは暖かな陽気を精一杯に愉しんでいた。

「車に近づいたさ。助手席から誰かが出てくるのが聞こえた。しかし、わしの眼が見えんことに気がついたんだろ、男はすぐに中に戻って、車は走っていっちまった」

「男？」ジャンが訊いた。

「ああ、そうさ。男の足音だった。豪勢な昼めしのあとだったんだろ。ブランデーと葉巻の匂いがぷんぷんしとった」

「では、暴走族の仕業ではないと？」

「ぼう……なんだね？」

そぞろ歩く老人たちは、いつしかパテオの窓ぎわの一団に近づいている。中では昼食の準備が整い、入居者たちはテーブルにつき始めていた。ホルトはデントン氏の写真をぱちぱちと写した。

「車を盗んで乗り回していた少年の犯罪ではないとお思いですか？」

「絶対に違う。なんなんだね、この話は？」

「ええと。ただ背景を知りたいだけです」

「何か企んどるな？　おとっつぁんに言いつけるぞ」老人は笑った。「あんたはバーニー・ウェントワースの娘っこだな。わしを覚えとらんか？」

ホルトはカメラを覗いていた。もしフィルムが残っていて、ピントをうまく合わせられて、うまい瞬間にシャッターを切っていたなら、家宝物のジャンの顔写真が撮れていたはずだった。

「わしは隣に店を構えとったんだよ。あんたより若いころからおとっつぁんとおっかさんを知っとる。あんたはおっかさんと同じ声をしとるよ。それにちいとも変わっとらん。言い訳を考える前に〈ええと〉と言う癖だ。そういう時は必ずいたずらをしとったな」

「覚えてません。ごめんなさい」ジャンは言った。

「わしが隠居した時、あんたは七つかそこらだったからな。なんだね、これも悪いいたずらか？」

「ええ、まあ。ロジャー・ウォリックは殺されたんだって言う人がいたんです」

「そりゃあ、絶対に違う！」老人は断言した。「わしはやってみたことはないがな、しかし、誰かをひき殺すつもりなら、そいつに向かって突っこんでいくもんじゃないかね？　常識で考えれば」

「ええ」

「あの車はハンドルを切って、ブレーキをかけて、警笛をぎゃんぎゃん鳴らしとった――ありゃあ、わざとじゃない。信じるこったな」

「ええ、信じます」ジャンは言った。「どちらかが名前を呼んだりはしてませんでしたよね？」

「いいや」老人は鼻を鳴らした。「名前を訊いてりゃ、警察に言っとる。いいや」老人は繰り返した。「妙だがな。誰もまったく喋らんかった」

「車が行ってしまったあと、あなたはその場に残っていたんですか？」

「救急車に電話をしにいった。そのあと戻ったよ」

ジャンは次の質問の前にちらりとホルトを見た。警察が訊かなかった質問である。

「ほかに誰かいました？」

「なんだって？」

「ほかに誰かいませんでしたか？　ひかれた人のそばに？」

「ああ、そういうことかい。最初はいなかった。しばらくたってから〈グレイストーン〉のビルから何人か出てきた――知り合いだったんだな。そこの社員だった。ひかれてから十分くらいだ」

「女性はいましたか？」

「娘っこがひとりいた。ヒステリーを起こして――すぐに行っちまった。父親が連れてった。若い男は残った。警察やらなにやらの相手をしてな」

老人は坐りなおした。「これかね？　本当に知りたかったことは？」

「はい」ジャンは頰を染めて答えた。

ホルトは微笑した。老人は期待を裏切らなかった。しかしカートライトは真実を語っていた。では、オールソップは何をしていたのだ？　ハーマー氏の言によれば、彼は探偵としては無能であり、デントン老人の言によれば、彼は誰もひき殺していなかった。

「バーニー・ウェントワースか」デントン老人は言った。「もうずっと会っとらんなあ。おとっつぁんは元気にしとるかね――おっかさんも達者か？」

「はい、おかげさまでふたりとも。何年か前に引っ越したんです。海の近くに」

「おっかさんはずっと海の近くに住みたがってたからなあ。サセックスかね？　気立てのいい娘っこだった。あんたはおっかさんに似とるよ」

「そうでしょ？」ジャンはにこっとして言った。

デントン老人はホルトのほうを向いた。「あんたはなんで一緒に来たのかね？」そう言って、にやりと笑った。

「ジャンの演出です」ホルトは言った。

すんなり納得してくっくっと笑う老人に別れを告げて辞去した。

「だから言っただろう」車の中で、ジャンが隣に坐り、ふーっと息をついて眼を閉じると、ホルトは言った。

「このフィルム、現像してもらうわ。お父さんとお母さんに送ってあげるの」

「きみはそこに住んでいるのか？　サセックスに？」

「いいえ。そっちには住んだことないわ。まだリーズに住んでるの。もとの職場の近く」ジャンはにこっとした。「もっと服を持ってくればよかったな。下宿のおばさんてば洗濯機の料金を取るのよ」彼女は坐りなおした。「うちの親が引っ越してもう十年たつわ」エンジンをかけた。

ああ、そうか。まだ自分が十六年間を失ったということに、感覚がついていけなかった。世界じゅうの人間の時が一九七〇年で止まり、つい三週間前にまた動きだしたように感じられる。しかし、ジャンも両親と別居して以来、自分の歴史を持っているのだ。

ホルトは疲れて眼をこすった。カートライトは本当のことを言っており、オールソップは言わなかった。なぜだ？〈グレイストーン〉に来たことなど、金で口止めされるようなネタではあるまい。

「オールソップは何をしていたんだろう？」

ジャンは首を振った。「ウォリックをひき殺してたなんて信じられないわ」そう言って、車を発進させた。しばらくして、彼女は無駄に指を鳴らし、危うく自転車に突っこみそうになった。「ねえ、わたしたち、オールソップの趣味を忘れてたわよ。彼がひき逃げを目撃したとしたらどうすると思う？」

「利益になるかどうか見るだろうな」

「そして〈グレイストーン〉に関することは一切、報告しないわね」ジャンは指摘した。「探偵社を辞めたのも当然よ。そのころには一儲けしてたのよ」

「たんまり金がはいったろうな」ホルトはハーマーの訛りを真似て言った。

ジャンは信号待ちの列に加わった。「ま、すくなくともこれで暗殺者説は消せるんじゃない。オールソップはあなたも脅迫するつもりだったのよ、その前に誰かが殺しちゃったけど」

「でも、どうやって？　奴はあそこにいなかったんだぞ。探偵業からはきれいに足を洗ったはずだ。ハーマーが言っていただろう、アリソンが死んで奴は怒ったと。収入のあてがなくなったから怒ったんだ」

「それを裏付けるのはキャシーの言葉だけでしょう」

車の流れが止まり、ジャンがブレーキを踏むと、ホルトの身体は前にのめった。「キャシーがあれだけの話をでっちあげられるわけがない」

「どうして？」ジャンは訊いた。「だって誰かが嘘をついてるのよ」

ジャンの言うとおりだった。キャシーを信じたいという切なる望みは、彼の子供時代に由来している。ジャンには論理的思考を妨げるそんな障害物がない。ホルトは彼女を見やった。蒸し暑さの中、白いジーンズとピンクのトップが涼しげで爽やかだった。ジャンの顔は悲しそうでもあり、怒っているようでもあり、ホルトは何を気にしているのかと不思議に思った。

信号が変わって、車は動きだしたが、信号はまた変わった。

「それでも、おれはキャシーを信じる」彼はぽつりと言った。

「それで、カートライトも信じるし、ブライアントも信じるのね」

ホルトはため息をついた。「全員、本当のことを言っているのかもしれない」

「そうかもしれないわよ」ジャンはギアをニュートラルに入れて、真面目な顔でホルトに向き直った。

「いや、全員ということはありえない」

「そんなことないわよ」ジャンは頷いてみせた。「だって、関係者はこの三人だけじゃないでしょう」しばらく言いよどんでいたが、後続の車のクラクションにお喋りをやめて車を動かせと促されて、彼女はそうした。信号は十五秒間、青だったが、また赤になった。

「スペンサーか？」ホルトは言った。

ジャンはぎくっとしたようだが、何も言わなかった。

「あいつにはアリソンを殺す動機はないぞ」ホルトは抗弁した。

ジャンは車を進め、ようやく信号から脱した。やがて、ふたたび口を開いた。「スペンサー？」軽く言うと、「そう、かもしれないわね。彼はアリソンを知ってたのかも」

「しかし、そこのところは全部検討しただろう？　どっちにしろアリソンは男に興味がなかった」

「でも、男を利用してたわ。キャシーの話だと、アリソンはブライアントの好きなように信じさせてた。あなたを利用したのよ。スペンサーを使ってもおかしくないでしょう？」ジャンは自分の推理を温めた。「もしスペンサーを利用したとすれば、その事実がブライアントの耳にはいるように企んだはずじゃない？　キャシーが指摘したとおり、隠れ蓑に使うなら」

次の信号が見えてきて、彼女はバンのうしろでスピードを落とした。ホルトは空気を入れようと窓を下げたが、熱気と排気ガスが押し寄せるだけで、彼はまた窓をあげた。

「〈グレイストーン〉に取引を蹴られたら、スペンサーは破滅だったはずよね」悲しげな様子は消えて、いつもの活気が戻ってきた。

「そいつは今までのほかの推理と同じくらい馬鹿馬鹿しいな」ホルトは刺々しい声で言った。

「誰かがアリソンを殺したのよ。あなただって、あの写真コンテストの話を鵜呑みにしてないんでしょう。どうしてスペンサーはまっすぐセルマの家に行かなかったの？　彼が写真を撮ってたなんて、ほかに誰が言ってた？　カートライトは言ってないわ——スペンサーを見かけたってだけよ」

写真。ふたたびかすかに閃いたような気がした。写真は重要な鍵なのだ。

「それにオールソップは本当に見張ってたかもしれないし」ジャンは言った。「みんなは否定したけど。オールソップはスペンサーを見かけて、なんだか知らないけど恐喝のネタを探り出したのかも」

「しかし、見張っていたのはオールソップじゃない」ホルトは疲れたように言った。「警察は否定した。ブライアントも否定した。キャシーも否定した」

車は信号に向かって突進した。

「じゃ、誰？」ジャンの声は急に、ホルトと同じくらい絶望して聞こえた。

ホルトはジャンを凝視し、次に後部座席のカメラを凝視した。「そうか」彼は言った。「そうだったのか」

「なに？ なんなの？」

なんてこった、思い出した。何度も考えたはずだが、ぴんとこなかったのだ。写真のことを考えるたびに、気づいたはずなのに。しかし、ジャンはあの鍵を返してしまった。今すぐ、また手に入れるわけにはいかない。目立ちすぎる。いらぬ詮索をされ、警察の関心を呼ぶことになりかねない。とにかく慎重に、変に目立たないことだ。誰の不安も煽らぬように。

「ちょっと押しこみをやる気はあるか？」ホルトは訊いた。

「誰の家？」

「ブライアントの昔の家だ」

ジャンは信号で止まった。「必要ないわ」バッグに手を突っこみ、真新しいぴかぴかの鍵を取り出した。「合鍵を作ったの」ジャンはにこっとした。「ご褒美《ほうび》のキスは？」

ホルトは額にキスしてやると、鍵を受け取った。「行こう」

ジャンは嬉しそうに脇道に逃れるとバイパスにはいった。それは村をすべて迂回し、レスターまで三十分で行ける道路だった。ガーツリーへも一時間足らずで行ける。バイパスを出て旧道にはいると谷間におりていく。道路がまた上り坂になるところで道を逸れると、そこがすぐブライアントの家だ。前回、戻った時も地獄のような思いをしたが、今度はさらにひどい気分だった。なぜなら、もし彼が正しければ、それ以上、やることがなくなるからだ。

ホルトはドアの鍵を開けた。「しばらくここにひとりで残ってもらいたいんだ。いいかな？」

「いいわよ」ジャンは続いて居間にはいった。「すてきな家だった？　居心地よかった？」

ホルトはかつてその部屋がどんなふうだったか思い浮かべてみた。今、眼の前にあるのは裸の床板、剝がれかけた壁。雰囲気までもが今と違う。新築パーティーにウェンディと来て初めて見た時は、たしかジョークでその夜の重苦しい空気を吹き飛ばそうと躍起になっていた。いや、ブライアントたちは幸福な夫婦ではなかった。そして、ここは幸福な家ではなかった。

「家具はな」ホルトは答えた。「それだけだった」

彼はジャンに向き直った。すると見捨てられたこの空き家も、ジャンがいるというだけでずっと暖かく、今までにないほど居心地よく感じられた。「家のせいじゃない」ホルトは言った。

「わたしはどうすればいいの？」

「馬鹿馬鹿しく聞こえるだろうが、大事なことなんだ」

彼女はにこっとした。「今までわたしたちが喋ってきたことだって、相当馬鹿馬鹿しいわよ」

「車の出ていく音がしたら、アリソンの行動を再現してほしいんだ。ここにはいって、台所に行って、やかんをかける——わかるな？」

ジャンは頷いた。

「それから二階に行って、書き物机の横に立つ。窓から外を見て、そこから見えたものや、どのくらい時間がかかったか、あとで教えてくれ」ホルトはにやりとした。「これを使うといい」

腕時計をはずして、ジャンに渡した。

「わかったわ」

ジャンはなんのためにやるのかなどと訊かなかった。ただ実行してくれるというのだ。

「じゃあ、行ってくる。階段に気をつけて」

ホルトはジャンの車に足早に近づくと、中に乗りこみ、大きく息を吸った。これからやることで、仮説がひとつならず証明されるかもしれないのだ。ちらと家を振り返ると、彼は道路に向かって車を出し、坂道をたどり、丘の中腹を登っていった。見えないかもしれない、と危ぶんでいたものは、樹々の間にわずかに見えた。彼はそこで車を道路脇に停め、カメラに手を伸ばした。

草の生い茂った斜面にそって歩き、なだらかな谷を見下ろした。求めていたものに全神経を集中して、振り返らなかった。ここから家が見えるかどうかは確認しようとしなかった。そこにあると知らなければ気がつかなかっただろう。ファインダーを覗きながら、そう思った。今はほとんど見えなくなっている。目隠しに植えられた木も、十六年前は若く細い苗木で、まだあれを隠していなかったはずだ。オールソップのトレーラーがあった林で、ジャンの言った言葉を思い出した。木というものはたしかに生長するのだ。

実際に一枚、写真を撮ってみた。コンテストで賞を取れるかもしれない。

刑務所で気晴らしにやっていた論理学の問題と同じだった。証明できた項目の升目にチェックを入れていくと、最後は求める答えのみが残る。ただし論理学の問題は嘘をつかない。だがあの連中、良識ある一般市民である彼らのひとりは嘘をついた。嘘をつき、人を殺し、ホルトが何年も何年も監禁されている間、ぬくぬくとふんぞり返って、金を儲け、うまいものをたらふく食って、安穏と暮らしてきたのだ。他人にそんなことをする奴は、死んで当然だ。

車で坂道を下っていくと、ジャンが道路を歩いてくるのが見えた。ホルトは車を停めて、助手席に移った。

「はい、鍵」ジャンは家の鍵を彼に手渡した。「時計も」

ひとつ買ってやるべきだろうか、とホルトは思いを巡らせた。ジャンが腕時計をしないのは、ひとつも持っていないからかもしれない。金の華奢なブレスレット時計より、大型の時計を好みそうだ。宝石屋で見かけたデジタルのごつい腕時計。しかし、単に腕時計が嫌いなだけかもしれない。いつか訊いてみなければ。

ホルトは腕時計を手首にはめつつ、時間を見た。「昼めしだな。そこの道を行った先に〈水車小屋〉ってレストランがあるはずだ。つぶれていなければ」

「まだあるわよ」ジャンが言った。「実験の結果を訊かないの?」

訊く必要はなかった。失敗なら、彼女はまだ窓から外を見ているはずだ。

「六分してからあなたが見えたわ。ほんのちょっとの間。それからまた消えちゃった」

ホルトは頷いた。「思ったとおりだ」

レストランで、ふたりは外のテーブルに案内された。ちょろちょろとしか流れない川の中で、巨大な水車はまるで役立たずにのったり動いていた。

水車のきしむ音とせせらぎの音が、彼の心を癒してくれるはずだった。あんなにも切望した自然の中で、ジャンとふたりで昼食をとっているのだから、もっと心が浮き立っていいはずだった。太陽さえホルトのために雲を割って顔を出してくれた。それなのに、彼の心はほどけなかった。なぜなら、彼らがすべての話を語り終えたからだ。そして、最後のテストがすべてを証明し、かつ、なにもならなかったからだ。

「川っぷちを歩いてみない？」

「いいな」何も考えず、ホルトはジャンの望みに従った。彼にはもう望みはなかった。

そしてふたりは土手におり、柔らかな緑の草むらを歩きだした。小鳥が唄い、川が唄う。ジャンはサンダルを手にぶらさげて、裸足で歩いていた。

諦めるつもりはなかった。奴らのひとりがやったのだ。彼を刑務所に送りこみ、嘲笑している。奴らはいくつもの事実を話した。ああ、そうだ、想像よりずっと情け容赦のない事実を今ごろ告白しやがった。そして、どれもこれもなんの足しにもならないことばかりだった。

ジャンは腰をおろして、にっこりとホルトを見上げた。彼は隣に腰をおろし、細長い草を一本引き抜くと、不機嫌そうに上下に振っていた。

「なにか証明できたの？」とうとうジャンが訊いた。

「なに？」

「家での実験よ」ホルトの不機嫌さといい勝負の辛抱強さでジャンは言った。

「あいつらが全員、本当のことを言っていると証明できた」リラックスのつもりで、草の葉をくわえ、両手を頭のうしろに組んでごろりと横になった。

「全員？」ジャンは川を見つめたまま言った。

「おれの知るかぎりではな」

「ビル……」彼女は向き直った。

「なんだ？」口を閉ざしたジャンを促すように言った。

「ううん、なにも」

ホルトは彼女を見上げた。なにも。なにもならないなどとそんなふうに終わらせてたまるか。どこかで、誰かが嘘をついた。ついたはずだ。ついていなくてはおかしい。オールソップはどこにはいってくる？　恐喝か？　そうに違いない。奴はどうにかして真犯人を知った。だから奴は死んだのだ。諦めるものか。敵を、この怪物をいぶり出して、殺してやる。愉しませてもらうぞ。

彼の眼はまだジャンを見ていた。彼女はにこっとして、ホルトの上にかがみ、彼の口から草の葉を引き抜いた。ホルトは怒ったように押しのけた。「やめろ」そう言って、立ち上がった。

「どうして？」ジャンはさっと立ち上がると、大股で車に向かう彼のあとを小走りに追った。ホルトの腕をつかまえ、無理に振り向かせた。「いいじゃない。わたしが欲しいんでしょ？　ちゃんとわかるのよ」

「おれにその気はない！　何度言ったらわかる？　おれにその気はない！」

ジャンが手を放すと、ホルトは足早に歩き去った。車の中で、煙草に火をつけ、彼女を待った。ジャンと寝る気はない。夢の中に出てきてくれた、それで充分だ。

彼女は車に乗りこみ、シートベルトを締めた。「ビル、そうやって張り詰めっぱなしじゃ駄目よ」

ホルトは煙草を灰皿でもみ消した。

「リラックスしなきゃ。はめをはずして」

「きみとか？」

「誰とでもいいわ。なにかしてよ、なんでも。映画を見にいったり、本を読んだり、なんでもいいから。ギャンブルでも、釣りでも。みんながやるようなことをして。二、三時間でいいから、このことをすっかり忘れて」

ホルトは首を振った。「眼を覚ましている間、きみの言う〈このこと〉を一瞬でも忘れたことはない」そしてジャンを見た。「アリソンがあの電話をかけた瞬間から」

「わかってるけど。でも、そんなの間違ってるわ、ビル」

「刑務所でおれはすっかり壊された。きみもそう言ったはずだ」

「ほんとのことだもの」

「おれがきみを押し倒さないからか？」

「そうじゃなくて」ジャンはため息をついた。「あなたはあの書類を読んで、あなたに死んでほしいと思ってる人たちと話すことしか、頭にないじゃない。そういうことを少し、忘れる時間が必要だって言ってるの」

「いや」ホルトは言った。「いや。奴らのひとりが嘘をついているんだぞ」

「わかってるってば。事実はつきとめましょう。でも、あなたはこれに飲みこまれちゃってるんだもの。ほら、見て」ジャンは言った。「今は夏よ、暖かくて、陽が照って、そしてあなたは外にいる」彼女は深く坐りなおした。「なのに、全然、愉しもうとしないんだもの」

「スペンサーもそう言った」ホルトは彼女が車を出すと呟いた。「だが、おれは外に出ていない」

ジャンは二十四時間現像サービスの店の前で車を停めた。ホルトは、なぜそんな店が必要なのかと訝った。「写っていないかもしれないぞ」

「写ってるわよ」

ホテルに帰る車中、彼女は両親の話をし、老人の思い出を語った。ホルトは聞いていなかった。ジャンがどういうつもりなのかはわかっていた。カメラを借りてきたのもそのためだ。彼の心を狩りから遠ざけようとしてのことだ。ホルトの心があるべき場所から、遠ざけようとしている。

「ブライアントに違いない」車が駐車場にはいると、ホルトは言った。

「彼には時間がなかったのよ」

「車を飛ばせば、行って帰ってくる時間はある」

「アリソンをあんな目にあわせる時間なんかなかったわよ！」怒鳴って、ジャンは眼を閉じた。

「ごめんなさい。でも事実だもの」そして、以前の沈痛な顔に戻った。

「奴らのひとりが嘘をついている」ホルトは頑固に言った。

「ほかにもうひとりいるでしょう、ビル」

「言うな、ジャン」彼は警告した。

「でも言わないわけにいかない！　あなたが自分で言ったわ、彼女は――」

「言うな！」

「彼女はレスターにいたのよ。帰る途中、アリソンの家を通り過ぎたはずよ」

「ジャン」

「オールソップからの手紙を見たでしょう。あの宛名はどうなってた！」

「黙れ！」ホルトは怒鳴り、ぐっと顔を寄せた。「わかったか？」

ジャンが眼を閉じると、彼は車を降りた。

ホルトが行き過ぎようとすると、彼女はドアを開けた。「聞いて、ビル、明日わたし――」言いかけるのにかまわず、彼はドアを叩きつけるように閉めるとホテルの中にすたすたはいっていった。

ロビーの奥のバーから話し声や、道楽者のぼんぼんがおかわりを要求する声が聞こえてくる。古いホテルの中は暗くひんやりとして、彼はしばらく、階段のよくみがかれた木の手すりに手をのせて、そのつるりと丸い感触を味わっていた。カートライトの高価な玩具のように、それはホルトの心を落ち着かせた。いや。酒はいらない。ホルトは二階に行き、厳重にドアの鍵をかけた。

ジャンを閉め出すのか？　それとも、ジャンの言った言葉をか？　あんなのはナンセンスだ。ほかのどんな仮説よりも無意味だ。ウェンディだと！　ただひとり信じてくれた、ただひとり面会に来てくれたウェンディ。一瞬たりとも疑ったことはなかった。ジャンがそうすべきと言ったとて、いまさら疑うつもりはない。

ジャンはなんと言った？　ウェンディが故意に罠をしかけて、おれが刑務所に送られるのを黙って見ていたと？　おぞましい想像だ。おぞましい、汚らわしい想像だ。眼を閉じると、頭の中にさまざまな映像が嵐のように襲いかかってきた。

眼をそらしたまま、ごめんなさい、と言うアリソン。オールソップのからのトレーラーハウス、血痕、礼儀正しく冷静そのもので戸口に立つ警官。蒼褪め気分の悪そうな証言台のブライアント。硬い顔で聞き入るカートライトとキャシー。じっと見守っているウェンディ。彼女はいつもそこにいた。いつもはげましてくれた。最後まで信じてくれた。

ブライアントの皮肉も、カートライトの敵意も、キャシーの毒気も、理解できた。スペンサーの無頓着さはありがたいものだった。彼らのひとりは嘘の皮をかぶっている。ずっとそう信じてきた。だが、ウェンディがそうだとは考えたこともなかった。いまさら考えるつもりもない。

さらなる映像、さらなる記憶。眼の前に立ちふさがる刑務所。痛いほどの恐怖、屋根の上での必死の抗議。ジャンの顔が一瞬よぎったが、即座に消し去った。鍵、鉄格子、古い建物、新しい建物。いい看守《スクルー》、悪い看守《スクルー》――まさか自分が囚人たちと同じ隠語を喋る日が来るとは思わなかった。しかし、水には染まるものだ。ジャンは毎日、通ってくれた、ただ近くにいるために。彼女はウェンディをも疑えと言う。しかし、そんなことはできない。

ほかの囚人たち。ずぶとい常習犯もいれば、怯え孤独な奴らもいる。看守たち、面会人、弁護士。ウェンディ、ウェンディ。世間話をしに通い続け、最後まで見捨てないでくれた。ウェンディ。

出所の請願が通ったと知った瞬間。祝う気持ちも、新たな希望もなかった。ただひたすらに、その日が来るのを待ちのぞんだ。そうすれば、計画を実行できる。

そしてジャンが、どこからともなく現われた。そして希望をもたらした。だが、そんなことを言う権利は彼女にない。

キャシー、ブライアント、カートライト、スペンサー、ウェンディ。全員の話を聞き、表情を観察し、そしておれは彼らを信じた。しかし、ウェンディとはじっくり話したわけではなかった。今まで気づかなかったひとりの女の話を聞いただけだった。やや非情にさえ聞こえる女の話を。

違う！　ウェンディのはずがない……そんなはずは。ウェンディであってはいけない。ウェンディを相手になにができる？

だからか？　だからジャンの言葉にあれほど腹が立ったのか？　対処できないから？　ホルトは顔をあげて、鏡の中の自分を見た。いや、やれる。ウェンディにあんなことがやれたのなら、自分にできないことがあるだろうか？　ほかの連中はいろいろな事実を話した。ウェンディは話していない。現在の話はしたが、当時の話はひとつもしていない。やらなければならないのなら、やるしかない。この痛みをかかえては生きていけない。身体がちぎれるほど締めつける、この苦痛から逃れるには、たったひとつしか方法がないのだから。ウェンディが相手でも大丈夫だ。

すべての情報を手に入れたはずだった。これからはひとつひとつの項目をチェックしていけばいい。彼らのひとりは嘘をついているが、かまわない。それもまた、情報のひとつにすぎない。照合し、評価し、比較する。どの推理がほかのと比べて真相に近いか比べてみる。嘘の中から真実だけを選り抜く。

三週間。刑務所にはいる前の三十年間に学んだ以上のことを、この三週間で学んだ。必要以上の、望む以上のことを知らされた。が、その中のいくつかは関係があり、実際に違いを生じさせた。ホルトの眼はふたたび、鏡の中の自分を見据えた。

照合し、評価し、比較する。そして、殺す。

13

ノックを聞いたのは午後遅くだった。ベッドの上で横になって朝刊を読んでいたが、中身は頭にはいらなかった。時間をつぶしただけだった。もう一度、ノックの音がして、ベッドから脚をおろした。戸口に行って鍵をはずすと、同時にジャンがノブを試したらしくいきなりドアが開いた。絹のブラウスと茶色いスカート。彼女は部屋にはいろうとしなかった。

「謝りにきたの」ジャンは言った。

ホルトは部屋の中に戻った。ドアは開けたままで。「何を謝るって?」

「昨夜、言ったこと」ようやく彼女は部屋にはいり、静かに用心深くドアを閉めた。

「謝る必要はない」硬い声で言った。「きみの言うとおりだ。誰も信じてはいけない」

ジャンは腰をおろした。ベッドの上ではなく、椅子の上に。「言ってはいけないことだったわ。ごめんなさい」

「よせ」窓に歩み寄り、今日もまた、なお暑苦しい外の陽射しを眺めた。「どうして、インタビューに行くような服を?」

「行ってきたから」

ホルトは眉根を寄せた。

「〈クーリエ〉の面接。復職できるかもしれないの」

空気がない。この部屋には空気がない。

「昨日、話そうとしたのよ」

古い上げ下げ窓を、力いっぱいあげてみた。

「結果が出るまで、時間がかかるって」

ネクタイをむしりとった。息が詰まりそうだ。

「最近、しょっちゅう出入りしてたから。いっそここで働けばって言われたの」

とうとう面接の話題が尽きたらしい。「なにかやれることある？」

「どんな？」ホルトは振り向きもしなかった。

「どんなことでも」

「あの写真を取ってこいよ」部屋を横切って近づく彼女の気配を感じて振り返った。ジャンはここにいるべきではない。「照合、評価、比較。全部やった」

「それで？」

「なにも証明できなかった。だから、きみにできることはなにもない」

「ここにいてもいい？」

「なんのために？」窓から身を乗り出し、金曜の市《いち》で賑わう砂利道を眺めた。ディーゼルのエンジン音に負けない露店商たちの呼び声が聞こえる。

ジャンはさらに近寄り、共に窓の外を見た。「あなたをひとりにしたくないから」

「なぜだ？　そもそも、きみにとっておれは何だ？　なぜおれに近寄った？」

ジャンはホルトから離れ、ベッドに腰かけた。「あなたが出所したと聞いたから」ほとんど自分に言い聞かせるように、静かに言った。「屋根で震えていたあなたの姿を忘れることができないから」

誰も聞いてくれなかった。ホルトは窓に背を向け、下枠にもたれた。

「あなたがどんな人か知りたかったから。こんな気持ちになるなんて思わなかった」彼女は顔をあげた。「ごめんなさい」

ホルトは痛みをこらえるように、窓枠を指で叩き続けた。誰も聞いてくれなかった。ほかの連中の話は聞いた——話を聞いたのに、誰も聞いてくれなかった。誰も人の話など聞かないのだ。誰の話も。

彼は窓から身体を離した。誰も政治家の話を聞かない。教師の話、医者の話、判事の話、警官の話、牧師の話、平和デモ隊の話。誰も聞かない。聞くのは、銃や爆弾を持つ連中の話だけだ。そんな奴らの話なら哀れな人質が砂漠の滑走路で干涸《ひから》びる間、何日でも耳をかたむける。

だから、皆がホルトを恐れているとしたら実に好都合だ。彼らは話を聞くだろう。ホルトは窓からドアに歩いていき、また引き返した。しかし、これ以上、話を聞かせるつもりはなかった。聞かせるのに銃も爆弾もいらなかった。身体の中で時を刻み続ける爆弾があった。それが爆発する時は、耳を傾けていようがいまいが、彼らも聞くだろう。そしてホルトは歩き続けた。窓へ、戸口へ、窓へ。

「ビル、リラックスして」

彼は立ち止まった。「どうやって？　きみと寝ろというのか？」

「効果があるかもしれないわ」

「遠慮する」

ジャンは立ち上がった。「じゃ、写真を受け取ってくる」落ち着き払って言うと、ドアに向かったが、すぐにまた振り向いた。「お金がないの」

ホルトは札入れを取り出し、十ポンド札を手渡した。彼女が出ていったあと、今度は鍵をかけなかった。

煙草に火をつける彼の手はかすかに震えていた。火照り、汗ばみ、震えていた。こんなはずではない。落ち着き払った様子で、実際に落ち着き払って、常に冷静沈着でなければならないのだ。やり遂げるまでは。銃を使うことは考えた。入手ルートも知っている――今、ここで。いつでも手に入れられる。だが、そうする気はない。銃は足がつく。銃は危険だ。銃は必要ない。おれは誰よりも非情で強い。ジャンはここにいてはいけない――煙草を吸いこみ、ホルトは思った。ジャンはおれといるべきではない。ジャンにはふさわしい相手がいるはずだ。煙草をもみ消し、窓辺に戻った。

誰も耳を貸してくれなかった。皆、検察側の起訴事実に耳を傾けた。

「……警察に対するホルトの最初の供述には、性的交渉を持った事実も、その後の電話についても言及されていません。実際、最初の供述では、ブライアント家に行ったことにすら触れていない。動かぬ証拠をつきつけられて初めて、ブライアント夫人との間にあった事実を認めたのです。さて、ブライアント夫人が〈接触〉の――婉曲に言わせてもらうなら……」

これはホルト側の弁護士が鋤を婉曲に〈庭道具〉と呼んだことに対する皮肉だ。

「……直後にとった行動は挑発と言ってもよいでしょう。仮に一時的な怒りに駆られた被告がその場で殺されたのなら。しかし、夫人はその場ですぐ殺されたわけではない。まず起き上がり、バスローブを着て、階下に行っている。突発的な抑えがたい憤怒であらば、暴力をふるい夫人が意識不明になった時点で満足するものです。だが、夫人は絞殺されている。発作的にではない、冷酷に、意図的に殺されたのです」

話の先には、さらに悪い部分が待っていた。

「……マイケル・オールソップはブライアント夫人とほぼ同じ方法で殺害されました。争ったあとはなく、これは鉄棒の一撃により、オールソップはトレーラー内において意識を失った。その後、彼はトレーラーの外に連れ出されて絞殺された。これまた予謀の証拠であり、被告が冷酷にも殺す意図を持って殺害したことの裏づけであります。被告の車はトレーラーの外で目撃され、内部では彼の指紋も発見されています。上着の両袖には、オールソップのものと同じ型の血液が付着していました。

おそらくマイケル・オールソップはいわれのない罪悪感に突き動かされ、ブライアント夫人に関するさらなる調査を始めたに相違ありません。そして、被告に質問をしようとしたのでしょう。すると被告は慌てふためいた。問題の日にオールソップがブライアント夫人を見張っていたのだと早合点した被告は、マイケル・オールソップを抹殺せんと、トレーラーに向かったのです。

どちらの事件も冷酷無比な犯人による殺人であります。我々はこの両方の訴因による有罪判決を望む次第です」

ホルトは坐って聴きながら、忠告に反して、両手で顔を覆っていた。それは有罪の人間の所作に見えたと、のちに言われた。

砂利道を渡ってくるジャンがこちらを見上げていた。手を振ってきたが、ホルトは手を振り返さなかった。

彼女が部屋にはいってきて、写真の紙袋を手渡した時もまだ窓辺にいた。「写真を見たか?」

「いいえ。これ、おつり」

「いや、いい。経費の分だ」

ジャンはふいとそっぽを向き、サイドテーブルに金を置いた。

ホルトは一枚ずつ写真を見ていた。「ほら」老人の写真の一枚をジャンに渡した。「これは写りがいい」彼女の写真を見つけて、手に取った。もう一枚、草原と灰色の空が広がる写真も。上着を取り上げ、その二枚をポケットにしまった。アリソンの写真と一緒に。

「出かけるの?」ジャンが訊いた。

「ブライアントに会いにいく。四時半に約束した」

「何をするつもり？」ジャンの眼は不安げで、声は疑いに満ちていた。

「来たければ来ればいい。自分の眼で確かめろ」

彼女はホルトと一緒に〈グレイストーン〉のブライアントの部屋を訪ねた。

ジャンを見ると、ブライアントは立ち上がった。「すくなくとも、あなたは彼に面会の約束をしてから来るように説得してくれましたね」

ジャンはホルトのそばで彼を見守ったまま、ブライアントの言葉は聞いていなかった。

「今度はなんだね？」ブライアントは歓迎の表情を捨てて、ホルトに向き直った。

ホルトは降参するように両手をあげた。「何も」彼は言った。「もう何もない。ただ、おれが町を出ると知らせるならきみに話すのがいいと思ってね」

ジャンはかすかに眉を寄せた。

「町を出る？」ブライアントは声から安堵の色を隠せずに言った。努力はしていたが。

「きみたちは全員、礼を尽くしてくれた。実に丁寧で、実に協力的だった。おれを逃げ出した狂人のように見ているからだろう」彼は机に寄りかかった。「なぜ我慢する？　自分の女房を殺した男が戻ってきて、うるさくまとわりつくのを？」

ブライアントは老眼鏡を取り上げた。「たぶん」レンズを拭きながら、ゆっくりと話し始めた。「きみが犯人でなければいいと――きみがそれを証明できるように願っていたからだろう」

「おれ以外の誰ならよかったんだ？」

「無論、誰でもあってほしくはない」ブライアントは老眼鏡をたたんだ。「私は――思うに――ウェンディが正しいんだ。どこかの誰かが――」

「ふらっと立ち寄ってアリソンとオールソップを殺していったと」ホルトがしめくくった。

「だが、そうではないとわかっているだろう？」

「きみがやったと認めているのかね？」ブライアントが訊ねた。

ジャンは身動きしなかった。またたきひとつ。

「いいや」ホルトは言った。「おれはやっていない。誰がやったのか証明できなかったと言っているだけだ。おれはきみが殺人者か、共犯者であると信じている」

彼はドアに向かい、ジャンはあとに続いた。

「だから、おれは消える」ホルトは言った。「ほかの連中にもいいニュースをまわしてやれよ」

そしてドアを開けた。

ブライアントは立ち上がった。「ジャン」彼は呼びかけた。「私は……あなたはここに残ったほうがいいと、心から信じているのだが」

ジャンは冷ややかに彼を見た。「そう？」そして出ていった。

ホルトはにやりとした。「ジャンは同意していない」

「彼女が賢明な選択をしたことを願うよ」ブライアントは答えた。「きみはそうしたようだな」

暗い地下駐車場に続く階段を下りると、ジャンが車の横で待っていた。近づいても、彼女は無言だった。ホルトは暑い、むっとする車内に乗りこみ、助手席のドアに手を伸ばしてロックをはずした。ジャンは座席に坐ると、すぐに窓を全開にし、ホルトもそれにならった。

ブライアントの大事な大事な〈グレイストーン〉社は、すでに経営陣の頭をわずらわせずに勝手に動いていた。えらく資源がもったいないな、とホルトはなげやりに思った。一日八時間、無駄に〈機械〉を坐らせておくのか。もっといい使い道があるだろう。スペンサー――あのやり手の事業家なら、遊んでいる在庫を活用して金儲けを思いつくかもしれないな。

「これからどうするの？」死からの短い逃避のひとときを破り、ジャンがまた訊ねた。

「言ったとおりさ」ホルトは光の中に車を走らせた。「おれは消える」

牛たちの横を通り過ぎた。

「いつ？」ジャンは訊いた。

牛は草さえ食っていれば幸せでいられる。

「荷物をまとめたらすぐ」

牛は腹の中に時を刻み続ける爆弾をかかえていない。

「わたしはどうなるの？」

牛はぎりぎりまで引き絞られ悲鳴をあげたくなるような痛みをかかえていない。

「きみがどうなるって？」

牛は悲鳴をあげない。

「わたしを捨てていくの？」

「ああ」街の中央に向かう新しい高速道路にのり、アクセルを踏みこんだ。

ジャンはおとなしくなった。それ以上の質問はなかった。

ガソリンスタンドが見えると、ホルトは燃料計をちらりと見た。満タンにしていったほうがよさそうだ。どれだけ走ることになるかわからない。

給油は順番を待たなければならなかった。人が大勢いた。寝ても覚めても人を殺すことばかり考えずにすむ連中。家族連れの、犬連れの人々。ピックアップの荷台にソファを積んだ女。雨が降ればえらいことになるだろう。給油ポンプと格闘し、もつれてもいないホースのもつれを解こうといじくりまわしている男。ホルトはジャンを見たが、彼女は反対側の窓の外を見つめていた。

ディーゼルの脇にトラックが音をたてて停まり、運転手が降りてきた。三十前後だろう。誰かにいきなり捕まえられて、四十五になるまで刑務所にぶちこまれたら、あいつはどんな気持ちになるだろうか？　人を殺したくならないか？　奴ならできるだろう、あのがたいなら。大きい手、逞しい両腕。ホルトはハンドルにのせた自分の両手を見た。大丈夫、この手でも縊《くび》り殺すことはできる。

初めて、今初めて、アリソンは被害者なのだと思った。混乱したホルトの頭の中で、アリソンは今まで災厄のすべてを引き起こした張本人でしかなかった。かわいそうに、どんなにか恐かっただろう。怪物に襲われ、傷つけられ、殺されたアリソン。そしてホルトはアリソンに、美しいかわいそうなアリソンに誓った。きみを殺した奴にも同じ恐怖を味わわせてやる。怯えさせ、傷つけ、孤独な目にあわせてやる。給油ポンプに車を近づける彼の手は、ハンドルをかたく握り締めていた。意識してようやく手を剝がし、ホルトは外に出た。

ジャンは運転席にすべりこみ、開いた窓から外を見た。そしてホルトが給油ポンプのホースをはずして車にさしこみ、スイッチを入れるのを無言で見ていた。タンクの中にほとばしるガソリン。その匂いを、振動を、ホルトは感じた。ジャンの眼、褐色の怯えたような眼に、ずっと追われているのはわかっている。今、考えられるのは殺人だけだった。アリソン殺し、オールソップ殺し、そして、まだ行なわれていない殺人。

ガソリンの奔流が止まると、ホルトの眼はジャンの視線を避けた。彼は足早に店内にはいり、ピックアップの女のうしろに並んだ。扇風機は回っていたが、ひといきれで地獄のようだ。上着を脱ぎ、棚に並ぶ商品を見て歩いた。たいして選ぶものはなかった。

ジャンは助手席に戻って、シートベルトをしているところだった。

「チョコレートが好きだといいんだが」ホルトは言った。「世話になったな」

彼女は顔をそむけ、また窓の外を見つめていた。箱を手に持ったまま、ホルトはしばらく立っていたが、やがて肩をすくめ、上着と一緒に後部座席に放りこんだ。車はまた路上に戻った。

町中にはいると、ジャンが突然、口を開いた。

「降ろして」顔をそむけたまま、早口に言った。

「ここで?」ホルトは訊いた。

「ここで」

「きみの車はホテルだよ」路肩に寄せながらホルトは念を押した。

彼女はドアを開けた。「あとで取りにいく」彼は涙を、その声の中にジャンの涙を聞いた。ドアが音をたて、ジャンは足早に遠ざかった。

14

計画していたわけではない。していればかえってうまくいかなかっただろう。その日の朝に買い求めたスーツケースを開け、ホルトは集めた高価な服を丁寧にしまっていた。泣かせるつもりはなかった。そんなことを願うものか。しかしジャンは去り、とりあえず目的は達した。これからはひとりでやる。だが、泣かせるつもりはなかった。

考えるのだ。黙って坐れ。よく考えろ。

照合。照合はした。

評価。連中はどれも結果に影響しないことばかりで、いまさら知っても無駄だと言った――どれも事実を変えないと。たしかにそのとおりだった。ホルトがアリソンと寝て、その三十分後に彼女が死んだという事実。オールソップのトレーラーハウスに出向いて、中を探っている間、すでに彼は死んでいたという事実。アリソンの愛人が誰だろうと、カートライトが何をしていようと、ブライアントの嫉妬に駆られての非難も、これらの事実になんの関係もなかった。しかし、今や多くの新事実が手にはいり、これらはなにかを変えるはずだった。なぜなら彼は殺していないのだから。

ホルトは眼を閉じた。アリソン。かわいそうな、途方に暮れた、淋しかったアリソン。どこのどいつがそんなにも彼女の死を望んだ？　彼はまた眼を開けた。目的はおれか？　おれが邪魔だったのか？　いや、違う。違うな。タクシーを呼ぶのをやめたのはおれの意志だ。ほかの誰のでもない。ホルトは一連の出来事すべてを頭の中で再現してみた。どれが重要で、どれがそうでないのだ？　どれも重要だと解釈するほかない。評価は終わりだ。

　ジャンの姿が浮かんだ。彼のもとを立ち去るジャン。泣きながら遠ざかるジャン。氷点下の中、屋根の上で抗議を続ける彼の身を心配して見守っていてくれた。今回の調査活動にもずっとつきあい、誰もいないはずの場所にいつもいてくれた。彼を信頼し、一度も疑うことなく、ブライアントに行くなと言われた時さえ迷わなかった。やると言ったことは実行した。ジャンは助けてくれたのに、彼はジャンを傷つけた。畜生、ジャンなんか欲しくない、心の中にも。特に、心の中には。

　比較。あの話とこの話を、あの時とこの時をつき合わせてみる。それらはすべて整合した。全員の話がぴたりと合致した。誰の口から出た証言にしろ、全員がその場にいたと主張する場所にいたことが、それぞれ明らかになった。ホルトは眼をこすった。全員、本当のことを言っているのか。いや。そんなはずはない。もし連中が全員、本当のことを言っているのなら、殺人者はそれこそ通りすがりの人間ということになる。そいつはたまたまアリソンを殺したい気分になり、二週間後にたまたまオールソップを殺したい気分になった。そしてホルトに罪をかぶせた、ということに。違う。外部の人間ではない。彼らのひとりがやったのだ。

　でなければ、全員が犯人かもしれない。まったくつまらない思いつきとは言えまい。共謀しているのでは、と思うこともあった。しかし、それはない。口裏を合わせているならいっせいに首を振り、おまえは狂っていると、ホルトに向かって言えばいいだけなのだから。

彼らのひとり。ホルトの家族、友人、同僚のひとり。怪物はその中のひとりだ。ほかに誰がいよう、いつ、どんなふうにやればいいとわかるほどアリソンとホルトを知る人間が？　その瞬間にふと頭に浮かんだ考えは、これまた妄想と言い切れなかった。しかしそれは身の毛のよだつ想像だった。

ラルフなのか？　ラルフを疑ったことさえなかった。誰が疑うだろう――アリソンの父親を！　しかし、怪物が自分の娘を殺さないと断言できるか？　いや、ラルフは怪物ではない。生まれた時から知っている。十五歳まではラルフおじさんと呼んで慕ったのだ。尊敬もしていた。ラルフが頑固で短気なのは認めよう。しかし、怪物ではない。違う。ホルトは吐き気をもよおし、両手で口を押さえた。ラルフのはずがない。どんな動機があるというのか？　ホルトは必死に意志をかきあつめ、動機を掘り出そうとした。

金？　いや、それはない。

手におえなくなった喧嘩？　どんなことで？　もちろん、キャシーのことだ。ラルフはそれを双葉のうちにつみとろうとして失敗したではないか？

いや待て。待つんだ。ホルトはすがる思いで事実を検討した。ラルフではありえない。スペンサーが、〈グレイストーン〉でラルフに会ったと言った。ラルフはブライアントを探していた。スペンサーが行った時、ラルフは自分の部屋にいたのだ。そこまで考えて口から両手を離したホルトは、走った直後のような息をしていた。ラルフはアリソンのところに行って、スペンサーが写真を撮りにくる前に会社に戻ることはできない。安堵感で全身の力が萎《な》える気がした。時代錯誤の激怒に駆られたラルフの仕業ではないのだ。ほんの少し前、吐きそうになった思いつきに笑いだした彼は、やがて嗚咽した。この怪物は死ななければならない。おれの心がふたつに裂かれる前に。

ホテルの支払いをすませて、荷物を車に運んだ。ジャンの車はまだあった。彼女が取りに戻る前に消えたほうがいい。

レンタカー会社に電話で、車は明朝、駅前に取りにくるように言った。わざとホセの耳にはいるようにしたのは、根っからのゴシップ魔の彼が、いくらでも広めてくれることを狙ったからだ。スーツケースを車のトランクに入れて、ばんと閉めた。ジャンがまだ戻ってこないのがありがたかった。

何度も切り返してようやく車の間を抜けると駐車場を出た。だいぶ暗くなっていたが、まだかなり暑い。街灯の下で一度、車を停めて上着を脱ぐと、身体をひねって後部座席に置こうとした。と、チョコレートの箱が眼にはいり、その上に上着を放った。そしてポケットに手を伸ばし、写真を取り出した。

一枚はアリソンだった。美しい、笑っている、幸せなアリソン。そしてもう一枚はジャンだった。言葉で傷つけ、もはや永遠に、失ってしまったジャン。ジャンのほうが美しい。古典的な美人ではないが、ずっと美しい。

この情報の海のどこかに解答がある。煙幕に隠れて、怪物が潜んでいる。そいつを引きずり出さねばならない。

ホルトは死神を友とし、暗く、暑く、月のない夜の中、車を走らせた。「〈人食い鬼に会った、そいつの顔は……〉（シェリー『無政府の仮面』）」誰の顔だ？

両手でハンドルを握り締め、バイパスを飛ばす。オレンジ色の光が黒い空に出現すると、胃の腑が絞られるように感じた。近づくと、ぼんやりした光は、はっきりした形を取り始めた。さらに近づくと、刑務所じゅうに点在する明かりがひとつひとつ見えた。ホルトは草地に車を停めると、その光を見つめた。漆黒の沈黙した夜の中で、燃えるように煌々《こうこう》と照り輝く光。くる夜も、くる夜も、くる夜も。くる年も、くる年も、くる年も。

車が一台、脇を通り過ぎ、ホルトはその尾灯がバイパスを逸れて、どこかの村に続く道路にはいるのを見送った。妻子の待つ我が家に帰るのだ。あいつは絞るように締めつけてくる痛みを体内にかこっていない。やってもいない罪を問われ、あの光の中で暮らしたことなどない、堅実な一般市民。横になったまま眠らず殺人計画を練り続け、胃の腑を締めつけてくる、憤怒という名の鎖をひきちぎる方法を考えたことなどないだろう。

この鎖はひきちぎらねばならない。だから実行せねばならない。計画したとおりに。殺人者を見つけるのだ。何度となく過去への旅を繰り返したすべての夜、すべての年月の代償を払わせるのだ。カートライト、スペンサー、ブライアント、ウェンディ、キャシー。誰かの話のどこかが違うはずだ。

ホルトは車の中から光を見つめ、刑務所を思い出しつつ、比較と評価を続けた。やがて空が白んで灰色がかった空に、厚い雲がながながと横たわるのが見えだした。ひとつひとつ要素をチェックするうちに草は緑色を取り戻し、ついに太陽が、雲で見えないが、空にのぼった。しかし、何物も事実を変えなかった。アリソンは行動を実行した。光が空を焼いている。アリソンは行動を実行した。

アリソンのとった行動により、ホルトが殺したと誰もが信じた。しかし無論、彼はやっていない。

ホルトは身動きひとつせずに、よく思い返した。ゆっくり、ゆっくり。急ぐな。じっくり時間をかけろ。あせるな。一度にひとつずつ考えろ。

おれはアリソンを殺していない。だから、彼女のあの行動は殺人とは無関係なのだ。たとえ彼がアリソンとコーヒーを飲んだだけだったにしろ、彼女は殺されていたはずだ。さかのぼって考えろ。駅だ。タクシーを呼ぶのをやめた時までさかのぼれ。

あの時、タクシーを呼んでいればアリソンは死なずにすんだのだ。さあ、あとはその理由を考えるだけだ。

光の輪が明るい空を無為に照らしていたが、ついに消された。しかし、その時はもう、ホルトは答えを知っていた。

口の中が乾き、全身ひきつる思いで車を出た彼は、生け垣の裏にまわった。なんだ？　このあたり何マイル四方には、ガーツリーの哀れな囚人以外、誰もいないと思っていた。昨夜、通り過ぎていった車が一軒の家の脇、三角形の草地に停めてある。田舎の人間は貴重品に対して実に不注意だ。簡単に盗ませてくれる。もともとそうするつもりでいたのだが。他人を信用し、ガレージなど使わない田舎者をあてにしていた。

ホルトは両手で背中を叩きながら車に戻った。夜は蒸し暑かったが、陽が出てくるとさらにひどくなった。この天気はホルト自身に似ていた。その瞬間が来るまで、待って、待って、待ち続けている。が、ホルトのその瞬間は、もうそこに迫っていた。彼はトランクを開けて髭剃を見つけ出すと、バックミラーを頼りにざっと顎を剃った。おれは町を離れるだけだ。不精髭などを見せて、怪しまれてはいけない。シャツをズボンに押しこみ、上着を着た。悪くない。任務に失敗した男として、充分に見られるなりだ。

だが、失敗してはいなかった。得た回答は不可能なものではかった。それは可能かつ容易だった。怪物であれば。

エンジンの音に振り向くと、あの車がふたたび村を離れ、昨夜の道を引き返していくのが見えた。遅い帰宅、早朝出勤か。きっと頭にきているだろう。

ホルトは痛みに眼をつぶった。本当の身体に感じる痛み。それは満たされぬ復讐の欲望が締めつける心の痛みが限界に達した痛みだった。今すぐにやりたかった。行け、殺せ。いや、いや、今こそ耐える時だ。きちんと計画どおりに遂行する。一時《いちどき》にひとつずつ、しかも正しくことを行なう。この痛みはもう少しの間、落ち着かせておかねばならない。

駅に着いて車を停め、坐ったまま窓の外に眼をやり、ロンドンに向かう早朝の列車を見るともなく見ている間、その痛みはおとなしくしていた。ホルトは弁護士に会いに行くつもりだった。彼は法廷弁護士ともども、力のかぎり弁護してくれた。たしかにやってくれたのだ。ああ、たしかに。

ホルトの法廷弁護士は自信なさげな顔で立ち上がった。

「本件における被告人は、ある状況と……」

傍聴席から押し殺した笑い声が聞こえ、陪審員も笑いをこらえた。

「……そして自身の意志の弱さ、この双方の被害者にすぎないと思うのであります」

ちょっとの間、ホルトはそれでおしまいかと思った。

「被告人はブライアント夫人に……あー……不適切な申し出をされるとただちに、軽率にも黙従しました」

ホルトは内心で呻いた。これでは何を言っても、半数の人間には理解できまい。

「魔がさしたのです」弁護士は続けた。「青春時代に交際した相手。一度失ったかつての恋人。非常に美しい女性。これらは被告人の行為を正当化はしませんが、説明はしてくれます。検察側は昨年の三月初旬から夫人が不倫をしていると、ブライアント氏が信じていた事実にのみ頼っています。検察側は私の依頼人がブライアント夫人と……あー……逢う習慣があったとほのめかしています。ふたりが口論などを起こし、夫人がいわば〈仕返しをする〉という結末に終わったのであると。

けれども、本件がそのような経緯をたどったと証明できてはいません、実際、そうではなかったのです。ホルト氏とブライアント夫人は長い交際の間で、この時初めて……あー……」

法廷中が次の婉曲表現を待った。

「性的交渉を持ったのです」

失笑が広がり、書記は静粛にするよう求めた。ホルトはますます深く、顔を両手の中に埋めた。

「依頼人は夫人の申し出に、すでに驚愕し、浮かれてもいました。夫人の申し出を受けた彼は、彼女の行為と仕打ちにひどいショックを受け、呆然としました。わけがわからなかった。ただ逃げることしか考えられなかったのです。

無論、依頼人の指紋は家の中にありました。彼の衣服の繊維は夫人の衣服に付着していました。しかし、ブライアント夫人のバスローブには付着していなかった」

検察側はそれに対する答えをすでに用意していた。彼らによれば、ホルトはアリソンを絞殺したあとに服を着た、ということになっていた。

「そしてバスローブからは、依頼人の所持するいかなる衣服のそれとも一致しない繊維が、科研により発見されています。ブライアント夫人の家はちょうど改装中で、バスローブがかかっていた浴室も改装されていたのだから、職人や、でなければ訪問客が触った可能性があるという、検察側の主張はお聞き及びですね。しかし、バスローブというのはとても個人的な衣装です。誰でも触れられるような場所に放り出しておくものでしょうか？」

眼を覆う両手を顔の皮膚を引っ張るようにずりさげ、ホルトは陪審席を見た。

「家じゅうで発見されたほかの指紋も、すべてが照合されたわけではありません」弁護士は続けて言った。

できるはずがない、というのが検察側の言い分だった。さんざん出入りしていた職人の中には日曜いまでいたのだから。

「ここに矛盾した証拠というものがあります」弁護士は空咳をした。「検察側の言い分の可能性を皆さんにぜひ考えていただきたい。ブライアント夫人はバスローブを着た姿で発見されました。依頼人は、家を出た時、夫人はまだベッドの中で……あー……何も身につけていなかったと主張しています。もし服を着るつもりでいたのなら、服を着たはずではないでしょうか？もし入浴するつもりであれば、浴室のある二階にいたはずではありませんか？夫人はバスローブをまとっただけで、室内ばきも靴も履いていなかった。こんな格好で階下に行こうとするでしょうか？

そうではない、と私は考えます。ホルト氏はその主張どおりに家を出ていき、その後、夫人は次のどちらかの行動をとったのです。ひとつは、誰かが訪ねてきたのを聞きつけ、バスローブを着てドアを開けに行ったという可能性。検察側はエール錠のつまみからホルト氏の指紋しか見つからなかったことを論拠に、これに異議を唱えています。しかしながら、ブライアント夫人は家にいる時に鍵をかける習慣がなかったことがわかっています。ですから、夫人はエール錠に触ることなく、ドアノブを触るだけでドアを開けることができたのです。それに、ドアノブにはたくさんの指紋がついていました。そのほとんどが不鮮明で照合不可能なのであります」

弁護士は点数を入れたと思っているようだった。ホルトは思わなかった。陪審員も思わなかった。

「ふたつ目は」彼は続けた。「夫人は鍵をかけずにおく習慣だったことから、侵入者がはいりこむ物音を聞きつけ、確かめてこようとバスローブを羽織ったという可能性です」

ふたたび押し殺した笑い声。

「静粛に！」

やがて信じがたい部分を語り始めると、弁護士の肩は下がり始めた。「たしかに、依頼人はブライアント夫人との……あー……たわむれについて黙秘しました」

この分だとじきに同義語を言い尽くすだろう。ホルトは苦々しく思った。

「結婚祝いの品を持たずに帰宅したことをホルト夫人に言い訳し、どこで何をしていたのか嘘をつき、ごまかしました。のちにブライアント夫人に何が起きたのかを知ると、愚かにもその嘘に固執しました。しかしながら、その気持ちは理解できるものです。ホルト氏はブライアント夫人の身に何が起きたのか知らなかった。わかっているのはただ自分は事件と関係がないという事実だけだった。彼は――これもまた理解できるものですが――ブライアント氏が犯人かもしれない、と思いました。警察が初動捜査で考えたとおりです。そしてホルト氏は、沈黙するのがいちばんだと思ってしまった。沈黙は常に金とはかぎりませんが、彼にはそう思えたのです」

ホルトは緊張した。

「その後、依頼人はオールソップ氏から手紙を受け取りました。仮に検察側の主張するとおり、依頼人がオールソップ氏を脅威と信じたとすれば、先方の指示する日時に出向くのではなく、時間と場所を指定しようとするのではありませんか？　無論、そうするはずです。しかし、彼はオールソップ氏の指示におとなしく従いました。このひどいジレンマから抜け出す道が見つかるかもしれない一縷《いちる》の望みにすがったのです。ホルト氏の行動は、単に無分別という罪を犯しただけで、この実に忌まわしい犯罪とは無関係であることを証明しようという……」

続けるにつれ、弁護士の声からは自信の色が消え、言葉は曖昧になった。そしてホルトは終わりを悟った。

今の列車はずっと速くなり、弁護士の家に着いた時はまだ朝だった。土曜日の朝、弁護士は家族とのひとときを愉しんでいるところだった。ほかの人間には家族がいる。ホルトは弁護士に、故郷ではうまくやりなおせなかったので、しばらくはロンドンに滞在するつもりだと知らせた。弁護士は喜んだ——賢明な選択だと言ってくれた。そして保護監察官にその旨を伝える手続はこちらで全部しておくが、週明けになると言った。ホルトはホテルで暮らすと伝え、住所を教えた。

ホテルにチェックインし、期限を決めずに一部屋とった。スーツケースを開けると、ハンガーや引き出しに衣服を丁寧に移していった。そして、〈ウルワース〉で買った小さな旅行鞄に着替えをひと組入れた。

ホテルを出た彼は、ある古い知人を訪ねていった。助けが必要な時はここに行けと教えられたパブの主人を介して。その古馴染みは、気前のよい報酬と引き替えに、必要な場合には、前科はないが貞操に関して怪しげなご婦人に、かなり長い時間をホルトと共にすごしたと証言させることができると保証した。彼らなら信用できた。今ならそれがわかる。彼らは対価を求める正直ならず者で、対価さえ払えば頼んだことを必ずやり遂げる。彼らは怪物の皮をかぶった人間であり、その逆ではない。

そしてジャンのためにあるものを買った。すべてを終えたら郵送するつもりだった。

ホルトは下りの最終列車に乗り、ひとつ手前の駅で降りた。

暗がりの中を彼は歩いた。オールソップが住んでいた場所までは八マイル先だ。そこなら人目を避けて夜露をしのげる。土手沿いにゆっくりと、体力を温存して歩き続けた。時間はたっぷりあったから、好きなだけ使うことができる。途中、誰ともすれ違わなかった。彼は何度も立ち止まった。足を休めるために。どうするか考えるために。これからすることを味わうために。

歩くうちに汗がにじみだした。草に覆われた土手の上で足音はたたず、夜行列車が轟音と共に通過するたびに、見られない位置に移動した。のぼった月が今夜は切れた雲の間からよく見えて、夜気はすがすがしくなった。天候は心変わりをしたようだが、ホルトの心は変わらなかった。計画は始動していた。独房の悪夢の中で産声をあげた計画は、いよいよ絶頂を迎えようとしていた。あとはひたすら待つ。午前四時、暁闇《ぎょうあん》のころまで。誰にも見られず車を盗み、誰にも聞かれず去ることができる、まだ暗い時間。やるのは、鎖をひきちぎるのは、憤怒をぶつけるのは明け方。夜が明けてからだ。充分明るく、立派な朝となり、ジョギングスーツを着て、日曜の朝の健康マニアたちの中にまぎれることのできる時間。

それだけのことをしている間、彼はロンドンで、あるご婦人の腕の中ですごしていることになっているはずだった。

怪物はねぐらで安心しきっているだろう。怪物はこれから驚愕し、傷つき、恐怖し、そして死ぬのだ。アリソンのように。アリソンと同じに。

ホルトは麻薬の売人に、強盗に、車泥棒に手ほどきされた。最後の授業は〈開かれた刑務所〉で受けた。面会人の車を使った訓練さえした。無論、盗みはしていないが、やる気ならやれた。さらに当の怪物からは、殺し方を学んでいた。

判事は特にアリソン殺害について、詳細にわたって解説してくれた。あとで処分しないといけないような特殊な凶器を使ってはならない。たいてい発見され足がつく。返り血を浴びてはならない。犯人を教えてやるようなものだ。格闘はさけなければならない。手がかりの山が残る。単純に、獲物の不意をつき、強烈な一撃で昏倒させるのだ。そして、無意識の肉体が見せるわずかな断末魔の動きのほかは、なんの抵抗も許さずに絞殺する。

月光を浴びて、ぽつんと静かにたたずむ廃駅に着いたのは午前三時だった。ホルトは今、今、すぐに行って、実行し、痛みから解き放たれたかった。しかし、それはできなかった。あと一時間。たったの一時間だ。

月華に浮かぶプラットフォームを歩くうちに、鼓動はどんどん速くなった。きつく、きつく胃の腑を絞りあげる痛みを、拳を握ったり開いたりして耐えた。中にはいらなければ。駅舎の中に、待合室にはいって、人目を避けなければ。彼はドアを押し明けた。コンクリートの床がこすれる音がした。仄《ほの》かな月の光の条《すじ》が、室内に点在する影を照らした。

その影のひとつが動いた。

15

「待ってたわ、ビル」ジャンは彼に見えるように月光の銀糸の中に進み出た。

ホルトの心臓は鉄槌のような音をたてた。両脚が萎《な》え、戸口の両端に手をついて身体を支えた。「どう、どうやって?」喘《あえ》いだが、息ができなかった。口をつぐみ、頭をふって、呼吸が戻るのを待ちながら、迷走する思考を止めようとした。「どうやっておれを見つけた!」絶叫する彼の言葉は廃駅の外にまでこだました。が、それを聞く者は誰もいなかった。

「初めてあなたを見つけた時と同じよ」ジャンは落ち着いた声で言った。「あとをつけたの」

そんな。そんなはずはない。振り返って、ジャンの魔法の列車を見ようとするかのように、月に輝く線路を見た。が、何もなかった。線路のむこうにはもうひとつ無人のプラットフォームが見え、そのむこうにフェンスが、さらに道路から目隠しになっている林があるばかり。ホルトはジャンに眼を戻した。「どうやって?」脚の震えがおさまり、戸枠から片手を離した。

「ガーツリーであなたと一晩、すごしたのよ」穏やかな澄んだ声が暗がりの中から聞こえた。彼女の顔ははっきり見えなかった。幽霊のように、この世のものではないように、輪郭だけが浮かんでいた。

ホルトはかぶりを振った。「おれは見なかった」

「見たのよ」

もう片方の手はまだ戸枠をつかんでいた。あの車か？　あそこで見た車か？　ホルトの心臓はまだ動悸を打ち、脳に血液を送り返していた。「きみの車じゃなかった」

「レンタカーよ」ジャンは答えた。「わたしはとてもずるくなれるの」

それでもまだ理屈に合わなかった。あの車は彼のあとをつけてきていない。何度も見たのだ、気をつけていたのだ。誰にタレこまれるかわからないのだから、慎重に慎重を重ねた。注意していたのだ。「おれはきみを見たはずだ」ホルトの声はくぐもっていた。「きみはうしろにいなかった」

「レスター方面のバイパスからはね」ジャンは言った。「行き先がわかったから」

ホルトは手を戸枠から離して中にはいり、月明かりの外に立った。彼からジャンは見えたが、彼女からは見えないはずだった。彼の服は黒。暗殺者の装束だった。

「あなたが車をどうするつもりかホセに聞いた」ジャンは言った。

鮮やかな仕上げ。ホセの耳に入れて、彼が去るという話が町じゅうの人間に広まるようにした細工。

「だから駅に先回りしたの」

ロンドンは？　ロンドンではどうやってあとをつけた？　タクシーを一台つかまえるだけでも難儀だったのに、それをさらに尾行するタクシーを拾うなどできるはずがない。ジャンでさえ。機転のきく、賢い、頭の回転が速いジャンでさえ。彼女の顔をはっきりと見たかった。

「ロンドンではあとをつけられなかったはずだ」

「つけようとも思わなかった」

彼女と出くわした衝撃に忘れていた痛みが戻ってきた。身体が裂けるような痛み。

「戻ってくるとわかってたもの」ジャンは言った。「あなたは諦めちゃいなかった。あんなにとりつかれてた人が。だから、ロンドンのセント・パンクラス駅で待ってたの。プラットフォームのそばで」

ホルトは無言だった。

「わたしに葉っぱを売りにきた人がいたわ」ジャンは世間話でもするように言った。「ナンパもされた。変な顔で見ていく人も、心配してくれ――」

「もういい、いい！」怒鳴り声はこだました。

「でも待ったの」ジャンは言った。「そしてあなたは戻ってきた」

彼女はここにいるべきではない。

「あなたが列車を降りるのを見た時、絶対、ここに来るつもりだと思った。だからわたしは終点まで乗って、車でここまで引き返したの」

彼女はすべてをぶちこわしかねない。すべての計画を。「自分がさぞ賢いと思っているんだろう」ホルトの声は低かった。「おれの先回りができて」彼の声はより大きくなった。「賢くなんかない。きみは馬鹿だ。大馬鹿だ！」ホルトは絶叫した。

「そう思う？」ジャンの声は硬かった。怒っているのではない、傷ついてもいない、彼から歩き去った時のように。ただ硬く、断固として、揺るぎなかった。ホルトはしばらく立ちつくし、ぜいぜいと息を切らしながら、必死に考えをめぐらしていた。月が動いて、ジャンの顔は、よりはっきり見えた。「行け」彼は言った。「行け。行ってくれ」

ジャンは動かなかった。何も言わなかった。

「行け！」叫んだ言葉は彼の胸を突き刺した。「頼む」彼は囁いた。「行ってくれ」砂を蹴立てて歩き、鼓動のように繰り返した。「行け、行け、行け」

「知らないと思ってるの？」

彼の声を上回るジャンの言葉に、ホルトはぴたりと足を止めて、振り向いた。「きみは知らない。知らない、知らない！」

「あなたの顔を見たわ。恐かった。何をするつもりかわかった。でも、させない」

ホルトは笑みを浮かべてジャンを凝視した。「止められるものか」ほとんど笑いだしそうになりながら、彼女の馬鹿馬鹿しい言い分を一蹴した。おれを止められるものは何もない。待つことはできない。もう待てない。大丈夫だ。成功する。行かなければ。今。行くのはおれだ。彼女ではない。彼女では。

「行くな、まだ。ここに残れ。おれは行く」

「行かせない」ジャンの声が跳ね上がった。「誰かを殺すつもりだもの、あなたに人殺しなんかさせない」

「違う。誰かじゃない。何かだ。怪物だ」

ジャンは彼に近寄った。「刑務所に戻りたいの！」

「そんなことはない！　いいや、おれは捕まらない。やり方ならわかっている。その道のプロに教わった」

「そのプロはみんな刑務所の中じゃないの」

「ひとりを除いてはな！」ホルトは吠えた。かわいそうな、何も疑わなかったアリソンの命を、蠟燭の光より簡単に消した奴。オールソップの頭を鉄棒で叩き潰した奴。今現在、のうのうと安心しきっていびきをかいている奴。これからホルトを見て驚く奴。すべてを終わらせるまで、命乞いを続ける奴。恐怖し、傷つき、孤独に死ぬ奴。アリソンのように。

「おれには殺す権利がある。その権利がある！」

「いいえ」ジャンは言った。「刑務所に逆戻りよ」

捕まったりはしない。ジャンにはわからないのだ。行くぞ。まずは車だ。踵《きびす》を返し、ドアに向かった。物色して盗むつもりだったが、ジャンのせいで計画は狂った。今すぐ行かなければ。手ごろなのが見つかるまで時間がかかるだろう。

いや、盗む必要はないではないか。ホルトはとって返し、ジャンに顔をつきつけた。「キーをくれ」

「え？」

「キーだ、車の！」ホルトは手を広げて突き出した。「よこせ！」

「駄目」ジャンはあとずさりして陰の中に消えた。

彼はさっと手を伸ばし、彼女の腕をつかんだ。「よこせ」身をよじって逃げようとするのを引き戻し、片手で壁に押しつけ、もう片方の手でポケットを探った。手にプラスチックの番号札が触れ、鍵を抜き取ると彼女を放した。「ここにいろ」ジーンズの尻ポケットに押しこみながら命じた。「わかったか？　ここを動くな。夜明けまで」

ホルトは戸口に向かったが、彼女は素早く前にまわり、ドアを閉めて、共に闇の中にこもった。

「どけ」

時間だ。

「行かせない」

「どけ！」ホルトはジャンにつかみかかり、乱暴に引っ張った。彼女の身体が彼の身体にはりつき、顔に息がかかった。ドアは壊れそうな音をたてたが開こうとしなかった。ジャンが邪魔をしているのだ。ジャンはここに、そばに、こんな近くに、この暗闇にいるべきではない。今、おれを止めることは許されない。こんなところで、前に立ちふさがるのは許されない。止めるなどと。止められるものか。

「警察に言うから！」ジャンが叫ぶと、開こうとしないドアを無我夢中でこじ開けようとする彼の手の動きが止まった。

「本気よ」突然の静寂の中、彼女は静かに言った。

その凍てついた瞬間、ホルトが感じたのは鼓動のように脈打つ痛みだけだった。彼女を床に引き倒し、服をひきはがす間、頭を灼きつくす痛み。ジャンが逃れようともがき、抵抗し、彼を止めようとする間、身体を灼きつくす痛み。ホルトは止まらなかった、そして相手は誰でもよかった、誰でも。彼女の中に自身を突き入れ、激昂をすべて放ってしまうと、荒い息をしながら、虚ろな心で床に倒れたままでいた。永遠にこのままでいたいと思った。

ゆっくりと、ジャンの立ち上がる気配がした。歩き去る足音。つかえたように閉じたドアがようやく開き、床の上をこすれる音。やがて暗闇の中、自分の呼吸以外は何も聞こえなくなった。

長い間、彼は暗闇の中で横たわっていた。もしかすると眠ったのかもしれない。きっと眠ったのだろう。いや、眠った、眠っていた。あれはただの夢だったのだ。夢に違いない。あんなことは起きなかった。おれはあんなことはしなかった。この暗闇にひとりでいたのだ。おれはしていない。暗がりの中で彼は身を起こした。あれはただの夢だ。

だが、暗闇は現実のものではなかった。それは彼自身の闇、両手で顔を覆い、記憶を締め出そうとかたくつぶった目蓋の闇だった。両手をおろすと、半開きの戸口から白々明けの空に、陽がのぼるのが見えた。あれは現実だ。現実だ。本当に起きたことだ。

陰の中にそのままの姿勢でいると、日光が開いたドアから、窓を覆う板の隙間からきらきらとこぼれてきた。さらにそうしていると、一条の陽光が床の上をゆっくりと移動していき、蹴散らされた埃のあとを照らした。ホルトは眼をそらして、立ち上がると、ジーンズにシャツを押しこみ、ファスナーをあげた。

光線はがらくたの山やベンチの上に落ちた。日光が、壁の猥褻な落書きを撫でていくと、ホルトは震えだした。彼の計画。あの汚い壁、あの床の痕跡がお似合いの計画。彼は自身の暗い監獄にジャンを引きずり落とした。無償の愛をそそいでくれたジャンを。

ドアを押し開けると、日光に眼を射られ、最初はジャンが見えなかった。しかし彼女はいた。ベンチに坐って線路を凝視していた。そちらに歩きながら、彼は死んでしまいたかった。ジャンのそばにつくまでに死んでしまいたかった。が、そうはならなかった。

気配に気づいているのに、ジャンは振り向きも、声をかけようともしなかった。ホルトは正視できなかった。「行ってしまったと思った」やっとそれだけを口にした。

「車のキーがないのよ」聞き取れないほどの小声は怒りに震えていた。

「あっ。おれが。いや……おれは……」彼は尻ポケットに手を突っこみ、キーを引っ張り出した。「おれは……」ホルトはまた言いかけた。「ああ、ああ」震える脚が身体を支えきれなくなり、ベンチの上にへたりこんだ。「おれじゃない」両手に顔を埋めた。「おれじゃない。おれがやったはずはない。おれにできるわけがない」

ジャンは無言だった。

「あれは……あれは……」口にするのは馬鹿げていたが、それでも続けた。「きみじゃなかった」ホルトは言った。「きみじゃなかった」

「わたしだと思ったけど」

ホルトは両手を顔から離すと、てのひらに食いこむほどキーを握り締めた。そして、今初めて、ジャンを見た。

レトロ風のシャツは汚れ、ボタンが飛んでいた。白いジーンズは床の砂と埃でまだらだった。顔は涙だらけで、髪は衿のまわりでもつれていた。

「おれじゃない」彼は繰り返した。「おれにできるわけが」

ジャンは空を睨《にら》み、溢れ出す涙を止めようとした。

ホルトは眼をつぶり、その光景を、太陽が照らし出す鮮明な現実を、閉め出そうとした。隠れることのできる暗がりを見つけようとした。言葉はふさわしいものではなく、まるで役に立たないのはわかっていたが、彼にあるのはそれだけだった。

「でも愛しているんだ」そう言えたのは、愛情という彼にふさわしくないものを認めたからだった。怪物狩りをする男は気づいていてもそうと言えない。愛することは許されなかった。悲願を達成する刃《やいば》を鈍らせないために。

眼を開けて、ホルトは鍵を差し出したが、ジャンは取ろうとしなかった。鍵どころか、彼を見ようともしなかった。「送らせてくれるか？」

ジャンは立ち上がって歩きだし、ホルトは彼女の車までついていった。

彼はゆっくりと、慎重に、いまだ震えつつ、呆然としたまま運転した。ジャンは隣で身を強張らせて無言で坐っていた。前に揃えた両のこぶしは、何かを必死にこらえようとして、手の甲が白くなっていた。

〈ジョージ〉の駐車場に停めてから、ホルトは彼女がここに住んでいるのではないと気づいた。

「ごめん、まちがえ——」言いかけたが、ジャンは無言で車を降り、ドアを閉めた。ホルトも車を出て、あとを追ってホテルに駆けこんだ。

顔をあげたホセは腰を抜かしそうになり、フロントデスクの外に出てきた。「どうした？」ジャンの肩に手をまわし、「何があったんだい？」

今まで車内でひとことも喋らなかったジャンは、なかなか言葉を出さなかった。ようやく口を開いた彼女は、ホセではなく、ホルトを見ていた。

「事故にあったの」

「なんだって！ 怪我したかい？ 医者呼ぶかい？」

「いいの」憎しみに満ちた眼はまだホルトを見ていた。「お風呂にはいりたい」

「ああ、そうだ、それがいいさ。マリア！」フロントの奥に向かって怒鳴ると、ホセはジャンに向き直った。「車の事故かい？」そう訊ねてからまた怒鳴った。「マリア！」

ジャンはホルトから視線をはずし、ホセに向き直った。「違うの」

ホセの眼がホルトを見て、またジャンを見た。「じゃあ、なんだい？」彼は訊ねた。「いったいどうしたんだい？」

「屋根から落ちたの」

16

部屋でジョギングスーツに着替えて一階に下りると、ジャンはすでに消えていた。計画の一部のジョギングスーツ。馬鹿げた殺人計画。脱いだ衣服をダストシュートに押しこんだ。暗殺者の衣装。ジャンはマリアの服を借りなければならなかった。

ホルトは部屋に引き返すと、鏡の中の自分を見つめた。ジョギングスーツを着た間抜けに見返され、顔をそむけた。疲れ果てて眠りに落ちたが、夜中に眼を覚ました。たったひとり、暗闇の中で。本当の暗闇？　ああ、本当の闇だ。思い出すと、羞恥に全身が焼かれた。自らの行為。逃れようともがきつつ、ジャンが罵倒した言葉。ホテルに戻る長い道中、車内を満たした凍るような無言の怒り。ホルトは夜が明けるまで内なる悪魔が去るのを待ち続けたが、朝の光は悪魔の姿をさらに明らかにしただけだった。

何着か衣服を買い足し、ロンドンのホテルに戻ったが、これからどうするつもりかわかっていなかった。とどまるか？　荷物をまとめて消えるか？

無意識に、彼はまた衣服をまとめ始めた。どうするつもりだ？　引き返して怪物と対峙するため？　引き返してジャンと顔を合わせるためだ。ジャンと顔など合わせられない。だが、合わせなければならなかった。

始発の下り列車に乗ったが、一マイルごとに勇気は萎《な》えていった。ジャンは力を与えてくれた。希望も。すでにふたりも殺している奴を自ら敵にまわした。ただホルトを助けるために。なんてこった。ジャンは危険のまっただなかにいる。警告しなければ。ここから連れ出さなければ。遠くにやらなければ。緊急事態にも気づかず、あいかわらずの速度を保って走る列車を呪った。駅に着くと、タクシーを捕まえた。あの時、タクシーさえ拾っていれば……

運転手は全速力で町を突っ切り、下宿に向かった。小径《こみち》を走り、ホルトは呼び鈴を鳴らした。

「なにいたずらしてるんだい！」ドアを開けたバクストン夫人は怒鳴った。「あら」仰天して言った。「悪ガキたちかと思ったよ」

「ジャンはいますか？」ホルトは訊いた。

彼女は胡散臭《うさんくさ》そうに彼を見た。「いいえ」

「どこに行きましたか？　いつごろ戻りますか？」

「うちの下宿人がどうしようとあの人たちの勝手だからね――あたしゃ関係ないし、あんただって関係ないだろ」

「でも、どうしても会わなきゃならないんです」

「あんたはジャンのいいひと？」

「まあ、そうです」

「なら、あの娘《こ》はあんたの顔なんて見たくないんだよ」下宿のおかみは冷たく言った。

ホルトは気分が悪くなった。「すみませんが、大事なことを伝えなければならないんです。

私は——」

「遅すぎたよ」おかみは遮った。「もう行っちまったんだから」

「行った？」

「出てったよ」おかみは勝ち誇ったように言った。「今朝。あんたには二度とかまわないでほしいとさ」

「出ていった」ホルトの気分はいくらか持ちなおした。出ていったのなら、ジャンは安全だ。「リーズに帰ったのかどうかわかりますか？」

「知らないよ」おかみは言った。「知ってたって言わないね」

ホルトはおかみの無情な顔を見つめた。彼女が門限は十一時と言うのなら、たしかにそのとおりだろう。「ジャンがどこにいるか知っているんですか？」彼は懇願したが、無駄だった。〈クーリエ〉だ。ジャンは〈クーリエ〉に友人がいた。その友人ならジャンの住所を知っているだろう。会ってはくれなくても、手紙を送ることはできる。

しかし〈クーリエ〉の女の子は、バクストン夫人がくれたひとすじの希望の光を無惨に消しさった。

「ジャンが出ていったとは思えませんけど」彼女はそう言った。

「なぜ？」

女の子は言いづらそうだった。「本当に出ていったとは思えないんです。もしバクストンさんが出ていったと言うなら、そうなんでしょう。でも変なんです」

「なぜ？　なぜジャンは出ていないと思うんです？」

「それは……」女の子はため息をついた。「ジャンはわたしにお金を借りたばかりで、金曜に返すと言ったから。わたしにお金を返さないまま、どこかに行っちゃうような娘じゃないし、まして何も言わないで消えるなんて」

ホルトは腰をおろした。「じゃあ、どこに行ったと思いますか？　たいして持ち合わせていないはずだ――どこに行ったんだろう？」

「それが不思議なんです」女の子は言った。「まずわたしのところに来るはずなのに」

〈ジョージ〉に歩いて戻るころには、店は次々に閉まり始めていた。女の子はジャンのリーズの電話番号を教えてくれたが、電話に出た男は、ジャンがフラットを三週間ほど留守にしていると答えた。

老人ホームのデントン氏にかけてみたが、ジャンの両親の住所は知らないと言われた。受話器をおろしながら、こういう仕事に必要なのがまさにジャンなのだと思い知った。

ホセはホルトを案じていた。ホルトはほとんど食事をしていなかった。より現実的で、夫ほどロマンチックではないマリアは、彼とほとんど口をきかなかった。

火曜日には町じゅうの下宿をしらみつぶしにあたったが、すべて空振りだった。もしやと思い、ブライアントの古い家に行ってみさえもした。リーズにもう一度、電話をかけると、今度は女が出た。女のほうが口が軽く、ジャンはきっと仕事に出ているのだろうと言った。何日かかかることもよくあると言う。休暇でどこかに行ったのかもしれないが、電話があったことは伝えておく、と請け合った。ホルトはマリアにジャンの居場所を知っているかどうか訊いた。彼女は丁重だがよそよそしい態度で、まったく知らないと答えた。服を返しに来たか？ ホルトはなおも粘った。が、あれは古着だから返さなくていい、と与えたと言う。

水曜日、警察署の外に長いこと立ちつくしていたホルトは、窓の奥から不審そうな眼を向けられたが、中にはいれずにいた。なんと言えばいい？ 危機に瀕しているかもしれないある人物が行方不明らしい、とでも？ そういえば彼らはジャンが行方不明であると考える理由を訊いてくるだろう。彼女が下宿をごく普通に去ったという事実は、行方不明と数えられない。ジャンの身が危ない理由を説明しても聞いてはくれないだろう。仮に聞いてくれたら、かえって危険になる。

木曜日、何マイルも周辺のホテルを巡ったあと、病院をあたろうかと真剣に考えた。老人ホームに行って、ジャンが頼りそうな伯母さんやいとこがいないか訊いてみたが、老人は知らないと言うばかりだった。彼女の両親はいちばん上の子供が四歳の時に越してきた。ジャンは末っ子だと、この時初めて知らされた。子供のころのジャンを思い出そうとしたが、ウェントワース家の出たがりで陽気な子供たちのどの子かわからなかった。もともとはランカシャーの出だったと思うと、デントン氏は言った。伯母さんやらなにやらがいるとすればそっちだろう。どのへんかは知らん。なんでだね？ おっぽり出されたんかね？ あの子のことなら心配はいらん。三つの時から自分で自分の面倒を見られた子だ、今もそうだろうよ。

ホテルに戻ると、もう暗かった。彼は部屋の鍵を持ち歩いていた。何も見過ごすまいといつも寝ずにいるホセと、できるだけ口をききたくなかった。

ジャンのレンタカーはあいかわらず駐車場にあった。月曜日から姿を見せていないのだ。警察に行こう。ほかの誰も心配していない。バクストン夫人も、マリアも、〈クーリエ〉のジャンの友人も。

そして彼は見た。しかし、彼女たちはホルトの知る事実を知らないのだ。ジャンの車がローヴァーの横のほとんど見えない位置に停められている。

ホルトは中にはいりたくなかった。せなければならない。どこに行っていたのだろう？　警察を呼んでいるかもしれない。ホルトはゆっくりと階段をあがり、しばらく部屋の前に立っていたが、ドアを開けた。

彼女はひとりだった。「ホセが入れてくれたの」

「いったいどこにいたんだ？」

ジャンは眉をあげてみせた。「バクストンさんの下宿よ。出てったと言ってって頼んだの」

「きみを探して駆けずり回ったよ」

「わたしを心配してくれた？」

「ああ」

「よかった」

当然の報いだ。慚愧《ざんき》の念がよみがえるにつれ、ホルトの顔は赤くなった。「ここにいちゃいけない。きみの身が危ない」

「どうして？　またやるつもりなの？」

ホルトはジャンを見つめた。なんということだ。ジャンの言うとおりだ。彼女を傷つけたのは彼だけだった。傷つけようとしたことのある人間は彼だけだった。

彼女はぴょいとベッドをおりて、ホルトに向かって歩いてきた。ピンクのベストに、初めて会った時にはいていたデニム。その姿の彼女は美しかった。何を着ているより美しかった。彼はまだ謝罪の言葉を見つけられずにいた。どんなにかすまなく思っていると。

「おれを好いてくれていた?」ホルトは訊いた。

「ええ」ジャンは彼の片方の手を両手で包んだ。「今もね」

「いや。そんなはずはない。きみにあんなことをしたあとで」

「あれはわたしじゃなかったんでしょ」

「傷ついたのはきみだけだった」

「ちょっと擦り傷を作っただけよ。でも腹が立った。ものすごく」

身体の痛み。心の痛み。片方を痛めつければ、もう片方も……人間を傷つけるのはとても、とてもたやすいことだった。

「どうしてか自分でもわからないくらい腹が立ったわ」ジャンは続けた。「あそこに行った時、自分のやろうとしていることはちゃんとわかってたの。あなたが半分、正気をなくしてることもわかってた。わたしは……」ホルトを見上げて、にこっとした。「あなたを止めたら殺されるかもしれないと覚悟してた。でも、あれは思いつかなかったわ」

彼女はまだ彼の手を両手で包んでいた。そうしていることも忘れたかのように。

もも

「騙された感じがしたんだと思う。もっと違うふうになるはずだったのに」

ホルトは眼をそらした。

「わたしの心をふみにじられたようで」ジャンは続けた。「あれはとても……とてもみっともなかったもの」

「許されないことだ」

「いいえ」彼女は手を伸ばして、ホルトの顔を自分のほうに向けて眼を見つめた。「いいえ」ジャンは繰り返した。「不愉快だっただけ。もうそれでいいでしょう？」

ジャンのもう一方の手はまだ、彼の手をとったままだった。「お願いをきいてくれる？」

「もちろん」ホルトは答えた。

「正式なキスをしてくれる？」

はにかんでおずおずとかがみこむと、彼はジャンのくちびるにそっと触れた。

「そんなんじゃないの」

そして今度こそ、ジャンだった。彼の腕の中に飛びこみ、彼を愛し、信頼してくれるジャンだった。自分は彼女に信頼されるべき人間ではない。その思いを無意識に口にしたに違いなかった。

「あなたは刑務所で十六年も苦しむべき人じゃなかったのにね」ジャンは言った。

ホルトは一歩さがって彼女を見た。「苦しんだ価値はあったかもしれないな」

ジャンは首を振った。

それは去ったはずだった。ひきちぎられるような痛みも、殺したい衝動も去ったのに、その意志は残っていた。ジャンの温かさでさえ届かないところに、冷たい灰色のしこりは、まだ残っていた。

「誰がやったのかわかっているのか？」

「ええ」

彼はジャンに背を向け、彼女のブリーフケースを取り上げた。「証明しなければ」ホルトは言った。「なのにおれにはできない。できないんだ」もし書類をもう一度読みなおしたら、今度はどこに眼をつければいいのかわかっているのだから、知っていることを証明する方法が見つかるかもしれない。疑う余地のない真相を。ブリーフケースを開けて、中身を見た。裁判記録謄本《とうほん》、新聞の切り抜き。ジャンが床から拾い上げて、できるかぎり揃えたオールソップの報告書。整然と入れられたテープレコーダーとノート。ホルトの胸に突然、愛と後悔がこみ上げてきた。

そして怒りも。復讐がかなわぬなら、正義をくれ。鬘《かつら》とガウンと樫材張りの法廷による正義を。伝統と判例にしたがい、法にのっとった正義を。

ジャンの両手がホルトの両肩にのせられた。「シャツを脱いで。ベッドにうつぶせになって」そしてぽんと叩いた。「ほら、早く」

彼は諦めて従った。ジャンはマッサージを始めた。背中を、肩を、首筋を。

「どこで習ったんだ？」

「友達」ジャンの指が筋肉をもみほぐしていく。痛いけれども、気持ちがよかった。

「リラックスのしかたを知らないと、背中を痛めるわよ」ジャンの指がホルトの腕の傷跡をなぞった。「これ、刑務所でもらったの？」

彼は答えなかった。その傷跡は刑務所でホルトがどんな人間になったのかを思い出させるためにあるのかもしれない。

「リラックスは必要よ。ヨガとか習いに行ったら？」

「無駄だよ。おれはリラックスなんかしたくない。おれは別のものが欲しい。正義だ。もう正義だけでいい」

ジャンはマッサージを続けた。

「しかし、おれは正義を得られない」身をよじってジャンの手をとった。「そうだろう？」

「指紋はどうなの？　誰の指紋を探すのかわかれば、警察だって証明できるかも」

「だが、あいつらは探さない」ホルトは起き直った。「おれが新たな証拠を持っていないからだ。新しい証拠が必要なんだ。陪審に提出されていない証拠が。再審請求にはそれが必要なんだ。なのにおれは証拠を持っていない」

「見つけるわ」そう言ったジャンの瞳の奥には光があった。

「無駄だよ、ジャン。終わったんだ。証明は無理だ」

「ウィスコンシンの同僚ならきっと、太ったおばさんが歌いだすまでは終わりじゃない（まだ完全に終わりではないという諺）って言うわよ」

ホルトは微笑した。「問題はだ。そのおばさんはステージに片足をかけちまってるってことだ」

「おばさんにはそのままの姿勢でいてもらいましょ」

ジャンはやさしく彼を枕の上に押し戻すと、キスをした。「今は」彼女は言った。「そんなことも全部、忘れるの」

そして彼は忘れた。本当に忘れることができた。

17

突然の豪雨が小降りになり、それもやがて世のことわりとして消え去った。ホルトは窓をいっぱいに開け放った。見上げれば青い空の東から紫紺の塊が漂い来る。それを割って射しこむ幾条《いくすじ》かの陽光が、かえってその凶々《まがまが》しさを増している。雷は誰もが予期しなかった夜中に襲った。が、こうして窓辺に立ち、金曜の市《いち》が朝の買い物客たちに埋まるのを眺めるころには、すでに遠ざかっていた。

ホルトは朝日がのぼるのを見た。屋台の主人たちが市場に来て、濡れたキャンバス地を枠組みにひっかけ、厄介な大仕事にもう笑うしかないとばかりに、怒鳴りながら笑うのを見た。ワゴン車のドアが閉まる音、濡れて光る砂利道に並んだ陳列台のポリエチレンシートの鳴る音。そのざわめきにジャンが眼を覚まし、ふたりはまた抱き合った。やがて彼の腕の中で横たわりながら、今度は彼女が質問に答える番だった。

ジャンは〈クーリエ〉で十二年ほど働いていた。その間に結婚をし、離婚をした。

「何が原因だったんだ？」ホルトは訊いた。

「あっちが女を作ったの」

その後、彼女は新しい恋人と二年ほど暮らした。整骨師よ、とジャンはにこっとして言った。

その恋人はジャンにマッサージの方法とインド料理を教えた。ふたりはやがて円満に別れたが、ちょうどそのころ、〈クーリエ〉が買収された。

「わたしにとって冬の時代だったわ」ジャンは述懐した。

新経営陣はスタッフを引き連れてのりこんでくると、ジャンには女性向けページを与えた。かつての〈クーリエ〉には女性向けページなどなかった。「ほかのページは女には難しすぎるってわけ？」十二年間働いて、そんなものを作れと言われたことさえなかった彼女は、辞めたほうがましだと啖呵《たんか》を切って出てきた。今では、そうしなければよかったと後悔しているが。なんの未練もなかったので、ヨークシャーに行って無料新聞《フリーペーパー》で働いた。短期の仕事だったが、その後もとどまり、当時やたらと生まれた新しい新聞社をまわってフリーの仕事を受けていた。

「きみの帰りを待っている人がいるだろう」

「いない」ジャンは言った。「今は」

ほかの女に走るなど、ジャンの夫は気が触れていたに違いないと彼は言った。

ジャンは笑った。「気づいてないの？　わたしと同居ってなまやさしくないわよ」

ジャンが夜中の三時にバグパイプを吹き鳴らそうが、風呂桶を石炭置場にしようが、自分なら全然かまわないと、ホルトは言った。

「判断は待ったほうがいいわ。あなたはわたしをひと月しか知らないでしょ」そう言ってキスをすると、トイレに行きたいと言った。

ひと月か。またも怪しくなってきた空を見ながら思った。五分にも思える。百年にも思える。

しかしそれは一ヵ月間だった。七月二十五日の金曜日。十六年前の七月二十四日の金曜日、ホルトはタクシーを呼ぶかわりに〈グレイストーン〉に電話をかけた。あれから十六年。十六年間の地獄。そこから戻ってちょうど四週間がたった。計画を実行に移してから四週間。それらすべての苦しみが無に帰すことなどあってはならない。何かを得なければ。彼らに話を聞かせるのだ。そして今日はまた、〈グレイストーン〉の役員会議の日だった。

ホルトはクロゼットのドアを開いた。まず身なりをそれらしくしなければ。紺青のスーツに、まだ袖を通していないシャツ。薄い青か？　白か？　白にしよう。ネクタイは？　このスーツに合うのは持っていないな。スーツをベージュのにするか？　このほうが薄くていいかもしれないな。それに茶色のネクタイをすれば。シャツは白にするか？　いや。紺のスーツに青のシャツだ。ネクタイは？　一本買えばいいだろう。紺に青のストライプがいいだろう。いや。グレーのスーツがあった。グレーのスーツに、青のシャツ。たしかグレーのウールのネクタイを買ったな？　ホルトは引き出しの中を探した。うん……あった。これだ。これでいい。

バスルームから出てきたジャンは、ベッドの上いっぱいに広げたスーツの山を見た。「バザーでもやるの？」

「このネクタイとスーツでどうかな？」ホルトは訊いた。

「いいんじゃない」ジャンは言った。「どうしてお洒落《しゃれ》してるの？」

「やることがあるからだ」

「やることがあるってなに？」ジャンは疑わしげに訊いた。

「殺しにいくわけじゃない」そう言うと、バスルームに逃げこんだ。

出てくると、ジャンはベッドの上に坐っており、スーツはクロゼットのドアに吊してあった。

「何をするつもりなの？」

もう一度。自分は何をするつもりなのだろう？「役員会議に出る」紺のスーツのズボンをはいたが、暑苦しく感じたので、また脱いだ。ベージュのほうがよさそうだ。

ジャンはしばらく考えていた。「一緒に行っていい？」

「いや」ああ、こっちのほうがずっといい。シャツ……シャツは。ホルトは茶色いシャツを選び出した。

「どうして？」

「きみは役員じゃないからだ」やはり紺のスーツのほうがいいだろうか。「このネクタイは紺のスーツに合うか？」グレーのネクタイを差し上げて訊いた。

「あなただって役員じゃないでしょう」

ベージュのスーツ、白いシャツ、茶色のネクタイ。これでいいだろう。ホルトはシャツのラッピングを破り、クリップや虫ピンをはずしだした。

「行ってもいい？」

「おれがやろうとしていることは、きっときみの気に入らない」

ジャンは笑った。しかし鏡の中の彼女は愉快そうではなかった。「とどめをさすのを見届ける権利はあるわ」

「とどめをね」

「さすんでしょう」ジャンは彼の肩に触れた。「まだ朝ごはんあると思う?」

ホルトはシャツを着て、ボタンをかけた。衿が少し痛かった。朝めしか。何時間も前から起きていたが、これからまだ何時間もある。

彼は振り向いた。「ないかもしれないな。だけどマリアがきみに何か用意してくれるよ」そして微笑した。「おれにはくれないかもしれない。マリアには見限られたようだ」

「わたし、話してないわ」ジャンは言った。「でも……ねえ」そして肩をすくめた。

一瞬、廃駅での彼女の姿が眼に浮かび、思わずきつく抱き締めると、ジャンは息ができないと訴えた。

ホルトは腕をゆるめた。「行こうか」ネクタイを直しながら言った。「腹がへっているんだろう」

マリアは生まれながらの英国人よろしく正式な英国風の朝食を用意してくれ、ホルトはその四分の一も食べきれずに皿を押しやった。ジャンが食べるのを見守っていると、あんまり見つめないでと言われ、新聞に手を伸ばして読むふりをした。

ジャンはホルトに紅茶を注ぎ足してやった。「わたしも日曜日の晴れ着を着たほうがいい?」

「きみはつれていかないよ」

「保証人が必要よ」ひょいと新聞を取り上げた。「わたしが一緒じゃないと、いきなり放り出されるかも」

「そんなことわからないだろう」

「でしょう」ジャンは言った。「じゃ、下宿に戻って着替えてくるわ」

ホルトは彼女の帰りを待ちながら、涙のように窓をつたう雨を見ていた。むっとするほど暑い。上着を脱いだが、衿が汗でよれてくるのがわかる。

この制汗剤は効き目がないな。脇の下に広がる染みを見て思った。シャツを替えよう。茶色のを着ればいい。役員会議室にはややそぐわないが、このままよりはましだ。

彼は白いシャツを脱ぎ捨てた。もう少し制汗剤をつけるか、いや、もう一度、風呂にはいるか？　ホルトは制汗剤をふりまいた。

茶色のシャツはひんやりしていた。ネクタイ。くそ、考えていなかったぞ。普段は茶色いシャツにネクタイなどしなかった。

ジャンがノックもしないではいってきたことで、彼の気分はぐっとよくなった。

「そういえば面接はどうなったんだ？」彼女を見てホルトは訊いた。

「さあ。うわの空だったから」

昼食をとる頃合になったが、どちらもまた食べる気になれず、時が来るのをひたすら待った。雨の中を走って車に乗りこみ、一方通行の道の渋滞と混雑に耐えて牛たちのいる町はずれを、〈グレイストーン〉がそびえたつ地を目指す。日陰に車を停めて、ふたりは見つめ合った。

「リラックスしてね」エンジンを切りながら、ジャンは言った。

エレベーター内で、ふたりは無言だった。廊下を進み役員会議室にはいるという時、ジャンは彼の手をぎゅっと握った。

「ごきげんよう」ホルトは言った。

椅子の背に上着をかけようとしていたカートライトが顔をあげた。「ここでなにをしてるんだ?」素っ気なく言った。

「ボブはあなたが町を出たと言ったのに」ウェンディは言った。

「ボブはどこだ?」ホルトは訊いた。「もちろん、遅刻しちゃいないだろう?」

ブライアントが自室からキャシーと出てきた。ホルトの姿を見たキャシーは棒立ちになったが、ブライアントは彼の不意打ちに免疫ができているようだった。

「ここに来るなって、裁判所命令を出してもらえないの?」キャシーは言った。

「おやおや、いとこどの」ホルトは言った。「それはあんまりだな」

キャシーは冷たい眼で彼を見た。「ここにいる権利はあなたにないわ。そっちの彼女もね。誰だか知らないけど」

「ああ、そうか。彼女を知らない人もいたな。紹介しよう、ジャン・ウェントワースだ。ジャンはフェアプレイを見にきたんだが、失望させることになりそうだ」

ジャンがはっとホルトを見たが、彼は黙殺した。

「ジェフはもう知っているね」ちょうどはいってきて驚いた顔をしたスペンサーを見て言った。「ボブも知っている。あっちからキャシー、チャールズ、それから前の妻のウェンディだ」

ジャンはもじもじとした。

ホルトは上着を脱ぎたかったが、脇の下に染みができているはずだった。茶色いシャツだから余計目立つ。白いシャツのままでいるべきだった。チャールズはなぜ汗をかかないのだろう？　それでも、ネクタイをしてこなかっただけましだった。ジャンが、そのままで大丈夫と言ったのだ。ホルトは部屋をつっきり、窓に向かった。「いいかな？」そう言って、窓を押し開けた。

一同は魅入られたように彼を見ていた。

「さて、きみにも椅子を。ジャン」壁ぎわから椅子をひとつ選んで、長テーブルのブライアントと反対側の端に置いた。「さあ」ジャンはそこに坐ると、不安そうに彼を見た。

「こんな暴挙を許しとく気？」キャシーがブライアントに詰め寄った。

「ああ。いや、ホルト……」ブライアントは言いかけて、思い止まった。「今日は〈グレイストーン〉の経営について考える日なんだ」ようやくそう言った。

「もちろんだとも、ボブ。経営について考えるのは、なによりきみの性分だろう？」

「きみをここから追い出すこともできるんだぞ」

「そうだろうな。だが、そうしないほうがいい。おれはただきみたちにひとこと言っておきたいだけだ」彼が両手をポケットに入れてテーブルのまわりを歩き始めると、一同はしぶしぶといったかたちでそれぞれの席についた。

「十六年前——実際には十六年前の昨日だが——アリソンは殺された。きみたちの誰にもそれを思い出させる必要はないだろう。その二週間後、マイケル・オールソップは殺され、おれは逮捕された。そして今から四週間前に釈放された。釈放後、おれはここに来て、きみたちの助けを求めた。この場を借りて皆に感謝する」

ホルトは足を止めた。「大勢と同じ空間に閉じこめられていると、人間観察の名人になるものだ」彼は言った。「次に誰が暴れだすか、誰が恐怖でいかれるかわかる。人間を観察しているだけでわかるようになる。眼だ」ホルトはまた歩きだした。「眼はいちばんにものを言う」

書棚の脇で立ち止まり、肘をかけた。「ウェンディは心配事があるとすぐに涙をためる。ブライアントは嘘をつくと眼が無表情になる」

そしてジャンを見た。「ジャンは怯えると眼が暗くなる」彼の声は低かった。「眼から光が消える」

ホルトは書棚から離れると、カートライトの肩を叩いた。「チャールズは怒ると眼を剝く」彼は言った。「そしてキャシーは悲しい時に眼を光らせる」

「おもしろいな」カートライトが言った。

「毎日が同じ繰り返しだと、どんなことに愉しみを見いだせるものか、知ったら驚くだろうな」ホルトは言った。「五千八百二日間。それだけの期間を、おれは刑務所ですごしたんだ、チャールズ」

ジャンが眼をそらした。

「普通とは逆の順番だ」ホルトは言った。「最初が地獄。次が四週間の煉獄。そして今日が、人生最初の日だ」

「本題があるなら、さっさとはいったらどうかね？」ブライアントが言った。

「ああ、議長」ホルトは椅子をひとつ選ぶと部屋の中央に置いた。「だが、少々時間がかかりそうなのでね。我慢してくれ」両脚を広げて坐った。「眼の話に戻ろう。ジェフの眼は何があっても変わらない。だが、ジェフは売りこみの達人だ。自分を隠すすべを学んでいる」

「わたしはあんたたちみたいにビルなんか恐くないわよ！」キャシーが怒鳴った。「警備員を呼ぶわ」

「よしたほうがいい、キャシー」言いながら、ブライアントはジャンを見つめていた。

「それで人質をつれてきたってわけ」キャシーは言った。

ホルトが素早くジャンを見ると、彼女はこっそりウィンクした。

「わたしたちがいとこどの話を聞かないと、あなたの咽喉《のど》がかっさばかれると思ってるみたいよ、ボブは」キャシーがジャンに言った。「あなたは恐くないの？」

ジャンは首を振った。「わたしはビルの話を聞いたから」

キャシーはホルトに視線を戻した。「あなたの友達の意見で決まりみたいね」

「おれは誰がアリソンを殺したのか見つけるために戻ってきた」ホルトが言うと、六組の眼が彼を見つめた。

「全員に可能性があった」ホルトは言った。「だが、おまえを疑ったことはなかった、ウェンディ。そうすべきだと言われた時、おれは心底、腹を立てた」ちらりとジャンを見た。「それで、おまえを疑ってみた。一度、そう言われたからには、考えてみないわけにはいかない。そして考えれば考えるほど、妥当に思えてきた」

　ウェンディはホルトに顔を向けた。

「おまえは午後にレスターに行った。ジェフとセルマの結婚式に着るものを買うと言って。そしておれよりもあとに家に帰ってきた」

　ウェンディは無言だった。

「だが、誰もおまえにそれを証明しろと言わなかったな？　ということは、その間ずっとレスターにいたわけじゃないかもしれない。帰る途中、ブライアントの家のそばを通りかかって、アリソンに会っていこうと思ったのかもしれない。買ってきた服でも見せようとして。おまえはいつもどおり、勝手にブライアントの家にはいった……」ホルトは立ち上がると、ウェンディの前に椅子を持っていった。彼女はうつむいて、ノートの角を親指ではじいていた。

「一階に隠れていたのか？　おれが立ち去るのを待って、アリソンに襲いかかったのか？」ため息をつくと、背を起こした。「ずいぶんな運動のようだが、火事場の馬鹿力と言うし、きっとそうだったのだろう」

　部屋は静まり返っていた。ホルトのそばで、ジャンがじっと見守っていた。

「そして手紙があった」彼は続けた。「それは封がされていなかった。しかもW・ホルト宛になっていたから、おまえは自分に来た郵便物と思った。それで、おまえは手紙を読み、オールソップが危険人物と知った。だが、オールソップが殺された時間帯におまえは仕事中だった。そうだな？　しかし、これもまた、誰も証明しろと言わなかった。おまえは安心してオールソップを殺すことができたはずだ。鉄棒をお見舞いしたあとに、おれがトレーラーにのこのこ現われると知っていたのだから」

ウェンディは胸の前で両手を組んでいたが、何も言わなかった。

「この恩知らず」カートライトが激しく言った。「ウェンディはきみをずっと信じ続けてたんだぞ。これがきみの感謝のしかたか？」

「それもウェンディにとって不利な証拠のひとつだった」そう言って、ホルトはまたウェンディのほうを向いた。「おまえは一分たりとも、おれがやったと信じなかった。証拠はおれさえも納得させかけたが、おまえは信じなかった」ホルトは立ち上がり、テーブルから椅子を引き寄せた。「おまえがそんなにも確信を持てるのは、たったひとつしか理由がないと思った」

ホルトはまたテーブルのほうに戻っていった。歩測でもしているように。「だが、おれを本当に信じてくれる人物と出会って気づいた」

ウェンディの視線がジャンに向けられた。ジャンは見られていることに気づかなかった。彼女の注意はホルトにのみそそがれていた。

「おまえがまったく信じてくれていなかったことを。おまえはただ信じなかっただけだ。おれがやったとは信じない、だがほかの誰がやったとも信じない！　どこかの殺し屋か復讐の天使がやったと思いたがっていた。現実の人間ではなく」ホルトはブライアントのそばに立った。

「おまえは誰がやったか知りもしなければ、知りたくもないんだろう、ウェンディ？」彼は言った。「それに気づいた時、おれはおまえを容疑者からはずした」

18

「なんのつもりだ？」カートライトは訊いた。

ホルトはそれを無視し、ブライアントの肩を叩いた。「きみはパドックじゃ一番人気だった。だが、最後の直線でおれが追い抜いちまった」

テーブルの反対の端を見やると、ジャンは身を乗り出し、テーブルに肘をついて、顎を手の上にのせていた。

「なんといっても、アリソンはきみに電話をかけた」ブライアントの上にかぶさるように、穏やかな声で言った。「間男とベッドの中にいるとね」ホルトは舌打ちした。「あまり感心できる行為ではない。だが、きみのやっていたこともあまり感心できたものではないだろう？　自分の女房を監視させる？　たとえアリソンが本当に男を作っていたとしても、じかに訊くことはできなかったのか？　そのほうがはっきりする、とウィスコンシンの奴なら言うだろうな」

ホルトは身を起こし、背を伸ばした。「だが、知りたかったのはそんなことじゃなかったんだよな、ボブ？　アリソンは愛人について喋ったんだから」

ウェンディは見つめていたノートから素早く眼をあげた。カートライトは眼を見開いた。キャシーは眼を閉じた。

「ちょっと待ってくれよ」スペンサーが言った。

「アリソンはきみにウォリックとのことを認めた」ホルトは続けた。「そしておれとのことも――劇的なやりかたで――そしてもちろんチャールズとのことも」無造作につけくわえ、カートライトに向き直ると、彼の首すじに血の色がのぼり始めた。「そうなんだ、チャールズ」ホルトは言った。「アリソンはすべて認めたんだ」

キャシーが両手に顔を埋めたが、誰も振り返らなかった。すべての眼がカートライトに向けられていた。

「そんなはずはない」カートライトは言った。

「認めた」ホルトは答えた。「そうだろう、ボブ?」彼はブライアントに向き直った。

「許さないぞ」ブライアントは言った。「アリソンの思い出を――」

「汚すことは?」ホルトが引き継いだ。そしてブライアントを威圧するように身を乗り出した。

「いいことを教えてやろうか? 今のところ、おれが話したうちでアリソンの思い出を汚した人間はきみひとりだけだ。おもしろいと思わないか?」

「こんな無礼を我慢する義務はない」

ホルトはブライアントの肩を手で押さえた。抵抗はすぐにやんだ。「だけど、あのころはアリソンが逢っていたのはチャールズだと思っていたんだろう? それできみはどうした? アリソンから電話がかかってきた時、チャールズはきみのそばにいた。きみはどうした? 家に飛んで帰って、今度はどこの男をひっぱりこんだと問い詰めたか? アリソンが口を割るまで殴ったか？　アリソンが白状した時、首を絞めたか？」

ブライアントは鼻を鳴らした。

「もちろん」ホルトは言った。「きみにはそんなことをしている時間はなかったな？　ここにいるチャールズが、戻ってきたきみと七時前に会っている。だから不可能だ」

ブライアントは少し緊張を解いた。

「誰かにやらせていなければの話だが」ホルトは言った。

一同の眼が集まった。

「オールソップはおれたちがブリュッセルに出張していた週にアリソンを監視していたはずだ。そしてここにいるチャールズはウォリックがひき逃げされた時、アリソンが自分の部屋にいたと言っている。だが、なぜオールソップの報告書に載っていない？　アリソンが〈グレイストーン〉に来たことには、ひとことも触れられていなかった」

ブライアントは眉を寄せた。「わからんな」

「ああ。だが、ここにひとつ推論がある――あくまで推論だ、もちろん――つまり、きみはアリソンを見張らせるためにオールソップを雇ったのではなかった。ウォリック坊やをひき殺させるために雇った。その後、アリソンを始末させるために雇った」

ウェンディは声をたてて笑った。ブライアントは口をあんぐり開けた。

「ここは〈グレイストーン〉だよ、ビル」スペンサーは言った。「マフィアじゃない」

ホルトはテーブルを見回した。「ほかに言いたいことのある者は？」

「どうしてわたしたちが言いなりになってなきゃならないわけ」キャシーが言った。

「だけど、これはおもしろい推論じゃないか？　ボブがオールソップに殺しを依頼したあとで、アリソンから例の電話がかかってきたとしたら、どんなことになる？」ホルトは両手を広げた。「どうする？　ボブはアリソンがひとりきりだと思っていたのに、そばに誰かがいると言われたんだ。鉄壁のアリバイを放棄して、いきなり姿を消したのも無理はない。これからどうすればいいか方針を練らなければならなかった。

しかし、できることはただじっと見守る以外、何もなかった。そしてオールソップがハプニングをものともせず、依頼を遂行したことを知った。その後、オールソップはおれについて報告した。さて」生徒に命題を提示する熱心な講師のように言った。「仮に、おれがオールソップを目撃していたとしたら？　おれもオールソップも危険な存在になる。だからボブはオールソップにおれ宛の手紙を書かせ、そのうえで奴を始末した。あとはおれが鉄棒を握るのを待っていればいい。きれいな仕事だろう？」

「それは本気で言っているの？」ウェンディが静かに言った。

ホルトは微笑した。「いいや。ちょっと愉しませてもらっただけだ。しかし、ここにいる誰かひとりはどんなことでもやれる人間だ。それならオールソップを雇って何がおかしい？　殺し屋稼業はオールソップの趣味のひとつかもしれないぞ――奴は多趣味な男だったからな。写真に」ホルトは指折り数えた。「恐喝に……それはまたあとで話そう」言いながらキャシーを見やると、彼女は蒼白になった。「しかし、オールソップはアリソンを殺していない。あいつは別の場所にいた」

野原を覆い建物を叩く雨に、彼は舌打ちした。「まったく野ざらしだな、この建物は」前庭のでこぼこの地面に水溜まりがいくつもできているのを眺め、そして振り返った。「だがボブ、おれはきみをはずさなかった。きみが私立探偵にアリソンを見張らせる理由がわからなかったからだ」

彼は椅子を部屋の中央に戻して腰をおろすと、長い脚を前に投げ出し、足首で組んだ。「離婚を望むのなら、そんな無駄金を使う必要はない。アリソンは愛人の存在を、真偽はともかく認めていた。だが、きみは離婚を望んでいなかったんだろう？ アリソンは本当のことを言っていないのではないかとさえ思った。その告白はすべて、誰かをかばうための嘘であると」

ちらとキャシーを見たが、彼女は反応しなかった。

「だからきみは、相手をつきとめずにいられなかった」ホルトは続けた。「対処するために。脅すか、手切金をつかませるか――なんらかの方法で追い払うために。きみはその惨めで哀れな結婚を続けるためなら手段を選ばないつもりだった」

「結婚を続けようと努力することは間違っているか？」ブライアントは訊ねた。

「結婚相手が企業であれば、間違っている」ホルトは答えた。「きみはライバルを望まなかった、ラルフに手綱を譲られるまでは。やがてラルフは当然の順序としてきみに手綱を渡した。四月に。その後、きみはアリソンが何をしようとかまわなくなった。あの電話がかかってきても、家に駆けつけることさえしなかった」

ホルトはまた立ち上がり、テーブルのまわりを歩きだした。「きみは殺意を覚えるほどにはアリソンに関心を持っていなかった」彼は言った。「それに気づいた時、おれはきみを容疑者からはずした」

気まずい沈黙が広がる中、ブライアントは弱々しく空咳をした。

「もう充分だと思うよ」スペンサーは言った。

「そう思うか？　きみも容疑者のひとりだったんだがな、ジェフ」

「それじゃ、今度はぼくの番かい？」

「そうだ」ホルトは言った。「きみについては、理解できないことがありすぎるほどあった。なぜおれとアリソンを見かけたことを黙っていた？　国じゅうの警察の半分が、アリソンと一緒にいた男を探していて、きみはその男を知っていた。それがおれには気になったんだ、ジェフ。本当に。この十六年間、気になっていた」

「面倒には巻きこまれるなってのが、ぼくのモットーなのさ」

「特に、警察のもう半分がきみを探している時には？」

今度は本当の静寂が落ちた。しわぶきひとつ、聞こえなかった。

「どういうことか説明してくれるだろうね」スペンサーは言った。

「もちろんだとも」ホルトはテーブルの、キャシーとカートライトの間に手をついて身を乗り出した。「きみはラルフとチャールズの面接を受ける予定だった。あのころ、きみはまだ〈ガソリン喰い〉に乗っていた——覚えているか？　ああ、もちろん覚えているはずだ。つい最近、あの車の話をしたな？　きみはロンドンからあれを運転してきて、途中で昼めしを食ったんだろう。それが失敗だった。食事で時間をくいすぎ、ブランデーを飲みすぎた。遅刻しそうになったきみは車を飛ばし、〈グレイストーン〉の敷地にはいる時に目測を誤った。きみの車はコントロールを失い、ウォリック坊やにつっこんだ。これで説明になっているか？」

スペンサーの表情は変わらなかったが、ホルトが話す間、彼は結婚指輪を何度も何度も回していた。

「警察はふたりの人間が車に乗っていたと考えた」ホルトは言った。「なぜなら証人である老人が、助手席のドアが開いたと言ったからだ。だが、それは間違っていたんだな？　老人は左ハンドルの車の、運転席のドアが開いたのを聞いたんだ。きみは目撃者がいるのを見て、一度は観念して車を降りた。だが、老人の白い杖に気づくと、ぐずぐずせずに逃げた」

ホルトは身を起こした。「それが、土曜日に〈グレイストーン〉の駐車場で起きた出来事の一部始終だ。きみが非常に重要な面接に現われなかったのはそういう理由だ、スペンサー。ほかに道はなかった。捕まれば裁判を受け、社会的に抹殺され——下手をすれば監獄行きだ。〈グレイストーン〉との話は終わり。セルマとの結婚も終わりだ。だからきみは……」ホルトはまた身を乗り出した。「おれたち流に言えば、ずらかったわけだ。ボブとおれがブリュッセルから戻ってきたころには、きみはイギリスではガソリンが高いと言って、あの車を売ってしまっていた」

ホルトの言葉を裏づけるスペンサーの態度があるとすれば、まったく平静だという点だった。

わざとらしく不自然なほど変わらなかった。

「否定するか?」ホルトは訊いた。

「しようと思えばできるよ」スペンサーは言った。「ただの憶測じゃないか」

「おれの場合は憶測だ。だが、オールソップは違ったんだろう? 奴は一部始終のすばらしい写真をどっさり撮ったに違いない。なかなか腕のいいカメラマンだったんだろう?」

旗色が悪いとあらば討ちかかる真似は決してしないスペンサーは軽く頷いた。「セルマに言うつもりかい?」

「おれの知ったことじゃない」ホルトは言った。「違うか?」身を起こして、背をさすった。くそ、マッサージをされるまではなんともなかったんだ。「だが、おれはきみをはずさなかった。平気でひき逃げをする野郎なら、殺人をしてもおかしくはない」

スペンサーはポケットから煙草を一本引き抜き、テーブルの上でとんとん鳴らした。

「裁判の間じゅう」ホルトは言った。「おれは自分がアリソンとどんなふうに関係を続けたか聞かされ続けた。不倫は何ヵ月も続いたそうだ。だが、相手はおれじゃない」

スペンサーはかすかに眉を寄せて煙草に火をつけた。ライターの炎が部屋の暗さをきわだたせた。

「暗くなってきた」ホルトは明かりをつけに立った。蛍光灯がまたたき、雷鳴がまた轟いた。

「ひどい天気だな」キャシーに話しかけた。彼女は吐くのをこらえるかのように口に手をあてていたが、その手をはずしたので、何か言うつもりかと思った。が、何も言わなかった。

「続けたらどうだい？」スペンサーが言った。

「どこまで話したかな？　ああ、そうだ。アリソンの愛人の話だった」ホルトはまたキャシーを見たが、彼女は眼をそらした。「アリソンは大勢の男と関係していたようだ。その中にきみがいないとどうして言える？」

「それはたぶん、ぼくがアリソンと一度も会ったことがないからだろうな」スペンサーは言った。

「そうかもしれない。だが、嘘かもしれない。おれが苦境に立っているのがわかるだろう？　誰かが嘘をついている」

ブライアントの指が吸い取り紙を叩く音に、テーブルに向かって歩きだし、途中で自分の椅子を拾い、スペンサーとブライアントの間に坐った。「きみはあの日の午後、ここにいた」ホルトは言った。「きみは写真を撮りにきたと言った。そして証人はいないとも言った。正直言って、おれは写真コンテストというのはまったくの嘘だと思っていた」

スペンサーは平然と聞き流していた。煙草の先から煙がたちのぼり、重たく動かない空気の中に滞った。

「だが証人はいた」ホルトは言った。「アリソンだ」

ブライアントの指が止まった。

「駅できみはおれたちのうしろにいた。アリソンはきみを見つけた。その後、アリソンは寝室である人物に電話をかけていた時に、偶然、窓の外を見た」

キャシーはかすかに身じろぎした。ホルトはジャンの視線を感じた。彼は待ったが、キャシーはまだ何も言わなかった。「アリソンはきみを見た」ホルトはスペンサーに言った。「きみが〈産業と自然〉の写真を撮ろうとして、発電所を写しているのを見たんだ」彼はブライアントをちらりと見た。「アリソンはカメラを持った男を見て、きみの雇った探偵だと思いこんだ」ホルトは椅子の背にもたれ、腕を組んだ。「探偵が駅から家までつけてきたのだと」彼は間をおいた。「それに気づいた時、おれはきみを容疑者からはずした」スペンサーに言った。「アリソンはきみを知らなかったんだ」

ブライアントはひどく熱心に老眼鏡をみがいていた。ホルトは彼を振り返った。「問題は」ホルトは言った。「アリソンの愛人は誰だったのか？　きみはそれが知りたかった――だから、アリソンを監視させた」ホルトは身震いした。「自分の知らないうちに他人に見張られるとはね。刑務所の連中でさえ自分が見張られていることは知らされている」

「きみは私の道徳観念についてとやかく言える立場ではないと思うが」ブライアントの眼鏡はやたらと輝いていた。

「まったくだ。一度の誘惑で簡単にひっかかったんだからな。だが、正直言って、おれはアリソンに誘惑されたという事実に驚いた」

ブライアントは老眼鏡を置いた。

「きみは本当にアリソンを理解していなかったんだな」ホルトは言った。「理解しようともしなかったんだろう。アリソンの薬指に指輪をはめることさえできれば、きみの将来は約束されたも同然だ。きみの身分が保証される時まで結婚を続けていられれば、それでよかった。あのころは疑惑にすぎなかったかもしれないが、今は本気で信じているんだろう？　アリソンが本当にいろいろな男と寝ていたと、きみは信じているな」

「アリソンがそう言った」

「これ以上、こんな与太を聞く必要はない」カートライトが言った。「あいつが出ていかないなら、ぼくたちが出ていけばいいんだ」彼は立ち上がろうとした。

「坐っていろ、チャールズ」ホルトは言った。「中座するのは失礼だぜ」

カートライトはまずブライアントを見て、ほかの連中を見回した。「ここにぼんやり坐って、こんな狂人のたわごとを聞く必要はない！」彼はわめいた。

「みんなは聞きたいんだろう」ホルトは言った。「おれの話を聞きたいはずだ」

「きみだってさっきまでは興味しんしんだったじゃないか」スペンサーが言った。

カートライトは坐った。

「ありがとう」ホルトは言った。「ああ、ボブ、おれの振る舞いは決して褒《ほ》められたものじゃなかった。だが、すくなくともおれはアリソンを理解していた。アリソンがどう言おうと、あの娘《こ》が〈グレイストーン〉の男どもの半数と寝るはずはないことくらい、わかっていた」

「それならアリソンは何をしていたんだ？」ブライアントはぼそぼそと言った。

ホルトはキャシーを見た。

「きみはアリソンが結婚してくれた時、さぞかし得意だったろうな、ボブ？」やや間をおいて、ホルトは言った。「ラルフ・グレイの一人娘。おまけに若くて美人でしかもラルフの祝福つきときている――たとえきみに離婚歴があって、アリソンの父親と言ってもおかしくないほど歳が上でも」ホルトは息を吸った。「だが、ラルフはビジネスマンだ、ボブ。なにか裏があるに決まっているじゃないか」

キャシーは彼を見ていなかった。いや、誰のことも見ていなかった。

「アリソンには愛人がいた」ホルトは言った。「相手は不特定多数じゃない、たったひとりだった。だが、オールソップはきみを出し抜いていたんだ、ボブ。きみはよほどいいカモだったはずだ。オールソップは金鉱を掘り当てた。たった一週間で、奴は退屈な仕事をやめるあてをつけた。なぜならオールソップはきみに報告するかわりに、アリソンを恐喝し始めたからだ」

ホルトは振り返った。「なぜおれにここまでさせる?」突然、彼はキャシーに怒鳴った。「おれが言わないとタカをくっているのか? ふざけるな、キャシー。なめやがって!」

ジャン以外の全員の眼がキャシーに集まった。ジャンだけはホルトを非難がましく見つめていた。だからジャンに忠告したのに。それに、キャシーには何度も自分から話すチャンスを与えてやった。だが、キャシーはそれを無にした。

ホルトは立ち上がって、ぐるりとテーブルをまわると、ジャンとキャシーの間に、身をかがめた。「今の話はきみが証言してくれたことだ。そうだな、キャシー?」

キャシーは無言だった。

「きみたちは恐喝されていた。アリソンは金で追い払ったと思っていたが、あの日――殺された日に――アリソンは郵便受けの中に自分の写った写真を見つけた。きみが警察に説明する価値はないと思った写真だ、ボブ」キャシーから眼をそらさずに言った。「そしてあの日の午後、アリソンはオールソップに会いに行った。そうだったな、キャシー？」

キャシーは顔を覆った。

「きみの秘密はあばかれた」ホルトは芝居がかった口調で囁いた。「きみの秘密だ、キャシー。アリソンのじゃない。アリソンは誰かに相談したかった、だからきみに電話をかけた、きみに反対されるかもしれないと思って」

キャシーはホルトを見つめた。こらえた涙に眼が光っていた。「これで〈胸の肉一ポンド〉はとったでしょう」

「〈胸の肉一ポンド〉」ホルトは揶揄するように言った。「それがおれの求めるものだと思っているのか？　そうだな」彼は考え深げに言った。「そうかもしれない」椅子をつかむと、キャシーとカートライトの間に置いた。「しかし、おれはきみも疑わなければならなかった、キャシー。アリソンから電話がかかってきた時、きみは家にいたと言った。だが、これもウェンディの場合と似たり寄ったりじゃないか？　誰もきみにそれを証明しろと言わなかった」

「証明したわよ」キャシーは眼をぬぐった。「アリソンが言ったことを、あなたに話したじゃない」

「しかし、アリソンがきみに電話をかけたとなぜわかる？　きみが家にいたとなぜわかる？　きみは早めに会社を出た。そのままアリソンの家に直行して、そこで起きたことを見なかったと、おれが来たことをアリソンがきみに言わなかったとなぜわかるんだ」

キャシーはティッシュを探したが見つからなかった。ウェンディが自分のを渡した。ホルトはジャンを見たが、彼女は彼を見もしなかった。ジャンはキャシーの片手を両手で包み、やさしくさすってやっていた。

「わたしは家にいたわ」キャシーの声はハンカチの陰でくぐもっていた。「アリソンの言ったことをあなたに話したじゃないの」

「今になってようやくだ。事件のあと十六年たってからだ。事件の詳細が公表されたあとでだ。それは証拠とは言えないな、キャシー」

キャシーは鼻をかんだ。「わたしがアリソンを傷つけるはずないじゃない。絶対に。あなただってわかってるでしょう」

今や、ジャンは本気でホルトに腹を立てていた。

「ああ。わかっている。だが、わかっているだけじゃ証拠にならないだろう？　だからおれは事件を再現した。それによって、おれはアリソンがいつスペンサーを見たのかを知った。だが、そのタイミングはきみも知っていた」

雨が部屋の中に降りこんでくると、ホルトは立ち上がって窓辺に寄った。「それを知った時、おれはきみを容疑者からはずした」

ホルトは窓を閉めた。「きみはアリソンを愛していたんだな。アリソンもきみを愛していたんだろう。だから、おれを犠牲《いけにえ》にしたんだと思うよ」

彼は席に戻った。「チャールズ。きみは謎だった」ふたたび腰をおろし、脚を組んだ。「きみにアリソンを殺すどんな動機があっただろうか？」

カートライトはまっすぐに見返した。「ぜひ拝聴したいね」

「理由は見当たらない。おれに推測できる範囲では」

雷鳴が空を揺すぶった。

「だが、きみはボブを偏執狂と思っていた――そう言ったな」

カートライトは真っ赤になり、うつむいてペンを取り上げた。ホルトの話にかまわず、いたずら書きを始めた。

「心理学というのは妙なものだ」ホルトは言った。「誰でも理解しているつもりになれる医学分野だ。盲腸さえわからない奴が、他人の精神状態に判断をくだせる」カートライトに向き直った。「ボブはきみが彼の女房と愛を交わしたと――このほうがいい表現か、チャールズ？――糾弾した。そしてきみは、薔薇色の未来がしぼむのを黙って見ていなければならなかった」

雨は誰かが蛇口を締めたようにやんでいた。明るい陽射しが部屋の中を照らし、蛍光灯の光はいらなくなった。ホルトは立ち上がってスイッチを消した。「虹が出ているぞ」彼は呼びかけた。「来て見てみろよ」

誰もホルトを見ていなかった。ジャン以外は。全員がカートライトを見つめており、カートライトは見られていないというように振る舞っていた。

「きみはやってもいないことの責任をとらされて、未来を奪われた」ホルトは続けた。「それがどんなものかおれにはよくわかる、チャールズ。殺したくもなるよ」

「きみは狂ってる」カートライトは眼を剝いた。

「きみは礼儀を知らないな」ホルトは叱るように言った。「最悪なのは、もう少し機敏に動いていれば、きみがアリソンと結婚できただろうということだった。アリソンはきみの趣味に合っただろう。きみは美しいものが好きで、アリソンは美しかった。きみが集めている絵や音楽や彫刻のように」

繊細なまつげがカートライトの眼を隠していた。彼は前に置いたノートにいたずら書きを続けていた。

「そんなことがあったうえに、不当に糾弾された。なんのうまみもないのに、損ばかりさせられた。それでボブには消えてもらおうと思ったんだよな?」

カートライトは複雑な薔薇の絵を丹念に描いていた。

「ボブ、チャールズはまだ、きみを追い出そうとしているんだぜ」ホルトは言った。

ブライアントは眉間に皺を寄せ、カートライトのくちびるは怒ったように結ばれた。

「おや、すまない。喋ってはいけなかったかな?」ホルトはブライアントに向き直った。「ジェフとウェンディもぐるだ。知っておきたいだろうから言っておく」

ウェンディが抗議しかけたが、ホルトはかまわず話し続けた。

「現実の世界に戻ろう。きみはあの時、ボブを始末したいと思っただろう、チャールズ? アリソンからボブに電話がかかってきた時、なぜか知らないが、彼女がボブをひどく怒らせたことを知った。チャンスだ。ボブから大事なものを奪い、破滅させるチャンスだ。ボブが疑われて有罪になれば、きみはまた薔薇色の未来を取り戻せる」

カートライトはもはや赤くなっていなかった。彼の眼は無表情にホルトを見ていた。「完全にいかれているな」

「アリソンは、誰かが見ていると言ったのか？　それできみは二週間かけてオールソップを見つけ出したのか？　難しい仕事じゃなかったはずだ。警察が奴の事情聴取に行っている。ぜひこいつを見つけてくれと言わんばかりにな」

カートライトは信じられないというように首を振った。

「きみはボブをはめるつもりだった。だが思惑がはずれて、警察は彼を釈放した。で、かわりの犠牲がおれだ。どうやっておれのことを知った？　アリソンが話したのか？」

カートライトはいくぶん悲しげに、まだ首を振っていた。

「どうだ？」ホルトは言った。「きみはどう思う？」

「きみには助けが必要だと思う」カートライトはゆっくりと言った。

「しかし、きみにも可能だった」

「いや」カートライトは言った。「ぼくにはできなかった。時間がなかったんだから」

「時間？　ああ、もちろんそうだ。きみはボブと七時前に会ったんだな？　あれだけの時間でここあそこを往復するのは不可能だ。だが、そのアリバイはきみの証言しかない。ボブは何時にきみと会ったのか知らない。きみはボブにアリバイを提供しただけだ。きみはジェフを見かけたとも言ったが、彼は覚えていないようだ」

「むこうがぼくを見たとは言ってないぞ！」彼は訪問福祉委員の表情をかなぐり捨てた。「ぼくがジェフを見かけただけだ、エレベーターに乗るところを」

「オールソップが死んだ時、きみはどこにいた？」そう訊いてから、ホルトは自分の額を打った。「ああ、もちろん、列車に乗っていたんだな」

「そうだよ」カートライトはついに度を失い始めた。「ロンドンから帰る列車の中だ」

「列車の中か」ホルトは言った。「ジェフもあの列車に乗っていたそうだが」彼はスペンサーに向き直った。「列車の中でチャールズを見かけたか？」

スペンサーは肩をすくめた。

「覚えてるだろう」カートライトは追い詰められたような声を出した。「列車がここに着く直前に食堂車で会ったじゃないか」

「ああ、そうだ」スペンサーは言った。「思い出した気がするよ」

「あの列車はオールソップが住んでいた場所のすぐ近くで一時停車した」ホルトはさらりと言った。「駅の拡張工事のせいで、一、二分、通過待ちをしなければならなかった」

カートライトは落ち着きを取り戻した。「ああ、わかった。それじゃぼくは列車を飛び降りて、オールソップを殺して、また列車に乗ったわけだね？」ひとことひとこと注意深く、幼い子供に話しかけるように言った。肉切り包丁を持っている子供を諭すかのように。

「いや」ホルトは生真面目に言った。「それは不可能だ。オールソップは列車があそこに着く前に死んでいた。そう」脚を広げてもう一度椅子に坐った。「きみは列車に乗ったままだった。きみはおれの代理でロンドンに行った。おれはオールソップと待ち合わせていたから、その日は行けなかったんだ。だからきみはおれより先にオールソップのトレーラーハウスに行くことはできなかった。それに気づいた時」彼は一同を見回した。「おれはチャールズを容疑者からはずした」

続く沈黙を破ったのはカートライトだった。

「だから言っただろう、ビルがここに来た時に。これがあいつの目的だって」

「ほとんどがわたし目当てよ」キャシーの声は震えていた。「いえ、全部よ。アリソンのしたことに対する悪趣味な復讐。わたしを罰しなければ気がすまなかったのよ」

「復讐か」ホルトは頷いた。「そう。それが動機に違いないな。やはりおれが犯人に違いない。だからおれはあんなに長い間、刑務所に入れられたんだ」

「狂ってる」カートライトが言った。

「いいえ」キャシーは立ち上がった。「ちゃんとわかって言ってるのよ」

「そうか？」ホルトは言った。「だが、おれには覚えがないんだ。ボブは、おれが記憶喪失になったと思っている――それが答えかもしれない」そしてキャシーに向かって微笑した。「坐れよ」

「わたしはあなたなんか恐くな――」

「坐れ、キャシー！」カートライトが言った。

キャシーは腰をおろした。「わたしたちをいたぶって愉しんでるのよ。わかってるんだから」

「ただおれは」ホルトはゆっくりと言った。「いくらなんでもアリソンを殴り倒して、首を絞めたら覚えていると思う。オールソップの場合は……まあ、あいつを殺《や》ったことは忘れるかもしれない。誰が奴を気にかける？　しかしアリソンだぞ。アリソンを殺したのならきっと覚えている。だが」ホルトは立ち上がって、椅子を壁ぎわに戻した。「十六年は長い時間だ。おれの記憶もぼやけてきた」

「なあ、ビル。ぼくは思うんだが――」スペンサーが言い始めた。

「だが」ホルトはかまわずに言った。「おれはどこで間違ったのか気づいた」

スペンサーは片眉をあげ、軽く肩をすくめて一同を見回した。ホルトはテーブルに歩いて戻ってくると、ジャンとキャシーの間にかがみこんだ。

「なあ、キャシー」しかしキャシーは顔をそむけた。ホルトは黙ったが、やがてかまわずに話し続けた。「アリソンはおれにした仕打ちのせいで死んだんじゃない。アリソンが誰で何者かも関係ない。ボブに電話をしたせいでもない。今までおれはずっとアリソンを殺す動機のある人間を探していた。だが、アリソンは確かに多くの人間を悩ませはしたけれども、実際は、アリソンの死を望んだ人間は誰もいなかった」

キャシーがかすかに頭を動かした。顔が見え、その眼には興味の光がちらりと揺れた。「じゃあ、どうして殺されたの？」

「おれがタクシーを呼ばなかったからだ」ホルトは身を起こした。「おれたちはまったく間違った方向から事件を見ていた。オールソップはアリソン殺しについて知りすぎたから殺されたんじゃない。知りすぎていたのはアリソンのほうだ――オールソップ殺しについて」

19

「全員が消去されたところでひとつの疑問が残った」ホルトはスペンサーに近づいた。「なぜアリソンはきみにつけられていると思ったんだろう？」

「きみがその理由を説明してくれたと思うけど」スペンサーは言った。

「いや。アリソンは〈グレイストーン〉から駅におれを迎えに来た。アリソンが会社を出てどこに行くのかを知っていた人間は、この世でおれとアリソンのふたりしかいなかった。アリソンは駅に着いてきみを見た。きみもアリソンを見たはずだ。アリソンがおれにキスしたのを見たときみは言ったな？　あの時、きみもおれも駅の中にいた」

ホルトは窓辺に寄り、静かな道路を見た。「そんな状況でアリソンはなぜきみが駅まであとをつけてきたと思うんだ？　きみはアリソンよりも明らかに先に駅にいたのに」

「知らないね」謎かけに答えるようにスペンサーは言った。「どうして彼女はぼくがつけまわしてるなんて思ったんだろう？」

「アリソンがそれ以前にきみを見ていたからだ」ホルトは言った。「アリソンがそう言った。〈一日じゅう、わたしをつけまわしている人間に訊くことね〉――そう言ったよな、ボブ？　おれたちはアリソンの台詞をはっきりと覚えている」

ブライアントは頷いた。

「きみは駅からアリソンをつけた」ホルトは言った。「アリソンの家が見える場所に行って、そこででたらめの写真コンテストを思いついた」彼は上着のポケットに手を入れて、写真を取り出した。アリソン。ジャン。発電所——何マイルも遠くに写っている。ホルトはその最後の写真をテーブルに投げ出した。「証拠物件Aだ」彼は言った。「そこから撮った発電所だ。望遠レンズを使うべきだったな。オールソップのように」

「ああ、コンテストは落選したよ」スペンサーは言った。「今じゃ腕をあげたけどね」

ホルトは部屋じゅうに、まさかという不信の空気がたちのぼるのを感じた。しかしキャシーは耳を傾けていた。

「そしてアリソンはきみのためにストリップティーズをした」かわいそうな、不幸せだったアリソン。初めて、彼女のための涙がこみあげてきた。ホルトは眼をしばたたいた。「きみは、おれが出ていったあとアリソンがひとりきりなのを知った。それで丘をおりて、家に忍びこみ、アリソンを殺した」

「ビル」カートライトが声をかけた。「もしかすると……」彼は言いよどんだ。「わかったよ。もしかするときみは誰も殺していないかもしれない。だからと言って、他人を犯人扱いすることはできない。誰かに診《み》てもらったほうがいいんじゃないか」

「またそれか、チャールズ」ホルトは言った。

カートライトはやさしく、注意深く言った。「どこに動機があるんだ？　ジェフはアリソンを知りもしなかったんだぞ」

「ああ、そうだ。ジェフはアリソンが誰かなんて、まったく知らなかった。アリソンが誰だろうと関係なかった」ホルトは顔をそむけ、しばたたくだけでは抑えきれなかった涙をぬぐった。

「アリソンは自分がなぜ殺されるのか知りもしなかったんだ」沈黙があった。ホルトは振り向かなかった。振り向けなかった。

「チャールズの言うとおりだと思うな」スペンサーが言った。「きみには助けが必要なんだよ」

ホルトは振り向いた。「もう助けてもらった」ジャンの両肩に手をのせると、彼女が緊張しているのは彼女のおかげだ、ジェフ」ジャンに歩み寄った。「今、きみが生きているのがわかった。ホルトはかがみこんだ。「リラックスだよ」耳もとで囁くと、ジャンは小さくにこっとした。

「オールソップはきみを恐喝していた」ホルトはスペンサーに言った。「だが、きみは勝負師だ、ジェフ。舌先三寸で生き抜いてきた男だ。そんな脅しは屁でもない。〈グレイストーン〉の架空の後ろ盾をちらつかせて、コンピューター企業を買収したな。誰のサインを偽造した？ボブのか？ ラルフ・グレイのか？ そんなことは問題じゃない。問題だったのは、きみにはオールソップに払う金がなかったということだ。払うことができなければ、きみは持っているものをすべて失うことになる。金持ちの未亡人と自由と。きみがいかにすぐれた男でも詐欺行為がすべてを帳消しにする」

カートライトの顔から不信の色が消え、興味の色が浮かんでくると、ホルトは壁ぎわから椅子をまた持ってきた。彼はジャンの隣に坐った。ジャンはホルトの手をしっかりと握ってきた。

「だからオールソップには消えてもらわなければならなかった」

「やっぱりチャールズの言うとおりだったな」スペンサーは言った。「みんな、こうやって坐って与太話を聞くことはないぞ」

カートライトは、刺まで細かく描きこまれた何ダースもの薔薇に埋まったノートから顔をあげた。彼はペンを置くと、スペンサーを見据えた。「急に後押しにまわってくれたのはありがたいが、ぼくはビルの話を聞きたいね」

ブライアントは眼を見開いてカートライトを、次にスペンサーを見た。

「どうだ、議長?」ホルトは言った。「挙手で決めるか?」

ブライアントは困り果てたように見回して、またホルトを見た。「さっさと終わらせるがいい」

「きみは車を売った。だからここには列車で通うようになった」ホルトは言った。「列車が一時停車するのを知って、きみは一計を案じた」

「ははあ」スペンサーは笑いだした。「ぼくはスーパーマンってわけか。列車を飛び出して、五百メートル走って、殺人を犯して、五百メートル走って戻って、列車に乗りこめるってわけだね。六十秒間で」

「違う」ホルトは首を振った。「もうひとつ別の方法がある。きみは朝の列車に乗ったんだ。そして一駅前で降りて、廃駅まで歩き、時間が来るまで待った。オールソップを殺し、林を抜け、午後の列車が来るのを待っ、て、い、た、んだ！」

ウェンディは考えこんでいたが、ちらりとカートライトに眼をやった。カートライトはやや姿勢を正して、スペンサーをじっと見ていた。

「だからきみは、列車がここに着く直前までジェフに出会わなかったんだよ、チャールズ。その時まで、ジェフは列車に乗っていなかったんだ」

ホルトはスペンサーに向き直った。「だが、ぶっつけ本番でやるわけにはいかなかった。まず、充分な時間があるか、誰にも気づかれず列車に乗りこめるかを確かめておく必要があった。簡単だっただろうな。反対から来る特急列車の轟音で何も聞こえないだろうし、駅と駅の間だからドアの前で待っている人間もいない。それでも確かめずにいられなかった。きみは何事も行き当たりばったりではやらない。そして実験はうまくいった。その部分は」

ブライアントは身を乗り出していた。今や水晶のように輝く老眼鏡は、放り出されていた。

「実際、きみはすべてがうまくいったと思った。ああ、オールソップのトレーラーハウスの近くで若い女を見かけたが、かまわなかった。きみは彼女を知らなかったし、むこうもきみを知らなかった。問題じゃなかった。きみがふたたび彼女を見るまでは。ぼくを迎えに来た彼女を」

スペンサーは話を聞きながら、指にはまった指輪を何度も何度も回していた。なんのことだかわからないというような興味深そうな表情だけは、注意深く作っていたが。

「アリソンが駅で見たのは、オールソップのトレーラー近くで見かけた男だった。その男は、家に帰ろうとする彼女を追ってきた。やがてそいつはカメラを持って家の近くに現われた。アリソンは二と二を足した」

キャシーはもう一枚、ティッシュを取った。

「だが、きみは危険を察知した。なぜなら、きみが列車に乗っていたのを、おれが見てしまったからだ。論理的にはきみが乗っているはずのない列車に。アリソンとおれがそのことを話し合ったりすれば、きみのアリバイは吹き飛んでしまう」

スペンサーはまったく動かなかった。指輪をひねる動作以外は。

「もちろん、その時におれたちがそんなことを話し合うとは考えにくかった。だが、オールソップが死ねば……」ホルトは言葉を切った。「そして、オールソップは死ななければならなかった。さもなければきみは破滅だ。奴の死にアリソンが誰なのか知らなかった。オールソップの妻か、妹かもしれない。きみはアリソンがどれほど興味を持つのかも定かでなかった。問題だったのはただ、彼女がオールソップを知っており、おれがきみを知っているという事実で、この輪は断たれなければならなかった」

スペンサーは煙草に火をつけた。

「だからきみは輪を断ち切った。そして町にとってかえすと、ラルフの車がまだここにあるのを見た。それできみはアリバイを作りにかかった。そしてそのあと……警察がおれを探し始めると、きみはオールソップ殺しの計画に磨きをかけた。きみは奴との待ち合わせを設定した。そして今度はオールソップのサインを真似て、おれに手紙をよこした。おれが餌に食いつけば、きみは安泰だ。仮に食いつかなかったとしても、同じくらい安泰だ。きみにはまだアリバイというものがある」

スペンサーは聞こえよがしのため息と共に煙を吐き出した。

「そして当然ながら、おれは餌に食いついた。まさかおれがオールソップを家に呼べるはずもないからな」ホルトは背を伸ばした。「きみは何事も行き当たりばったりではやらない。アリソンを殺した時には考えている暇はなかったが、オールソップ殺しの作戦は練りに練った。なにもかも考えたうえでの行動だろう。封筒に封をしなかったことも」

「なんだって？」スペンサーが初めて口を開いた。

ホルトは一同に向かって言った。「ジェフはどれが足のつくものか、つかないものかをよく知っていた。タイプした手紙からは足がつく。だからジェフは、オールソップの死後、奴にタイプライターをプレゼントしてやった。封筒の折り返しも、唾液や舐め方といった手がかりが残る。そうだな、ジェフ？」

「きみがそう言うなら、そうなんだろう」スペンサーはにこやかな態度で椅子の背にもたれた。

「きみは腕力ではオールソップに勝つ自信がなかった。奴はきみよりずっと背が高く、ある程度の修羅場をくぐってきた男だ。だからきみは鉄棒を使った。そしておれは奴の血を袖につけてしまった――さぞかし笑っただろうな、ジェフ」

一瞬、沈黙が落ちた。やがてスペンサーは、わずかに驚いたような顔でまっすぐに坐りなおした。「ええと、ぼくが何か言うのを期待してるのかな？」

ホルトはジャンが握っている手にきゅっと力をこめるのを感じた。「それじゃ」そう言いながらジャンは立ち上がった。「車で待ってるわ」

部屋を横切って出ていくジャンを全員が見送っていた。

「客が逃げたよ、ビル」スペンサーは言った。「追いかけなくていいのかい？」

「いや」ホルトは言った。「ジャンのするべきことはジャン自身の問題だ」

「するべきことと言えば」スペンサーはテーブルの一同を見回して言った。「フロアショウが終わったんなら、ぼくらには仕事があるんだけどね」

「おれの弁護士が〈矛盾する証拠〉と呼んだものがある。身元不明の指紋だ」

スペンサーはにやりとした。「ここでぼくは、指紋なんて残さなかった、と言うはずなのかい？」

「きみは指紋を残したはずだ」ホルトは言った。「アリソンを殺す計画はたてていなかった。あれは夏の盛り――よく晴れた日だった。手袋などしていなかっただろう」

「ああ、そうだろうね」スペンサーは微笑した。

「だが、誰もきみの指紋を要求しなかった」ホルトは立ち上がった。「そしてこれからも要求されないだろう」

ホルトは自分とジャンの坐っていた椅子をきちんと壁ぎわに戻した。「もとどおりにしていきたいんだ」彼は言った。「邪魔して悪かった、議長。だが、おれの知ったことは、全員に知ってもらうべきだと思ってね」ホルトは冷笑した。「これでジェフはおれたち全員を殺さなければならないし、そうなればいくらなんでも少しは世間が騒ぐ。〈数は多いほうが安全〉と言うだろう。このことわざが正しいことを祈るんだな」


ジャンは車の中で待っていた。ホルトは落ちこみ、疲労し、欲求不満で、腹を立てていた。もはやお手上げだった。嘲笑している怪物はまんまと逃げおおせる。

「それで?」ホルトは顔をあげずに言った。

「あなたはキャシーに残酷だった」ジャンは言った。

「きみは気に入らないと言っておいただろう。おれは残酷になりたかったんだ」

ジャンが何も言わなかったので、ホルトは顔をあげた。「説教は終わりか?」

「ええ」ジャンは彼のうなじをさすった。

ホルトは気分が晴れると期待していた。スペンサーが観念して自白するか、うっかり口をすべらせることを、たぶん本気で願ってさえいた。勝ち目はあったのだから。

「みんな聞いてくれたじゃない」ジャンは言った。

「わかっている。だが、連中には何もできない。おれを信じたにしろ。ジェフはおれが狂っているとみんなを言いくるめたかもしれないんだ」

ジャンはにこっとした。「太ったおばさんはまだ歌ってないわ」そう言いながらブリーフケースを開けて、テープレコーダーを取り出した。「聞いてみましょう」

ラルフの唸るような声が流れてきた。

「……スペンサーはわしに手紙をよこした……この手紙はポータブルのタイプライターで打ったが……」

ジャンはスイッチを切った。

ホルトは眉を寄せた。意味がのみこめなかった。ああ、スペンサーはポータブルのタイプライターを持っていたのだろう。だがあの時代、そんなものは誰でも持っていたはずだ。彼はため息をついた。「ジェフが親切にタイプライターの製造番号を教えてくれるとは思えないな」そしてどうにか笑顔らしいものを作った。

「そうかもね。でもラルフは親切に手紙をとっといてくれたわ」

ジャンはテープレコーダーをしまって、ブリーフケースの蓋を閉じた。「ローテクってありがたいものよね。同じタイプライターでタイプされた文字かどうかわかるもの」

ホルトは口がきけなかった。

「今はもう駄目よ、もちろん」ジャンはにこっとして続けた。「デイジーホイール（電子タイプライターの印字装置）とか、ドットマトリックスなんてハイテクじゃ――」

「でもそれは証拠だ！」やっと声が出るようになって叫んだ。「神かけて本物の物証だ！」彼はジャンにキスをした。ゴールを決めたストライカーに抱きつくアシストのように。「いつ気づいた？」ホルトは問い詰めた。

「ついさっき。スペンサーがオールソップの死後にタイプライターをプレゼントしたって、あなたが言った時。わたしはテープのそこの箇所を確かめたくて途中で出てきたの」

「証拠だ」ホルトはまた言った。「物証だ。陪審に未提出の新しい物証だ」

「ビル。何ヵ月も、ううん、何年もかかるかもしれないわ。警察は間違いを認めたがらないもの。それに、あなたの無罪が認められたとしても――あてにしちゃいけないけど――だからといって、スペンサーが必ず起訴されると期待は――」

みなまで言わせず、ホルトはまた彼女にキスした。前よりもやさしく。

「きみにあげたいものがあるんだ」上着のポケットに手を入れた。「チョコレートじゃないよ」

慌ててつけくわえた。

ジャンは差し出された封筒を受け取った。「なあに？」

「おれに手に入れられるかぎりで魔法の列車にいちばん近いものだよ」

ホルトはジャンが封筒を開けて、切符を二枚取り出すのを見守っていた。

「オリエント急行！」ジャンは嘆声をあげた。「わあ、ビル、嬉しい！」

彼は微笑した。「きみと、きみの選ぶ連れの分だ。おれのような気がするけどね」

「決まってるじゃない」ジャンは切符に書かれた文字を読んでいた。「すてき。嬉しい」そう言って、急に彼を見上げた。「でも……」

「なんだ？」ホルトはうろたえた。

「〈オリエント急行〉？」

ふたりは笑いだした。そしてホルトは、ほんの一時《いっとき》、いつの日かこの身体に巣食う冷たい灰色のしこりを捨てられるような気がした。

いつの日か。

解説

法月綸太郎

ジル・マゴーンの長編が訳されるのは、『幸運の逆転』(エリザベス・チャップリン名義)、ロイド首席警部&ヒル部長刑事シリーズの『パーフェクト・マッチ』『牧師館の死』に続いて、この『騙し絵の檻』で四冊目を数える。紹介の順序は行ったり来たりしているが、本書は一九八七年に発表されたマゴーンの第四長編に当たるので、うまい具合に数がそろったことになる。

というのも、この作品は堂々たる本格派の四番打者、満を持しての主砲の登場と呼ぶにふさわしい風格をそなえた傑作にほかならないからだ。本書の圧倒的な読後感、九回裏ツーアウトから豪快な逆転サヨナラ満塁ホームランをかっとばすような、ラスト十ページの目も眩《くら》むはなれわざを前にすると、『パーフェクト・マッチ』のスマートな切れ味も、小粒に見えてかすんでしまう。月並みなたとえばかりで申し訳ないが、それぐらい興奮させられる作品なのですよ。

シリーズ外の単発作品なので、マゴーン未体験の読者にもめんどくさい説明抜きで薦《すす》められるし、すでに彼女の実力と才能の片鱗にふれて注目している読者にも、本書は決定的なインパクトを与えるだろう。和暦なら昭和六十二年の作品だが、現役バリバリの書き手による正統派パズラーという意味では、『ホッグ連続殺人』（W・L・デアンドリア）以来のマスターピースといってもいい。この『騙し絵の檻』をきっかけに、日本でもジル・マゴーンの人気がいっきに爆発することは確実である。

ことに英米黄金時代のパズラーの魅力に取りつかれ、「現代本格」と呼ばれる諸作品に対して、今いち物足りない思いを抱きつづけているコンサヴァティヴな読者から、拍手喝采をもって迎えられるのではないだろうか。本書のプロットのとび抜けた巧妙さと練り込みのすごさは、アガサ・クリスティ、クリスチアナ・ブランドの二大女流の傑作に比肩するといっても過言ではないからだ。マゴーンの才能に惚れ込んだ森英俊氏などは、本書を評して「戦後の本格ミステリのベストスリーに入るほどの傑作である」（『世界ミステリ作家事典［本格派篇］』）と絶賛している。さすがに私はそこまで断言する勇気はないけれど、少なくとも二十世紀最後の四半世紀（クリスティ亡き後、といってもいい）のベストスリーに入ることはまちがいないと思う。

思わずハリセンの音が聞こえてきそうな書き出しになってしまったが、誤解のないよう言い添えておくと、ジル・マゴーンはけっして古色蒼然たる「昨日の作家」ではない。彼女の経歴や作風については、本文庫既刊の森英俊、三橋暁両氏の解説を参照してもらうことにして、そこにもあるように、マゴーンは伝統的なフーダニットに主眼を据えながら、「リアルな人間のリアルな関係を描こうとする」まぎれもない現代ミステリの書き手なのである。「男女の機微に通じているという作風」(©三橋暁)はもとより、当世風の警察小説のフォーマットを自在に使いこなしているロイド&ヒルのシリーズを見れば、マゴーンの今日的なスタンスとセンスのよさは明らかだ。

ノンシリーズの本書にしても、伝統的なフーダニットを支える古風なシチュエーションが、たとえばコージー派のような形で現代に甦るわけではないし、あるいはピーター・ラヴゼイの『猟犬クラブ』みたいに、あからさまなパロディとして描かれるわけでもない。ではどういうものかというと、いちばん近いのは、陰影を帯びた存在感のあるキャラクターが、絵空事でない背景と屈折した人間関係の中で探偵役を務める、六〇年代のD・M・ディヴァインの路線ではないだろうか。

本書の主人公ビル・ホルトは、デフォルトの名探偵やプロの警察官ではなく、本来は市井の平凡人である。ところが彼は、幼なじみのアリソンと私立探偵を殺した疑いで逮捕され、無実の罪で終身刑を宣告されてしまう。十六年間服役した後、仮釈放で出獄したホルトは、自分を陥れた真犯人を見つけ出し、復讐を果たすために生まれ育った街へ帰ってくる(辛酸をなめた主人公が故郷の駅に降り立つ巻頭の描写は、ディヴァインの『ロイストン事件』のタッチを思わせる)。容疑者はかつてのホルトの仕事仲間であり、家族であった〈グレイストーン〉社の役員たち——。

マゴーンは冒頭からお得意のカットバックの手法を駆使して、過去の殺人(一九七〇年)と現在の再捜査（八六年）を交錯させ、読者を用意周到な謎解き空間へ引きずり込んでいく。さりげない記述の中にも、事件解決の伏線がちりばめられているので、油断できない。これがアメリカの同傾向の作品なら、肉体的な暴力に訴える場面が出てくるのに対して、ホルトは容疑者に心理的なプレッシャーをかける程度で、（あるシーンを除いては）ストイックな探求者の態度を崩さない。

服役中に遺産を相続して金には困らない設定なのに、大がかりな罠を仕掛けて真犯人をあぶり出そうとするわけでもないし、事件の黒幕が彼の口をふさごうとして自ら墓穴を掘るような腰砕けの展開にもならない。ホルトは出所後の衣食住だけ確保すると、その足で〈グレイストーン〉社の月例役員会議に乗り込み、犯人探しへの協力を取りつける。あとはただ、ひたすら事件の関係者への尋問と証言内容の検討を繰り返すだけなのだ。彼の無実を信じて再調査に協力する女性記者ジャンが、再三リラックスするように説得しても、まったく耳を傾けようとはしない。

つまりホルトは、復讐の一念に凝り固まるあまり、純度百パーセントの推理マシーン、文字通り「謎解きの鬼」と化してしまうわけである。アマチュア探偵が物語を支配する必然性として、これ以上強力な設定は考えられない。

本書で扱われる過去の殺人が一九七〇年に起こったことになっているのは、たぶんその前年の十二月、イギリス議会が一般刑法犯に対する死刑の廃止を決めたからだろう。そうでなければ、主人公は二件の謀殺で死刑を宣告されていたはずだから、この小説の設定はそれ以前には成立しなかったことになるのではないか。またこれは偶然かもしれないが、ホルトが収監されていた十六年間というのは、いわゆる「英国病」が深刻化して、イギリス社会がどん底を迎えていた時期とも重なっている。

ちなみにイギリス初の女性首相サッチャーの登場が七九年、フォークランド戦争は八二年のできごとである。ロンドン市場が国際金融センターとして活気を取り戻すきっかけになった証券取引所の改革、いわゆる「ビッグバン」がスタートしたのは八六年十月のことだから、イギリス経済の復興と主人公の人生の浮き沈みが歩調を合わせているように読めなくもない。

こういうところは、意図するとしないとにかかわらず、ジル・マゴーンが現代社会のさまざまな動きに敏感な書き手であることの証左といえよう。もっとも、十六年ぶりにシャバに出たホルトが「今浦島」的な感慨を持つ場面はあっても、そうした時代の推移に関する記述は必要最小限に抑えられている。むしろ作者の筆は、これまでに紹介された作品と比べても、よりいっそう古風なパズラーのシチュエーションを描くことに徹しているようだ。もちろん現代的な要素も見逃せないのだが、それを料理する際の作者の手つきが、いい意味でものすごく古風なのである。

一例を挙げよう。「ストーキング・ホース」という原題は、隠れ馬(獲物に忍び寄るために猟師が身を隠す馬、または馬形の物)を指す言葉だが、転じて、口実、見せかけという意味にも用いられる。「レッド・ヘリング」(猟犬の注意をそらすための赤い鰊《にしん》)がミスディレクションの意で使われるのと似たような含みがあるわけで、要するにこういうタイトルをつけるのは、「読者よ欺かるるなかれ」と自信満々で挑戦状をたたきつけているに等しい。それも照れ隠しや思わせぶりとかではなく、本書の場合、マゴーンはたぶん本気で読者に挑んでいる。

そのことは、語り口の選択にも関連しているようだ。森英俊氏はマゴーン作品の特徴のひとつとして、「各章を短く区切り、三人称に一人称の視点を加え、関係者の心理の一部を描写する」という叙述のテクニックを指摘している。関係者の心理描写の中に犯人の視点をまぎれ込ませ、ダブル・ミーニングを駆使して読者にそれと悟らせないクリスティ、ブランド直系の高等技術で、マゴーンはこの技法を自家薬籠中のものとしているのだが、本書ではあえてその得意技を封じ、探偵役であるホルトの視点からのみ事件を描いている。言い換えれば、小手先のテクニックに頼らないで、真っ向からガチンコの真剣勝負を挑もうという態度の表れではないか。

こういう態度は、下手をするとアナクロになりかねないところだが、八〇年代後半の作品としてそんなに違和感がないのは、そもそも主人公自身が、過去から甦った亡霊のような人物として造形されているせいだろう。気取った言い方をすれば、黄金期と現代の時代的隔たりが、ビル・ホルトの失われた十六年の歳月に二重化されているわけで、最近トマス・H・クックも似たような手法を繰り返し使っているのだが、まあ本書に関しては、そういう小ざかしい理屈は不要かもしれない。

ホルトは仮釈放中の身だから、なるべく警察との接触は避けたい。だから、警察の捜査活動が過去のファイルに綴じ込まれて、現在の物語にまったく介入しないことにもちゃんと理由づけがなされている。これは古風なパズラーを書くための技法的な要請からきた設定だろうし、ホルトの執念と焦燥感が、謎解き一直線のプロットに息詰まるサスペンスをもたらしているのは、いうまでもないことである。

だが、それだけではない。探偵役を見舞った悲惨な境遇も、練りに練ったプロットの効果を最大限に高めるため、マゴーンが打った周到な布石にほかならない。読者は知らず知らずのうちにホルトに感情移入して、事件を彼の目を通して再構成するように仕向けられてしまう。家族も同然の近しい人々に裏切られていたことを知り、次々と明らかにされる新事実を前にして、かつての自分の愚かさに身悶《みもだ》えするホルト。その悔しさとやりきれなさまで、アリソン殺しの真相から読者の注意をそらすミスディレクションとして利用するのだから、畏《おそ》るべしマゴーン、というよりほかはない。

四週間にわたるホルトの捜査は、行く先々で二転三転し、容疑者たちの誰が犯人であってもおかしくない。読者はほとんど五里霧中の状態で、いよいよクライマックスになだれ込んでいくのだが、ついに真相に達したホルトはジャンを連れてふたたび役員会議に乗り込み、戦々恐恐とする容疑者一同を前にして、

「さて皆さん、今こそ真犯人を――」

とやり始める。ここでニヤリとする読者も少なくないだろう。このあまりにも古風で、大時

代な本格物につきものの「大団円」に突入してからが、『騙し絵の檻』という作品の最大の見せ場である。

ホルトの幕開けの台詞がまたすごい。「五千八百二日間。それだけの期間を、おれは刑務所ですごしたんだ」「普通とは逆の順番だ（中略）最初が地獄。次が四週間の煉獄。そして今日が、人生最初の日だ」（二六六頁）

モンテ・クリスト伯もかくや、というぐらいの大見得ではないか。

これだけの大見得を切って、肝心の謎解きがショボかったら、目も当てられないことになるのだが、本書に関してそんな心配はいっさい無用である。ロイド&ヒル・シリーズの既訳作では、解決編はもっと小味な演出をしているから、マゴーンもこのプロットにはよほど自信があったのだろう。とにかくこの大団円に見られるテンションの高さは、尋常ではない。

作中に「読者への挑戦」が挿入されているわけではないが、マゴーンは伝統的なフーダニットの作法通り、きちんと読者の前に手袋を投げてよこす——それも二度にわたって。最初のチェックポイントは、ホルトが役員会議に乗り込む17章（二五八頁）の手前で、これは話の段取りからいっても定石である。この段階で解決に必要なすべてのデータは出そろっているが、真相を見抜くのは至難の業だと思う。

ホルトは容疑者たちをそれぞれ犯人と見立てた推理を順繰りに開陳し、動機と機会の両面から検討を加えて、ひとりひとりその可能性を否定していく。エラリー・クイーン風の消去法とは趣が異なるが、その否定の根拠にもいろいろ工夫が凝らしてあって面白い。ところが、物語が大詰めを迎えても、マゴーンは最後の切り札を伏せているのだ。

「だが」ホルトはかまわずに言った。「おれはどこで間違ったのか気づいた」(二八九頁)

あなたが辛抱強い読者なら、右の引用部分で手を止めて、もう一度マゴーンの仕掛けた謎にチャレンジすることをお勧めする。比較、照合、評価。けっして次のページをめくらないように！ ただしこの箇所で読むのを中断しようと思ったら、よほどの忍耐力が必要なのだが——正直に告白すると、私は我慢できなかった。そして、五里霧中のまま、次のページの最後のパラグラフを読んだ瞬間、目が点になった。

ここに至って、ホルトの推理は事件を根底からひっくり返してしまう。もちろんそれ自体驚きなのだが、この小説の書き方では、それはちょっと無理筋ではないか、どうやって収拾をつけるんだ？ と思わせるようなひっくり返し方なのである。にもかかわらず、真の解決編はそれから十ページ足らずで終わってしまう。

最後の19章の謎解きは、まさに鳥肌モノ。マゴーンはものすごく手の込んだアクロバットを披露して、完膚なきまでに読者をノックアウトしてしまう。畳みかけるように圧縮された十ページ足らずの解決の中に、三角跳びみたいなロジックの飛躍があり、あるいは容疑者を消去するために用いられた手がかりが、そのまま犯人を指摘する決め手に反転するという超絶技巧のはなれわざまで用意されている。説明に費やされる枚数を最小限に切りつめている分、全編に張りめぐらされた伏線の妙がしっかり脇を固めているし、逆にこのくだりは下手に説明しすぎると、あまりにもあくどすぎる印象を与えかねない。

あらためて解決編を最初から読み直すと、そこに至るまでのホルトの長広舌も、この圧縮されたラストへの布石であり、伏線と手がかりのおさらいの役目を果たしていることがわかる。ただ単にブランドばりの複数の推理を開陳して、テクニックを誇示しているだけではない。ギリギリまで削ぎ落とした一撃必殺の解決に必要な推理のポイントをあらかじめ読者に確認し、心の準備をさせようという気配りなのだ。マゴーンが二度にわたって読者に挑戦しているというのは、正確にはそういう意味である。

そして、これだけの手間暇をかけたからこそ、最後の最後でくっきりと立ち上がる構想の鮮やかさと抜け目なさ。ミスディレクションの使い方といい、マゴーンがクリスティの作風を強く意識しているのは誰の目にも明らかだろうが、この『騙し絵の檻』を読むと、彼女が凡百のクリスティ・フォロワーとは比較にならないほどの高みに達していることがわかる。内容に触れるのであまり詳しくは書けないけれど、本書は『鏡は横にひび割れて』以来、クリスティのお気に入りのパターンとなったある謎の趣向にマゴーンが挑戦した作品だといっていい。のみならず、この謎はまったく一筋縄ではいかないやり方で処理されていて、その処理の仕方がやはり、いかにもクリスティ的なのだ。

いうなればクリスティ的な着想とテクニックをたすき掛けしたようなプロットで、けっして複雑なトリックを弄しているわけではないのに、ある一点をきっかけに事件の構図ががらりと様変わりしてしまう本書のケレンの見事さには、読者はもちろん、本家の女王陛下でさえ舌を巻くのではないだろうか。

最後にもうひとつ、蛇足めいたことを。

これに先だって『牧師館の死』を読んだ時、事件が地味なうえに、容疑者たちの心理描写がくどすぎるような気がして、謎解きの切れ味に欠ける印象を持った覚えがある。しかし今回、本書を読んで少し考えを改める必要に迫られた。一口に限られた関係者の中で容疑が転々とするフーダニットといっても、『騙し絵の檻』と『牧師館の死』では、まったく方向性が異なっている。ある意味では、正反対といってもいい。『牧師館の死』は、本書の次に書かれた第五長編だが、そこでマゴーンが心理の綾を重視した濃密な人間ドラマを描いたのは、『騙し絵の檻』に最も不足していた部分を補いたいという野心があったせいではないだろうか。仮にそうだとすれば、ひとつのパターンに充足することなく、伝統的なフーダニットの可能性をさらに広げていこうとするアグレッシヴな作者の姿勢を、あらためて見直さなければならないような気がする。

※本稿は『騙し絵の檻』(二〇〇〇年十二月刊)の解説に加筆したものです。

訳者紹介　1968年生まれ。1990年東京外国語大学卒。英米文学翻訳家。訳書に、ソーヤー『老人たちの生活と推理』、マゴーン『騙し絵の檻』、ウォーターズ『半身』『荊の城』、ヴィエッツ『死ぬまでお買物』、クイーン『ローマ帽子の謎』など。

検印
廃止

騙し絵の檻

2000年12月15日　初版
2011年2月18日　16版
新装版　2024年3月15日　初版

著者　ジル・マゴーン

訳者　中《なか》村《むら》有《ゆ》希《き》

発行所　(株)東京創元社
代表者　渋谷健太郎

162-0814/東京都新宿区新小川町1-5
電話　03・3268・8231-営業部
03・3268・8204-編集部
URL　http://www.tsogen.co.jp
暁印刷・本間製本

乱丁・落丁本は、ご面倒ですが小社までご送付ください。送料小社負担にてお取替えいたします。

ISBN978-4-488-11206-6　C0197